SEA LOVERS

Fanny BENOIST

D1718600

A mes grands-parents,
ceux que j'ai connus comme ceux que j'ai moins connus
et dont l'histoire se transmet grâce à leurs écrits.

Chapitre 1 : Alexia

Dans la voiture de son père, Alexia regardait vaguement l'horizon, son casque audio sur les oreilles. Elle se maîtrisait pour ne pas s'énerver, les bras croisés sur le siège passager avant. Elle évitait soigneusement de regarder son père qui conduisait.

Comment avait-il pu lui faire ça ?

Ils en avaient longuement parlé et il avait joué de son autorité pour faire passer sa décision.

Les autres usagers se rendaient sur leur lieu de vacances, souriants. Les Duval, eux, se rendaient dans leur nouveau lieu de vie -de vie- car il avait fallu faire le deuil de la Normandie et de tout ce qu'ils y avaient vécu.

Alexia ne comprenait pas comment son père avait pu tourner la page si facilement. Elle pensait que ce serait lui qui aurait le plus de mal à faire son deuil. Mais il travaillait ce jour-là, c'était pour cette raison qu'il n'avait rien vu.

Il avait retrouvé un poste de neurochirurgien bien avant qu'il ne vende leur maison à Etretat. Tout avait été si rapide ensuite... Alexia avait tout fait pour le faire changer d'avis, en vain.

Ce 15 juillet, ils étaient sur l'autoroute reliant la Normandie à la Bretagne.

Un peu lasse, Alexia coupa la musique de son casque et le remit dans son sac.

-Ça va aller, tu verras, dit son père. On sera bien là-bas.

Il avait trouvé une maison dans une petite ville en bord de mer. Il y avait a priori de quoi se réjouir -Alexia avait toujours adoré la mer- mais la jeune femme n'y arrivait pas. Elle avait la sensation d'être déracinée. Sa mère l'avait abandonnée, son père l'avait trahie... Elle ne pouvait pas croire qu'elle serait bien quelque part.

-J'y ai fait mes études, tu sais. C'est une jolie ville...

Alexia reporta son regard devant elle, à la recherche de la mer. Si elle se fiait au GPS, ils longeaient la mer. Ils devraient donc l'apercevoir.

Elle commençait à avoir chaud et cette perspective lui donnait des envies de baignade.

-On avait de la famille là-bas... Tu as faim ? Il est presque midi.

Ils étaient partis depuis trois heures.

-On va s'arrêter à cette aire-là, c'est la dernière avant de prendre la nationale. Ensuite, il nous restera deux bonnes heures de route mais on sera plus près de la mer.

Ils s'arrêtèrent. Le vent s'engouffra dans la tignasse rousse d'Alexia, il était chargé d'embruns. Elle se sentit un peu mieux.

Autour d'eux, les familles s'installaient aux tables. Alexia évita de les regarder, elles lui rappelaient qu'il manquait une personne dans la leur.

Son père sortit la glacière du coffre. Ses cheveux châtains grisonnants ondulaient au gré du vent.

-Un sandwich végétarien ? fit-il à la manière d'un serveur.

-C'est pour moi, dit-elle.

Elle s'en saisit, le déballa un peu et mordit dedans, un peu distraite. Elle n'avait pas très faim.

-Je t'ai montré les photos de la maison ? lui demanda son père en s'asseyant à côté d'elle sur le bord du coffre.

Il sortit son téléphone portable de sa poche et lui montra une maisonnette blanche au toit d'ardoise. Ils allaient habiter une maison qu'ils n'avaient même pas visitée… C'était un futur collègue de son père qui la leur avait trouvé.

-Ce n'est pas mal, hein ?

L'intérieur avait l'air vieillot et par certains côtés -les vieux meubles en bois notamment- elle lui rappelait leur maison à Etretat.

-Les salles de bain et les chambres ont été refaites. On sera bien. Alain habite juste en face, continua-t-il. Il a un fils de ton âge. Vous fréquenterez le même lycée. Peut-être que tu pourras lui demander de t'accompagner pour la rentrée…

Et ça continuait… Non content de l'avoir forcée à le suivre, maintenant il allait la forcer à sympathiser avec leurs voisins…

Elle alla jeter l'emballage de son sandwich dans une poubelle. Ils n'étaient pas arrivés qu'elle se sentait déjà piégée.

Elle marcha un peu avant qu'ils ne reprennent la route. Elle voulait voir la mer, entrer dans l'eau et tout laisser de côté.

C'était bizarre, il y avait encore quelques jours, elle aurait refusé ne serait-ce que d'aller à la plage. Avait-elle fini par accepter cette situation ?

Ils reprirent la route. Depuis la nationale, la mer était plus visible. Alexia ouvrit sa fenêtre. Ses yeux verts fixaient la bande bleue au loin. Comme elle avait hâte d'arriver…

Le chant des mouettes et des goélands se fit bientôt entendre. Ils arrivaient à Douarnenez.

De là où ils étaient, Alexia vit la plage gigantesque et bondée. Un centre de thalasso recrachait ses curistes. C'était l'après-midi, les touristes se baignaient ou faisaient du shopping dans les rues marchandes, une glace à la main.

Au grand désarroi d'Alexia, la voiture ne prit pas la direction de la mer mais d'une route transversale qui montait. Ils passèrent par des rues si étroites et pentues qu'Alexia se demanda plusieurs fois s'ils n'allaient pas reculer sans le vouloir ou éborgner un véhicule. Mais finalement au bout de vingt bonnes minutes de galères, la route s'aplanit à nouveau et le panneau indiquant Tréboul apparut. Ils montèrent une légère côte et s'engagèrent dans la rue des dunes. Toutes les maisons étaient bâties sur le même modèle. Murs blancs, toits d'ardoise. La seule fantaisie que les gens semblaient s'accorder était la présence ou non d'hortensias bleus devant chez eux.

Soudain, la voiture pila.

-Oh bon sang ! s'exclama son père.

Alexia évita de peu le choc avec le tableau de bord. Elle entendit son père ouvrir sa vitre et s'adresser à quelqu'un dehors.

C'était un jeune homme. Il avait les cheveux mi-longs blonds mouillés par l'eau de mer et ce côté solaire qu'avaient les surfeurs. Il en était sûrement un. Et en effet, Alexia aperçut sa planche blanche et bleue qu'il tenait à la main.

-Je suis désolé, dit-il.

-Fais attention la prochaine fois.

Son père gara la voiture devant une petite maison semblable aux autres, murs blancs, toit d'ardoise. De vieilles jardinières en ciment ornaient l'entrée. Des fleurs sauvages tentaient vainement de les remplir.

Alexia sortit de la voiture avec un soulagement non dissimulé. Une odeur familière vint aussitôt à ses narines. L'iode. La mer n'était pas loin. Juste derrière cette rangée de maisons ou celle d'après…

-Bonjour ! lança un homme blond en sortant de l'une d'elles.

La jeune femme eut un sursaut.

-Je suis Alain Tevenn, se présenta-t-il en souriant. Tu dois être Alexia ?

Elle acquiesça d'un signe de tête.

Puis il se dirigea vers le père d'Alexia, et lui serra la main.

-Bienvenue en Bretagne ! lança-t-il avec un grand sourire.

Alexia tourna à nouveau son regard vers la maison de l'autre côté de la rue. Elle avait forcément vue sur mer…

-Vous avez fait bonne route ?

-Oui ça a été, merci, répondit son père fatigué mais souriant.

-Suivez-moi. Je vais vous ouvrir la maison.

Ils avancèrent vers la porte que M. Tevenn ouvrit.

La maison était ancienne, Alexia le vit au parquet et à l'escalier. Cela lui rappelait un peu leur maison en Normandie. Il n'en manquait que l'odeur.

Elle entra à la suite de son père. Toutes les pièces étaient meublées de manière simple. Il y avait assez peu de décoration. Ce pouvait être la maison de n'importe qui. Mais Alexia ne s'y sentait pas à sa place, elle n'était pas chez elle. Cette maison ne le serait jamais, elle le refusait.

-Tu peux commencer à amener les affaires, Alex, lui dit son père.

La jeune fille soupira, prise entre l'envie de s'y opposer et le devoir de se résigner. Elle ne voulait pas causer de scandale. Ils avaient eu tous les deux leur compte de disputes au sujet du déménagement. Cela n'aurait servi à rien de continuer une fois arrivés ici et devant leur voisin.

Alexia ouvrit le coffre de la voiture et prit le premier carton qui se présenta à elle. Il y en avait une douzaine, principalement remplis de livres, trois sacs de vêtements, les ordinateurs portables et quelques appareils de petit électroménager. C'était tout ce qu'ils avaient emmené de leur vie d'avant. C'était vraiment peu. Et peu c'était mieux, lui avait dit son père.

-On va mettre les livres dans la bibliothèque du salon, dit son père. C'est la première porte à droite.

-Ok.

-La cuisine est à gauche en entrant. Les chambres et la salle de bain sont à l'étage.

Alexia récupéra ses sacs et monta les escaliers. Les marches grincèrent sous ses pas mais elle était habituée à ce son un peu lugubre. Dans sa maison d'Etretat, c'était pareil. Elle avait fini par en connaître toutes les notes et subtilités.

Elle ouvrit une porte et découvrit une chambre de taille moyenne. La pièce avait été rénovée. Le vieux bois contrastait avec la tapisserie sable neuve. Elle laissa tomber son sac sur le parquet qui grinça légèrement. Il y avait deux fenêtres : la plus proche d'elle donnait sur les jardins des maisons dans une rue parallèle, l'autre donnait sur la maison des Tevenn.

Il y avait aussi un lit, une table de chevet, une armoire et un bureau avec sa chaise sous la fenêtre. Tous étaient anciens, faits par des ébénistes et à vrai dire plutôt beaux. Cela aurait pu être sa chambre.

Elle se laissa tomber sur le lit en soupirant.

-Bien, dit M. Tevenn depuis le rez-de-chaussée. Je vous laisse vous installer. On vous attend pour dîner à partir de 19 heures. Ça vous va ?

-Parfait.

-A tout à l'heure.

Et voilà, une nouvelle contrainte. Elle subissait déjà ce déménagement maintenant elle devait suivre son père chez leurs nouveaux voisins...

Les larmes lui montèrent aux yeux et elle enfouit sa tête dans l'oreiller.

L'escalier se mit à grincer. Elle reconnut les pas de son père et devina qu'il s'était arrêté sur le palier.

-Ça va ? lui demanda-t-il.

-Ça a l'air ? demanda-t-elle d'une voix sourde.

-Ta chambre est super. Ils ont laissé les vieux meubles, c'est sympa...Tu pourras accrocher tes posters... Il va falloir qu'on fasse des courses. On pourra en profiter pour voir la plage aussi, si tu veux.

Elle essuya ses larmes qui mouillaient ses joues constellées de taches de rousseur et le suivit. Ils descendirent et reprirent la voiture.

Alexia regarda l'heure sur son portable. Il était encore tôt. Ils allaient être prêts bien avant l'heure...

-Je peux aller à la plage ? demanda-t-elle.

-Après m'avoir aidé pour les courses, d'accord ?

Elle acquiesça en silence. Elle sentait la mer près d'elle, si près d'elle et elle était encore empêchée d'y aller.

Ils reprirent la voiture et se rendirent au supermarché. Sur le parking, Alexia vit certains clients en tenue de plage et n'eut qu'une envie : aller voir la mer. Mais son père lui donna un jeton pour aller chercher un caddie.

Elle s'exécuta de mauvaise grâce. Son père la rejoignit devant l'entrée du magasin.

-Tu as ce qu'il faut pour t'occuper ? lui demanda-t-il quand ils passèrent devant le rayon presse. Tu veux des mots croisés ? Un bouquin ?

-J'ai ce qu'il faut, fit-elle. Je peux aller à la plage maintenant ?

-Quand on aura fini les courses.

Ça n'irait jamais assez vite… Elle se sentait desséchée. Sa gorge la brûlait. Ses lèvres étaient gercées. Sa tête lui tournait. Sa vision se troublait. Elle se sentait vraiment mal…

-Ça va, Alex ?

-Je ne me sens pas bien, j'étouffe…

-Alors va prendre l'air, et attends-moi dehors. Je vais me dépêcher de finir les courses.

Alexia dépassa les clients devant son père et sortit du magasin. Elle traversa le parking et la dernière rue qui la séparait de la plage.

Là, elle respira profondément. Elle ne devait pas attendre. Il fallait y aller maintenant. Mais la petite plage était bondée. Elle avisa la jetée de l'autre côté du poste de secours et s'y rendit.

Elle arrivait au bout quand une grosse vague se brisa sur les rochers et l'aspergea généreusement. Elle ne dit rien. Elle savourait la fraîcheur et l'iode sur sa peau. Elle entendit des rires derrière elle mais les ignora. Ils ne pouvaient pas comprendre. Elle se sentait revivre.

-Alex ! s'exclama son père visiblement essoufflé.

Elle se tourna vers lui, sa chevelure dégoulinante d'eau de mer. Il éclata de rire. Alexia sembla reprendre soudain ses esprits et rit à son tour. Depuis combien de temps n'avaient-ils pas ri ainsi ?

Ils restèrent un moment sur la jetée. Leur rire finit par s'estomper et ils regardèrent le paysage. L'océan s'était calmé et les vacanciers comme les locaux profitaient de la plage. Il y avait quelques surfeurs et des bâteaux au loin. C'était beau.

-Il est un peu tard pour profiter de la plage, dit son père en regardant sa montre. Les courses nous attendent dans le coffre et on a encore un peu de rangement à faire puis nos douches avant d'aller dîner.

L'invitation des Tevenn lui revint en mémoire et son humeur s'assombrit.

Les Duval rentrèrent dans leur nouvelle maison.

Elle extirpa un t-shirt et short noirs de son sac et alla prendre une douche. Elle avait décidé de ne faire aucun effort. Si on lui avait demandé son avis, elle serait restée sur la plage, elle aurait même proposé à son père de pique-niquer face à l'océan. En bref, elle aurait voulu avoir une soirée tranquille pour leur arrivée dans une ville inconnue. Mais ce n'était pas ce qui avait été convenu et elle ne voulait plus se disputer avec son père.

Une fois prête, Alexia le rejoignit dans le salon.

Il lui jeta un coup d'œil.

-Quoi ? fit-elle.

-Rien, dit-il.

Elle avait mis quelques bijoux gothiques et du crayon noir autour de ses yeux. Si son style vestimentaire choquait, elle s'en fichait.

Son père perfectionnait le rangement de ses livres de médecine. Elle l'aida jusqu'à ce que la pendule indique dix-neuf heures puis ils sortirent dans la rue.

Alexia se retrouva de nouveau face à la maison des Tevenn, une maison qui paraissait énorme et qui bouchait la vue des habitants côté impair.

Joël Duval sonna puis lissa le devant de sa chemise. Alexia le regarda faire, un peu boudeuse. Etait-il trop tard pour dire qu'elle ne voulait pas y aller ?

Quelques secondes plus tard, M. Tevenn les accueillit avec un grand sourire.

-Entrez, entrez, dit-il.

Les Duval entrèrent dans le hall. Il était entièrement décoré sur le thème de la mer, des bibelots jusqu'à la tapisserie. Encore une fois, Alexia trouva cela très cliché : la maison bretonne avec une décoration maritime. Il ne manquait plus que le drapeau local et les crêpes, ce serait le cliché absolu. Elle réprima une grimace entre le dégoût et la moquerie.

Elle suivit son père dans la salle à manger qui donnait sur une cuisine ouverte. Toute la pièce était en blanc et bleu. Tapisserie, meubles et crédences et bien sûr les tableaux sur le thème de la mer.

Elle détestait ce qu'elle voyait. Bien sûr, elle aimait la mer mais sa mer. Chez elle, à Etretat. En vrai. Pas sur une peinture.

Avec horreur, Alexia reconnut le jeune homme blond qu'ils avaient failli renverser. Ses yeux bleus se posèrent sur elle et il avança d'un pas.

-Désolé de vous avoir fait peur…lança-t-il visiblement gêné.

Alexia eut un mouvement de recul. Sa tête se mit à la lancer douloureusement et elle eut des vertiges. Ils se dissipèrent dès qu'il s'éloigna.

La porte de l'entrée s'ouvrit et une femme au tailleur bleu clair et au chignon blond entra.

-Bonsoir… Excusez-moi, j'ai fait aussi vite que j'ai pu…

Elle posa ses affaires dans le hall et son mari fit les présentations.

Alexia sentit aussitôt ses yeux lui piquer et se détourna. La tristesse et le manque revenaient. Elle ne pouvait pas rester.

Elle fit un pas vers la porte mais…

-Installez-vous, dit M. Tevenn.

Elle souffla, essuya une larme au coin d'un œil et s'installa à côté de son père. Alexia évita le regard de ses voisins de tablée. Elle ne voulait pas qu'ils la voient pleurer, elle ne voulait pas les voir.

Elle jeta un coup d'œil à son père en pleine discussion avec M. Tevenn. C'était parti pour durer.

Elle n'allait jamais tenir jusqu'à la fin du repas. Elle avait besoin d'être seule et de toute façon elle n'avait pas faim.

-Papa, fit-elle doucement. Je peux rentrer ? Je ne me sens pas bien.

Son père eut l'air profondément embarrassé.

-Vraiment ? On va dîner dans quelques minutes… dit-il.

-Je n'ai pas faim. Je vais juste aller m'allonger.

-Tu veux t'allonger sur le canapé ? proposa Mme Tevenn.

-Non, je vais rentrer.

-D'accord, consentit son père. Va te reposer.

Elle se leva de table et avança vers le hall.

-Désolée, dit-elle.

-Repose-toi bien, dit M. Tevenn.

Alexia sortit et eut la sensation de respirer à nouveau. Les larmes qu'elle avait retenues coulèrent d'elles-mêmes. Des larmes de soulagement. Elle reconnut dans l'air la douceur et le sel des embruns. Elle devinait la marée montante derrière les lignes des maisons du quartier. Elle était comme droguée. Elle avait besoin de sa dose, elle avait besoin de la mer.

Elle descendit à la plage. Il y avait quelques personnes à se promener mais personne ne fit attention à elle. Elle était comme possédée, attirée comme un aimant vers la mer. Le vent jouait avec ses cheveux tandis qu'elle marchait vers les rochers. Ses pas étaient maladroits dans le sable.

Elle enleva ses sandales. La peau tendre de sa plante de pied rencontra le sable mouillé, les cailloux et les coquillages polis par les vagues, le sable grossier. Mais aucun obstacle ne la freinait. La mer l'appelait. L'adolescente ne pouvait plus résister à son appel. Elle fit un pas supplémentaire dans l'eau. Enfin. La sensation de ne plus souffrir. D'être soi-même.

Des vagues se formaient, roulaient vers elle, recouvraient ses pieds, se retiraient… Elle avança jusqu'à avoir de l'eau au niveau du ventre. Elle ne sentait plus que le contact de l'eau, sa texture et l'apaisement que cela lui procurait.

Elle en voulait plus, elle plongea.

Chapitre 2 : Delphin

Ce même 15 juillet, Delphin Tevenn faisait les cent pas dans sa chambre. Dans quelques heures, il ferait la connaissance de nouvelles personnes. L'une d'elles avait son âge. Il était impatient et devait encore attendre quatre heures avant de la rencontrer.

Son regard bleu azur tomba sur le prospectus des horaires de marée sur son bureau et il décida d'y jeter un œil.

La marée serait haute à 15h36, il aurait le temps de surfer un peu avant de se remettre à la préparation du dîner qu'il servirait ce soir à ses nouveaux voisins.

Il n'était que 14 heures mais c'étaient les vacances d'été et la plage de Tréboul serait bondée. Il décida de se préparer.

Quelques instants plus tard, il s'apprêtait à sortir, sa planche de surf sous le bras quand son père l'interpela :

-Tu surveilles l'heure, Del' ?

-Oui.

Il descendit la rue des dunes et fila jusqu'à la plage des sables blancs. Il avait vu juste. Les touristes affluaient de Douarnenez, cherchant le charme des petites plages.

Delphin traversa la rue et l'étendue de sable jusqu'au bord de l'eau. Il jeta sa serviette derrière lui, attacha le scratch de sa planche autour de sa cheville et avança dans l'eau.

Il n'y avait presque pas de vagues mais Delphin aimait la mer sans condition. Il lui suffisait d'avoir les pieds dans l'eau et il était heureux. Tant pis s'il ne surfait pas.

Il s'était toujours senti connecté à la mer. Il ne se passait pas une journée sans qu'il n'y aille, même juste pour marcher sur la plage. Peu importait la météo.

La plage de Tréboul c'était chez lui. Il la connaissait par cœur.

Il connaissait tout le monde à Tréboul, tous les jeunes de son âge en tout cas. Voilà pourquoi la venue d'une nouvelle personne le rendait si nerveux. Il espérait qu'ils s'entendraient bien. Delphin n'avait pas d'ennemi et ne souhaitait pas en avoir. Tout le monde l'appréciait en général et il ne voulait pas que cela change.

Il prit quelques vagues. La marée remontait. Il se tourna brièvement vers la plage. L'étendue de sable rapetissait. Les gens reculaient leurs serviettes.

Il resta encore un peu puis se dit qu'il était sûrement l'heure de remonter.

Après avoir récupéré sa serviette partiellement trempée d'eau de mer, il retourna vers la rue des dunes.

Soudain, un son aigu lui perça le tympan. Il n'avait pourtant pas mis la tête sous l'eau…

Il traversa la rue, et se figea en entendant un bruit de frein juste à côté de lui.

Une voiture avait tourné dans la rue et il ne l'avait pas vue.

-Est-ce que ça va ? lui demanda une voix d'homme.

C'était le conducteur du véhicule. Il semblait inquiet.

-Oui… oui, répondit Delphin. C'est de ma faute… je n'ai pas regardé.

-Fais attention la prochaine fois.

-O-Oui.

Delphin rejoignit le trottoir côté pair et regarda la voiture se garer au numéro 11.

Les nouveaux voisins.

Il se dépêcha de rentrer. Avec un peu de chance, il pourrait leur parler…

Son père l'avait devancé. Il était allé les accueillir.

Delphin s'immobilisa sur le trottoir en voyant sa nouvelle voisine. Une rousse. Il avait un faible pour les rousses.

Son père revint et ce fut seulement à ce moment-là que Delphin alla ranger sa planche.

-On va les laisser s'installer, dit son père en souriant. Ils seront là pour 19 heures.

-Ok.

Après s'être douché et avoir enfilé des vêtements propres, Delphin redescendit à la cuisine. La douleur dans son oreille s'était évanouie.

-Tu as tout ? Besoin que j'aille faire des courses de dernière minute ?

-Attends, dit Delphin en ouvrant le frigo et en comparant la liste de courses et le menu prévu. Non, j'ai tout.

-Bon. Tu auras besoin d'un coup de main ?

-Ça devrait aller.

Il attacha son tablier. Son père et ses deux grands-mères lui avaient appris à cuisiner. Comme ses parents rentraient souvent tard le soir, il était en charge des repas mais il ne voyait pas cela comme une corvée, bien au contraire.

-J'espère que ça ne va pas les gêner de manger végétarien… fit son père. J'ai remarqué que tu ne mangeais presque plus de poisson. Comme tu ne manges pas de viande non plus… Ça va ? Tu n'as pas de soucis de santé ?

-C'est toi le médecin.

-Est-ce que tu ressens de la fatigue de manière anormale ?

-Non.

-Tu es sûr ? Si c'est le cas, il faudrait que tu fasses une prise de sang…

-Tout va bien.

-Tu n'as jamais été friand de poisson, c'est vrai.

-Les légumineuses, ça me suffit.

-A la cantine, ils vous en servent ?

-Oui, depuis qu'on a fait une pétition.

-C'est bien.

Il y eut un instant de silence puis :

-Tu te rappelles du bateau de pêche de Papi ? lui demanda son père.

-Oui. Je me rappelle que ça puait.

-C'est vrai qu'il schlinguait, son bateau…

A la disparition de son père, ils avaient hérité de plusieurs objets liés à la pêche et à la navigation. Ils avaient fait leur décoration avec quelques rames, des bouées de sauvetage et les différents nœuds notamment. Ils avaient vendu le chalutier et acheté une vedette pour se rendre sur des îles toutes proches. Delphin aurait bien voulu passer son permis bateau dans l'été mais ses parents insistaient pour qu'il prenne des leçons de conduite, de voiture, ce qui lui serait plus utile.

Alain regarda l'heure.

-Dix-huit heures…

Delphin mît le four en préchauffage. Il ne restait que le tian de légumes à cuire. Le dessert était au frigo.

-Qu'est-ce que tu penses de nos nouveaux voisins ? lui demanda son père. Tu as déjà dû apercevoir Alexia, non ?

Alexia, c'était donc son prénom.

-…Je les ai à peine croisés… répondit-il.

Son père eut une expression malicieuse. Il connaissait le goût de Delphin pour les rousses.

A dix-neuf heures précises, on sonna à la porte. Delphin risqua un coup d'œil par la fenêtre de la cuisine. Alexia et son père étaient sur le perron. La jeune fille avait changé de tenue pour un t-shirt et un short noirs. Il sentit son cœur d'adolescent s'emballer dans sa poitrine et ses mains devenir moites.

Après s'être assuré que les lentilles ne brûleraient pas s'il s'absentait, il alla saluer les Duval.

La jeune fille rousse avait de magnifiques yeux verts, perçants et qui le regardèrent d'un air agacé. Elle était encore toute vêtue de noir et loin de la faire disparaitre dans le décor, sa tenue réhaussait l'éclat de sa chevelure. Delphin n'était pas près de l'oublier.

Il retourna tant bien que mal à sa cuisine afin de terminer le repas.

Trente minutes plus tard, Ellen, la mère de Delphin arriva.

-Bonsoir. Excusez-moi. J'ai fait aussi vite que j'ai pu… Ellen Tevenn, enchantée…

Delphin s'apprêtait à apporter le tian sur la table lorsqu'Alexia se leva et rangea sa chaise.

-Qu'est-ce qui se passe ?

-Alexia est fatiguée. Elle va rentrer se reposer, dit M. Duval.

Elle n'avait même pas mangé… Ils n'avaient même pas parlé… Delphin eut du mal à cacher sa déception. Il essaya de se reprendre et se rappela que les Duval avaient fait un long trajet pour venir jusqu'ici, ça et leur emménagement.

M. Duval était resté et Delphin se dit qu'il pouvait toujours garder une part pour Alexia. C'était tout ce qu'il pouvait faire en attendant une autre occasion de la revoir.

Delphin posa le plat sur la table avec plus de brutalité que nécessaire.

-Désolé, fit-il.

Le comportement d'Alexia le travaillait et le renvoyait à ce qu'il aurait pu faire s'il avait su qu'elle ne viendrait pas. Il serait allé à la plage ou chez l'un de ses amis, ou à la plage avec ses amis. En tout cas, il ne serait pas resté à une tablée d'adultes à écouter les dernières avancées de la médecine en matière de neurochirurgie.

-Je vais faire le service, dit son père.

Delphin l'entendit à peine. Il était dans ses pensées et ne se reprit que lorsqu'on parla à nouveau d'elle :

-Je suis désolé pour ma fille, dit M. Duval. Elle traverse une période difficile. Elle ne voulait pas qu'on déménage…

-C'est toujours une épreuve, fit Mme Tevenn. Quitter sa vie, sa ville, ses amis et ses habitudes…

Delphin n'avait jamais vécu de déménagement. Il n'avait toujours connu que la maison du 10 rue des dunes à Tréboul et les maisons de ses grands-parents quand il allait les voir mais ça ne comptait pas vraiment.

-Je sais ce que c'est, continua la mère de Delphin. Je viens de Brighton en Angleterre.

-Ah oui, ça a été un gros changement pour vous… Alain, tu es du coin, je crois ?

-Oui. Mes parents habitaient rue du port.

Alors que ses parents parlaient de leurs études, Delphin pensait toujours à Alexia. Il devrait lui garder une part du repas et lui apporter…

-J'ai inscrit Alexia au lycée public de Douarnenez, dit M. Duval.

-C'est là que Delphin est inscrit aussi. C'est un bon lycée. Il n'y a jamais eu de problèmes. Tu ne t'es jamais plaint de tes professeurs, Del'?

-Non, ça va.

-Tu es dans quelle filière ? demanda M. Duval en s'adressant soudain à lui.

-L, répondit Delphin en pensant à « elle ».

-Comme Alexia.

Le jeune homme soupira. Cette information lui mit un peu de baume au cœur. Il n'y avait pas beaucoup de classes par spécialité de bac. Il avait une chance sur deux d'être dans la classe de la jolie rousse.

Comme ils allaient fréquenter le même lycée, ils auraient plein d'occasions de se revoir. Et cette pensée chassa pour un temps la morosité qui s'était installée en lui depuis que la jeune fille avait quitté la maison.

-Bien, je vais y aller, dit M. Duval en se levant après le digestif. Merci beaucoup. C'était délicieux.

Delphin referma soigneusement le tupperware qu'il avait préparé pour Alexia et lui tendit :

-Tenez.

-C'est très gentil, dit M. Duval avant de partir. Je lui dirai de venir te remercier.

M. Duval parti, Delphin se tourna vers ses parents.

-Tu veux aller à la plage ? supposa son père.

-Je veux juste faire un tour, je rentre vite.

-Ok. Vas-y.

-Et sois prudent ! ajouta sa mère avant qu'il ne ferme la porte.

Delphin se pressa de descendre à la plage.

Il regarda l'horizon, le soleil se couchait à peine. L'eau, les rochers et le sable se paraient d'or blanc-rose. C'était magnifique. Delphin ne s'en lassait pas.

Il resta un long moment assis dans le sable tandis que la lumière déclinait petit à petit.

Puis quand il fit presque noir, une ombre émergea de l'eau près des rochers sous la jetée, maladroitement, difficilement. Delphin se leva pour mieux voir.

Il aperçut un reflet roux et sut tout de suite de qui il s'agissait.

Chapitre 3 : Premiers contacts

Delphin se tourna face au mur pour ignorer la lumière du jour qui arrivait petit à petit dans sa chambre. Il abandonna la lutte au bout de quelques secondes, le soleil brillait sur le papier du poster hawaïen face à lui. Il n'avait pas très bien dormi ; les évènements de la veille tournaient en boucle dans son esprit. Alexia était partie précipitamment de chez lui, fatiguée par son emménagement. Puis, il l'avait vue à la plage. Elle avait donc menti… pour aller se baigner !

Il se leva et ouvrit les volets de sa chambre. Il regarda pendant quelques minutes la maison d'en face. Il n'avait, à sa connaissance, jamais été aussi heureux de se lever le matin. Il y avait une nouvelle personne dans sa rue ! De son âge ! C'était un nouveau souffle, une nouvelle raison de vivre. Ils allaient pouvoir faire connaissance, se lier d'amitié et peut-être plus.

Il descendit déjeuner mais mangea à peine. Il était nerveux et impatient de savoir ce que lui réservaient les heures et les journées à venir. Il voulait apprendre à connaître Alexia. Il était sûr qu'ils avaient beaucoup de points communs… Il le sentait. Ils s'étaient trouvés sur la plage au même moment, c'était un signe.

Il espérait que d'ici la rentrée scolaire -qui avait lieu dans cinq semaines- ils auraient réussi à se lier d'amitié ou, à défaut, seraient en bonne voie.

***

"Ton heure est venue". Alexia sursauta et se redressa sur son lit.

Le soleil filtrait à travers les rideaux de sa chambre et elle se rendit compte que ce n'était pas sa chambre dans sa maison d'Etretat.

Son déménagement lui revint en mémoire et sa mauvaise humeur revint aussitôt.

Elle aurait voulu que tout ça ne soit qu'un cauchemar mais la chambre qu'elle occupait était bien réelle, donc le reste aussi : sa rencontre avec les Tevenn, leur grande maison, le surfeur collant…

Alexia se souvenait vaguement de s'être réfugiée à la plage. Elle s'était sentie si bien, seule, les pieds sur le sable mouillé… Elle avait eu l'impression d'être elle-même pour la première fois depuis des mois.

Alors, se réveiller dans cette chambre ancienne et impersonnelle lui donnait le sentiment d'être enfermée, piégée.

Sa chambre était à Etretat. Là-bas, elle avait tapissé ses murs de posters de groupes de musique, de violonistes et d'illustrateurs fantastiques célèbres. Là, elle n'était nulle part et elle n'avait plus rien. Il était hors de question pour elle de s'installer dans cet endroit. Qu'avait-elle à y gagner ?

Un grognement de son estomac lui rappela qu'elle n'avait rien mangé depuis le déjeuner de la veille et elle se décida à aller prendre son petit-déjeuner.

Le vieil escalier en bois grinça sous ses pas lorsqu'elle se rendit au rez-de-chaussée et elle découvrit dans la petite cuisine une table en bois et à la nappe en toile cirée vieillotte sur laquelle son père avait posé son mug et une boîte de son thé préféré.

Elle remplit son mug d'eau du robinet et le fit chauffer au micro-ondes.

Ses yeux se posèrent sur la grande maison blanche de l'autre côté de la rue, celle des Tevenn. Elle se souvint de l'impression qu'elle avait eue sur le pas de leur porte. Une impression étrange, indéfinissable. Le vertige l'avait prise et malgré la décoration sur le thème de la mer, elle ne s'était pas sentie à sa place.

Pourtant la mer c'était chez elle. Sa maison à Etretat avait vue sur mer. Elle se souvenait du bleu foncé de la mer du nord et de la blancheur des falaises... Elle se souvenait de chaque moment passé à la plage à jouer dans les vagues seule ou avec sa mère.

La tristesse l'envahit. Ses mains tremblèrent et le mug se fracassa sur le sol.

***

Delphin avait vu du mouvement. Alexia était levée mais il était un peu tôt pour aller la déranger. En plus, il ne savait pas comment l'aborder. Tout ce qui lui venait à l'esprit lui semblait stupide ou décalé. Cela ne pouvait pourtant pas être très compliqué... Il suffisait de dire « Salut. Comment ça va ? »... Il devait vraiment arrêter de se prendre la tête. Il décida d'attendre encore un peu.

Delphin alla sonner chez les Duval le lendemain en début d'après-midi. Il commençait à s'inquiéter de ne pas avoir vu Alexia sortir au moins une fois. Sans doute ne savait-elle pas où se trouvaient les principaux points d'intérêt. Pour Delphin, le seul qu'il y avait était la plage des sables blancs mais elle aurait besoin de savoir où prendre le bus à la rentrée et il pouvait lui indiquer.

Il sonna et attendit quelques minutes. Il crut entendre des bruits de pas de l'autre côté de la porte et celle-ci s'ouvrit sur la jeune fille, le regard noir, ses cheveux roux en bataille.

-Salut. Je venais voir si tu allais bien.

-... Je vais bien, répondit-elle de mauvaise humeur.

-Est-ce que tu veux... ?

-Non.

Elle referma la porte d'un geste lourd et rapide.

-O... OK, dit-il décontenancé.

***

Elle remonta dans sa chambre et y resta une partie de la journée, le dos ostensiblement tourné à la fenêtre.

La pluie se mit à tomber, elle entendit les gouttes heurter la vitre derrière elle et se retourna vers la rue. Au moins, elle ne serait pas complètement dépaysée… Pourtant, même sous la pluie, la Normandie lui paraissait plus verte, plus belle. De la Bretagne, elle n'avait qu'une vision grise et monotone.

Elle se demanda si son père pensait toujours que le déménagement était une bonne idée. C'était sa première journée de travail. Elle espérait que ça se passerait mal et qu'ils rentreraient vite chez eux.

Etretat lui manquait terriblement, les falaises, la plage, la vue depuis sa maison, sa maison… la mer, sa mère.

Les larmes arrivèrent sans crier gare. Les images défilaient. Elle revit sa mère l'enlacer, l'odeur de ses cheveux roux comme les siens, leurs éclats de rire, le soleil d'Etretat, les vagues la pousser alors qu'elles jouaient…

Elle eut soudain envie d'y être de nouveau. Une envie irrésistible. Les remous, l'écume, le bruit des vagues qui se brisaient au pied des falaises, le silence du monde sous-marin, l'éclat doré éblouissant du soleil, la douceur du sable et les écailles d'argent des poissons …

Elle se sentait desséchée de nouveau, comme un poisson qui avait passé trop de temps hors de l'eau. Il fallait qu'elle aille à la plage, qu'elle plonge, qu'elle vive. Cet endroit la faisait mourir.

Elle enfila son maillot de bain et une chemise puis courut vers la plage, indifférente au rideau de pluie qui tombait autour d'elle.

***

Sa tentative de la veille n'avait pas désespéré Delphin. Tout n'était pas perdu : au moins, elle lui avait ouvert.

Il décida de faire un nouvel essai. Il attendit plusieurs minutes à la porte avant qu'elle n'ouvre.

-Salut, lança-t-il. Je me demandais si tu voulais que je te montre pour prendre le bus… .

-Non ! dit-elle en refermant la porte d'un coup sec.

La porte se rouvrit au bout de quelques secondes. Delphin crut un instant qu'elle avait changé d'avis mais…

-Tiens, ton tupperware, fit-elle en le lui jetant presque au visage.

Surpris, il ne lui demanda pas si elle avait aimé.

La porte se referma pour de bon.

Il retourna chez lui, posa le tupperware sur le comptoir de la cuisine et resta un moment à méditer sur ce qui venait de se passer. Alexia n'était plus seulement de mauvaise humeur, elle était furieuse. Etait-ce à cause de lui ? Il ne voyait pourtant pas ce qu'il avait fait de mal. Sinon, il aurait pu y remédier.

Delphin se sentait vraiment bête. Il ne savait pas trop pourquoi il était allé la voir au final. Elle n'allait pas mieux que la veille. Il aurait dû s'abstenir ou attendre davantage. Pouvait-il faire quelque chose pour l'aider à se sentir mieux ?

Il descendit à la plage et y resta longtemps ce jour-là. Il ne voyait pas vraiment de solution. Il fallait qu'il découvre ce qui rendait Alexia heureuse mais sans l'approcher, c'était impossible. Et puis, il ne l'avait pas vue sortir. Autrement, il aurait pu la suivre de loin…

C'était ridicule. Et ça lui ferait peur.

Il essaya de penser à ses expériences passées, mais elles n'avaient rien à voir avec celle-ci. Cette fois, il avait des sentiments. Cette fois, elle ne semblait pas disposée à lui parler… Comment pourrait-il la faire changer d'avis ?

***

En relisant ses sms sur son téléphone portable, Lionel Malbec se surprit à penser que la dernière fois que son meilleur ami lui avait proposé de se voir, c'était deux semaines auparavant. Il se demandait pourquoi Delphin avait mis si longtemps à le recontacter. Il avait dû se passer quelque chose car, habituellement, ils se voyaient chaque semaine des vacances d'été.

Son impression se confirma quand il vit Delphin arriver. D'habitude plutôt jovial celui-ci arborait une mine contrariée.

A côté de lui, Thomas ne parut rien remarquer et quand Delphin s'approcha, un semblant de sourire illuminait son visage.

-Salut, ça va ?

-Oui et toi ?

-Ça va, et toi ?

-Ça va.

Rien de plus, mais ce n'était pas à Lionel de demander ce qui le contrariait.

-Bon, on se les fait, ces vagues ? demanda Thomas avec entrain.

Ils prirent leurs planches et entrèrent dans l'eau. Rapidement, les regards se tournèrent vers eux. Lionel fit de son mieux pour les ignorer. Ce n'était de toute façon pas lui qu'on regardait…

Delphin était le plus doué des trois. Cela faisait à peine cinq minutes qu'ils étaient dans l'eau et il était déjà prêt à surfer. Et puis avec ses cheveux blonds qui brillaient au soleil, il attirait tous les regards. Lionel lui-même se sentait comme hypnotisé. Il se força à regarder ses pieds sur la planche.

Il enviait la facilité de Delphin mais au moins il réussissait à se maintenir sur sa planche tandis que Thomas passait plus de temps dans l'eau que sur la sienne. Plus d'une fois, il tenta d'entraîner ses amis avec lui et y parvint deux fois.

-Il n'y a plus tellement de vagues…

-Ouais, retournons sur la plage.

Ils sortirent pour se sécher un moment. Ils rirent quelques minutes de leurs exploits tout relatifs puis très vite, la mine de Delphin s'assombrit. Son regard bleu baissa vers le sable à ses pieds.

Lionel essaya de se remémorer s'il avait déjà vu son ami ainsi. Ils se connaissaient depuis de nombreuses années et il pensait l'avoir vu passer par toutes les expressions. Sauf celle-là. Celle-là lui disait que Delphin n'allait rien dire de lui-même ou difficilement. Thomas aussi semblait avoir remarqué cette attitude et ce fut lui qui brisa le silence :

-Tu vas nous dire ce qui ne va pas ? Tes parents divorcent ou… ?

-Non, ça n'a rien à voir avec mes parents, dit Delphin.

-Raconte-nous, on peut peut-être t'aider.

-… Ouais, peut-être… On a de nouveaux voisins depuis deux semaines.

Thomas se mit à sourire d'un air niais. Lionel voulut le lui effacer.

-Et il y a cette fille… Alexia…

-J'en étais sûr ! fit Thomas.

Cette possibilité avait effleuré l'esprit de Lionel. Il n'y avait pas grand-chose qui troublait Delphin, seulement la gente féminine. Il n'avait jamais gardé plus d'une semaine ses conquêtes. Lionel s'était toujours demandé où se situait le problème. Son ami était beau, de loin l'un des plus beaux garçons de l'école. Il n'avait aucun mal à faire des rencontres et Lionel se disait qu'il mentait sur les raisons de ses ruptures, mais encore une fois, ça ne le regardait pas.

-Et donc ? Qu'est-ce qui se passe avec cette fille ? demanda Thomas bien curieux ce jour-là.

-… J'ai essayé de l'approcher plusieurs fois et elle ne veut rien savoir.

-Tu t'es pris un râteau ? *Plusieurs ?* De la même personne ?

-C'est bizarre, fit Lionel intrigué. Qu'est-ce que tu lui as dit ?

-Rien de spécial. Juste que si elle avait besoin qu'on lui montre des trucs en ville, je pourrais l'accompagner… (il marqua une pause) Dès qu'elle est arrivée, elle n'avait pas l'air d'humeur… On l'a invitée à dîner avec son père et elle est partie avant le repas.

-Elle a sûrement ses raisons…

-Oui, mais lesquelles ? J'ai attendu un peu, le lendemain, avant de sonner chez eux. Je pensais qu'elle serait plus… qu'elle voudrait.

-Elle vient d'où ?

-De Normandie.

-Ah, le fameux conflit entre les normands et les bretons…

-Ça n'a rien à voir, fit Delphin.

-Je sais, je dis juste que c'est drôle… répliqua Thomas.

-Son père fait quoi comme métier ? demanda Lionel.

-Chirurgien comme le mien… De ce que j'ai compris, c'est mon père qui lui a trouvé le poste à l'hôpital et c'est pour ça qu'ils ont emménagé ici.

-Si elle sait ça, c'est sûrement pour ça qu'elle t'en veut.

-Et sa mère, elle fait quoi ?

Delphin parut se figer.

-Sa mère n'est pas là, répondit-il.

-Ses parents sont divorcés ?

-Je ne sais pas.

-Elle est peut-être morte… supposa Thomas.

***

Maëlle Malbec venait de descendre du bus. Elle aurait dû descendre quelques arrêts plus tôt mais avec sa musique elle n'avait pas entendu les annonces. Bref, elle était bloquée à Tréboul. Heureusement qu'elle avait ses affaires de plage.

Elle se demandait ce qu'elle allait faire quand une fille rousse vêtue de noir s'apprêta à traverser en face d'elle. Maëlle la dévisagea. Elle ne la reconnut pas et pourtant elle connaissait beaucoup de personnes ici à Tréboul.

Elle coupa le son de son casque et le fit glisser sur sa nuque.

-Salut ! Tu es nouvelle ici ? lança-t-elle en s'avançant vers la gothique.

-Oui, répondit celle-ci en la dévisageant.

-Je m'appelle Maëlle.

-Alexia.

-Tu viens d'où ?

-D'Etretat, en Normandie, et toi ?

-Douarnenez. J'ai des origines martiniquaises, ajouta-t-elle en voyant l'air perplexe d'Alexia. Ça fait combien de temps que tu es là ?

-Deux semaines.

-Tu as déjà fait le tour ?

-Non, justement, mon père veut que je sorte…

Maëlle avisa un roman policier qui dépassait du sac d'Alexia.

-Je vois que tu aimes les livres... Il faut que je te montre un endroit alors. Suis-moi ! lança Maëlle d'un ton joyeux.

Les deux filles se dirigèrent vers le bourg et tournèrent dans une rue où il y avait peu de bâtiments. Une enseigne annonçait Bibliothèque municipale.

-Elle n'est pas très grande et les livres datent un peu… Mais c'est un début. Si tu veux des choses plus récentes, je peux te montrer comment rejoindre la civilisation.

Elle l'emmena près d'un arrêt de bus.

-Ce n'est pas compliqué : il n'y a qu'une ligne de bus qui passe à Tréboul. Elle dessert tous les points d'intérêt de la ville : le supermarché, la bibliothèque, la plage, l'école. Mais heureusement, elle passe à Douarnenez, la première grosse ville avant Quimper.

Elles firent le tour de Tréboul, cela ne leur prit que deux heures. Alexia proposa à Maëlle de passer du temps chez elle. Elles montèrent la rue des dunes.

-C'est un chouette quartier ici. Tu as la vue sur la plage ?

-Non, la maison est du mauvais côté…

-Dommage…

-Et toi ?

-J'habite à Douarnenez. J'aime bien venir ici. La plage est belle et plus petite. Il y a moins de touristes.

-C'est vrai que c'est joli, admit timidement Alexia.

Elle avait subi son déménagement. Cela se voyait comme le nez au milieu de la figure. Maëlle se demandait comment elle réagirait si elle vivait la même chose. Elle serait aussi perdue qu'Alexia.

-Tu as le sentier littoral juste là, poursuivit-elle, et puis maintenant que tu connais la ville, ça sera plus facile.

-Oui... Tu veux boire quelque chose ?

-Oui.

Alexia ouvrit le frigo.

-Je peux te proposer du jus d'orange ou du thé glacé.

-Du thé glacé, s'il te plait.

La normande servit deux verres et elles burent quelques gorgées en silence.

-Ta maison a gardé son charme. Notre maison est plus moderne. D'apparence, je veux dire. Etretat, c'est près de quoi comme ville ? Camembert ?

Alexia rit. Maëlle remarqua aussitôt qu'elle ne semblait pas avoir ri depuis longtemps.

-C'est le seul nom de ville que tu connais en Normandie ? demanda la rousse rieuse.

-Non, je connais aussi Deauville, à côté tu as Trouville... Je plaisante, évidemment, j'ai entendu parler d'Etretat. Les falaises blanches...

L'expression d'Alexia changea du tout au tout. Ses yeux restèrent humides mais ses traits s'étaient soudain tirés. Maëlle en resta interdite quelques secondes.

-Oh, je suis désolée, dit-elle enfin.

Alexia s'essuya les yeux. Des larmes perlaient. Maëlle lui tendit un mouchoir pour se rattraper.

-Merci.

-De rien.

Évoquer Etretat l'avait rendue très triste, tout particulièrement les falaises. Ce n'était pas de la nostalgie, son petit doigt lui disait que quelque chose de terrible s'y était passé.

Pour le moment, elle devait éviter d'y penser. Elles ne se connaissaient pas assez pour parler de ce genre d'événements.

Elle parcourut la pièce à la recherche de l'horloge. Elle n'avait aucune idée de l'heure qu'il était.

Oh ! J'ai pas fait attention à l'heure ! Il faut que j'y aille !

Elle rassembla ses affaires. Alors qu'elle passait devant la fenêtre de la cuisine, trois silhouettes attirèrent son regard à l'extérieur, elle les reconnut tout de suite.

Dans la vitre, elle vit la silhouette d'Alexia se rapprocher d'elle.

-Tu as sans doute déjà rencontré Delphin Tevenn, il habite en face, lança Maëlle.

-Hm, fit Alexia.

Maëlle nota l'expression contrariée de sa nouvelle amie et n'insista pas.

-Mon frère c'est le métis et l'autre, avec le bob, c'est Thomas Picard, un relou... Bon, j'y vais sinon je vais être en retard... On se tient au courant pour que tu viennes sur Douarnenez.

-Oui, dit Alexia avec un regain d'énergie.

-A bientôt.

-A bientôt.

Et Maëlle sortit.

***

Alexia avait ouvert la porte sans se soucier le moins du monde de Delphin et de ses amis plantés au milieu de la rue comme si celle-ci leur appartenait. Pendant que Maëlle s'éloignait, emmenant son frère dans son sillage, la normande jeta un regard aux deux autres et ferma la porte d'un air nonchalant.

Elle espérait que son geste ferait réfléchir Delphin et qu'il abandonnerait ses tentatives stupides de la séduire ou même de l'approcher. Elle voulait simplement qu'on la laisse tranquille, ce n'était pas compliqué à comprendre, si ?

Chapitre 4 : Sentiments divergents

Delphin ne comprenait pas. Comment Maëlle, qui était de passage, pouvait devenir aussi facilement amie avec Alexia ? Elle venait de la rencontrer ! Il connaissait un peu la sœur de Lionel et il était vrai qu'elle avait toujours montré des facilités à se faire des relations mais là... Delphin était carrément jaloux. Il s'échinait à établir un simple contact avec Alexia depuis deux semaines. Et il n'essuyait que des refus.

Il avait rarement été dans un état de frustration aussi intense. C'était personnel et il ne voyait pas comment se sortir de cette situation. Ses amis lui avaient dit de laisser couler. S'ils savaient à quel point il n'en avait pas envie... Il voulait remédier à cette situation tout de suite, aller lui dire qu'il était désolé (même s'il ne savait pas trop pour quoi). Juste lui dire ça. Et voir... *La* voir. Elle était devenue une idée fixe. Ou plutôt la connexion qu'il ressentait entre eux était devenue son obsession. Jamais il n'avait ressenti ça et il ne comptait pas abandonner.

Il resta une bonne partie de la journée dans sa chambre et en rata le déjeuner.

On frappa soudain à la porte de sa chambre.

-Oui ? dit-il après s'être frotté les yeux.

Son père entra.

-Merde, le repas… jura Delphin.

Oublier de déjeuner n'était pas si grave car il avait été seul toute la journée. Mais ses parents apprécieraient sûrement de dîner…

-Ce n'est pas grave. J'ai commandé chinois, le rassura son père. Ça va ?

Delphin hésita un instant à répondre "oui" juste pour ne pas en parler mais il avait besoin de conseils.

-… Non.

-C'est à cause d'Alexia ?

-Oui. Je n'arrive pas à lui parler. Elle me claque la porte au nez ou elle fait la morte… Et toute à l'heure, je l'ai vue avec Maëlle. Elles parlaient comme si elles se connaissaient depuis…

-La sœur de Lionel ? l'interrompit son père.

-Oui !

-Ça passe parfois mieux entre filles… Je comprends ta frustration mais essaie de te mettre à sa place. Elle vient d'arriver. Tout est nouveau pour elle.

-Ça fait trois semaines qu'ils ont emménagé.

-Elle a laissé toute une vie en Normandie. Imagine…

-Thomas pense qu'elle ne veut pas me parler parce qu'elle croit que tu as poussé son père à quitter Etretat.

-C'est une façon de voir les choses… Mais je ne l'ai pas forcé. Je lui ai simplement proposé un poste et il a dit oui. Tu devrais la laisser tranquille pour le moment. Attendre qu'elle soit prête.

Et si elle ne l'était jamais ?

La sonnerie retentit.

-Ah, le livreur…

Et son père descendit.

***

Indifférente à ce que pouvait éprouver son voisin, Alexia vivait un sentiment de plénitude. Cela faisait si longtemps que ça lui était arrivé. Sa rencontre avec Maëlle lui avait fait beaucoup de bien. Elle lui permettait de souffler, de penser à autre chose, de se recentrer sur elle-même et en même temps de s'intéresser à quelqu'un d'autre. C'était bon d'avoir de nouveau une amie.

Elle se retrouvait, la jeune normande d'autrefois. Celle qui n'avait pas d'autres soucis que de savoir quel vêtement mettre ou quelle musique écouter.

La porte d'entrée s'ouvrit et se referma quelques secondes plus tard : son père était rentré. Alexia descendit le saluer.

-Salut, papa.

-Bonsoir, ma chérie. Comment s'est passée ta journée ?

-Très bien. Je me suis faite une amie.

-Je suis content que tu sois sortie, j'avais peur que tu te renfermes sur toi-même.

-Je suis sortie plusieurs fois depuis qu'on est arrivé, fit-elle. Simplement… aujourd'hui, il faisait beau. Je me sentais mieux.…

-Ah… fit-il soulagé. Comment s'appelle-t-elle ?

-Maëlle.

-Une bretonne pure souche… sourit son père.

-Non, elle est martiniquaise. Enfin son père l'est. Ils sont arrivés à Douarnenez il y a quelques temps…

-Ah, vous devez avoir plein de choses en commun…

-On n'a pas beaucoup parlé de ça. Elle m'a fait découvrir la ville. J'ai pris des photos.

-Super, fais-moi voir.

Ils passèrent la soirée à parler, à se parler vraiment pour la première fois depuis plus de six mois.

Ce soir-là, la disparition de sa mère était loin, bien loin dans le passé. Enfin, ils se tournaient vers le présent et l'avenir.

Quelques jours plus tard, Alexia rejoignit Maëlle à Douarnenez. C'était une ville bien plus grande que Tréboul, elle s'en était aperçue en la traversant le jour de son arrivée. Le trajet en bus lui parut aussi dangereux que celui en voiture. Elle eut quelques sueurs froides dans les rues pentues mais arriva à destination en un seul morceau.

Les deux filles avaient convenu de se retrouver à l'arrêt de bus devant la plage où se tenait le centre de thalassothérapie. Maëlle, toute vêtue de noir et de violet l'attendait.

-Salut ! fit-elle.

-Salut, répondit Alexia.

Malgré son étendue, la plage de Douarnenez semblait plus bondée que celle de Tréboul. Il y avait beaucoup de monde et Alexia n'aimait pas la foule.

-Qu'est-ce que tu veux faire ? lui demanda Maëlle.

-Tu me fais découvrir la ville ?

Elles s'éloignèrent de la mer et se dirigèrent vers le centre-ville. Là, Alexia retrouva les franchises habituelles qu'elle fréquentait à Etretat.

Elles firent un peu de shopping et passèrent par hasard devant une boutique d'instruments de musique. Trônant en vitrine, un violon attira le regard d'Alexia et elle s'arrêta pour mieux le regarder. Il était magnifique mais horriblement cher.

Enfant, elle avait pris des cours et jouait quelques morceaux lors des réunions de famille et des fêtes de fin d'année. Cela lui semblait avoir été dans une autre vie. Elle se rappela soudain avoir vu l'étui de son violon dans la voiture et décida de se mettre en quête de celui-ci dès qu'elle serait rentrée. En jouer lui manquait.

-Tu joues d'un instrument ? lui demanda Maëlle.

-Je jouais du violon... Il y a longtemps... Mais je pense reprendre.

-J'aimerais bien t'écouter.

Alexia lui sourit.

-Je dois avoir quelques enregistrements quelque part…

Elle l'espérait. Cela faisait si longtemps et il s'était passé tellement de choses depuis. Elle espérait qu'ils n'avaient pas été jetés à la poubelle…

-Ça te dit qu'on se pose chez moi ? fit Maëlle au bout de quelques heures. On n'est pas très loin…

-Si tu veux, oui.

Alexia suivit son amie dans un quartier à l'architecture assez moderne. En fait, chaque maison était différente. C'était un quartier pavillonnaire plutôt bourgeois. Maëlle passa le portail d'une maison au toit très pentu. Ici pas de piscine, pas de vue sur mer. mais une grande et belle maison.. Elle ouvrit la porte.

-Bienvenue, fit Maëlle.

Dès les premiers pas à l'intérieur, Alexia se sentit plus à l'aise que chez les Tevenn. La décoration était chargée de plantes et de motifs tropicaux. Les meubles foncés, les couleurs évoquaient une ambiance exotique.

La maison semblait déserte, elles étaient seules. Les pas et les rires des filles se répercutaient contre les murs.

-Et voici ma chambre ! dit Maëlle en ouvrant une porte sur une pièce à la tapisserie violette recouverte de posters.

Toute la chambre de son amie était décorée dans les tons violets, réhaussés par les meubles noirs et blancs. Alexia n'était pas vraiment surprise. Maëlle adorait le violet. A chaque fois qu'elles se voyaient, cette couleur prédominait dans ses vêtements.

Alexia pensa alors qu'elle devrait décorer sa chambre également. Elle avait récupéré tous ses posters de son ancienne chambre. Elle devrait les remettre. Elle était chez elle maintenant, même si ça lui faisait encore un peu mal de l'admettre.

-Ça va ? lui demanda soudain Maëlle.

-Oui, fit la rousse un peu émue. Je pensais à ma nouvelle chambre… Je ne l'ai pas encore décorée…

-Je peux t'aider si tu veux. Je rajoute toujours des choses…

-C'est gentil. Tu écoutes *Evanescence* aussi ?

-J'ai une préférence pour *Green Day* mais ça m'arrive oui.

Les deux filles échangèrent quelques heures sur leurs groupes de musique préférés, leurs films et leurs livres de prédilection.

-A quelle heure passe ton bus ? demanda soudain Maëlle en regardant son smartphone. Il ne faut pas que tu le loupes… Il n'y a pas beaucoup de bus pendant l'été…

Alexia regarda son téléphone à regret. Elle aurait bien aimé rester plus longtemps. Peut-être passer la soirée. Pour une fois qu'elle profitait pleinement.

-Dix-huit heures quinze, dit-elle.

-Je vais te raccompagner à l'arrêt.

Elles repartirent à pied du beau quartier où vivaient les Malbec.

-Au fait, n'oublie pas de m'envoyer les morceaux de violon, ça m'intéresse ! fit Maëlle.

-J'y penserai. Je te les envoie ce soir.

-J'espère bien. C'était sympa cet après-midi. On remet ça quand tu veux.

-Ça me ferait très plaisir.

Le bus arrivait. Maëlle embrassa Alexia.

-A bientôt. Rentre bien !

De retour chez elle, après un trajet qui lui parut plus court que d'habitude, Alexia monta à sa chambre et retrouva son violon au sommet de son armoire. Elle le dépoussiéra et essaya d'en jouer. Il sonnait faux, les cordes étaient détendues à force d'être inutilisées. Elle le réaccorda et tenta de rejouer le premier morceau qu'elle avait appris.

Concentrée sur la mélodie et l'instrument, elle n'entendit pas son père arriver.

-C'était très beau, dit-il visiblement ému lorsqu'elle s'interrompit. Cela faisait longtemps.

-Oui… Je pensais reprendre des cours…

-On peut chercher un prof de violon et voir. La rentrée est bientôt. On verra en fonction de ton emploi du temps.

Il redescendit. Elle se remit à jouer, bien décidée à mériter les leçons de violon.

Soudain, des notes jouées à la guitare lui parvinrent par sa fenêtre qu'elle avait laissée ouverte. Elles venaient d'en face. Delphin… Alexia referma la fenêtre en claquant le battant pour qu'il l'entende. Elle commençait à en avoir assez. Qu'est-ce qui ne tournait pas rond chez lui ? Il était seul à ce point ? Pourtant, ce n'étaient pas les filles qui devaient manquer, même ici, à Tréboul.

Elle tenta de jouer à nouveau mais ses mains tremblaient. Elle respira profondément et attendit quelques minutes. Non, décidément, elle n'y arrivait pas. Elle ne pouvait pas se calmer. Elle rangea son instrument aussi délicatement qu'elle put et sortit de chez elle. Pendant quelques secondes, elle eut envie d'aller frapper à la porte des Tevenn et de faire un scandale sur leur perron mais le risque de se rendre ridicule devant les autres habitants du quartier la rattrapa.

Elle se dirigea vers le chemin côtier à grands pas furieux. Elle avait besoin de se calmer, de sentir l'eau autour d'elle, de laisser le silence des profondeurs l'engloutir, elle et sa colère.

A cette heure-ci, il n'y avait plus grand-monde sur la plage. Même le poste de secours était désert. Elle plongea toute habillée.

Delphin, son père, Maëlle, la Normandie… Tout s'envola. Même Alexia Duval.

Chapitre 5 : La rentrée

Le matin de la rentrée, Delphin se réveilla un peu avant son réveil. Il avait assez mal dormi. Il s'était demandé s'il allait comme à l'accoutumée se retrouver avec ses amis ou dans une autre classe mais pas seulement. Alexia allait-elle trouver le lycée ? Allait-elle réussir à s'intégrer ? Il avait beaucoup de doutes à ce sujet compte tenu des évènements de l'été. Il aurait dû être soulagé qu'elle ait au moins Maëlle. Le problème c'était que Maëlle n'habitait pas Tréboul. Bon, il y avait le bus… et puis Alexia avait sûrement Internet chez elle…

Il essaya de ne pas trop penser à Alexia en se préparant ; elle arriverait bien au lycée d'une manière ou d'une autre.

Lorsqu'il arriva à l'arrêt de bus, il vit qu'Alexia y était déjà, vêtue de noir comme à son habitude. Son maquillage sombre faisait ressortir ses iris émeraude. Elle écoutait de la musique à un volume sonore assez fort. Une pancarte n'aurait pas été plus claire : elle ne voulait pas être dérangée.

Il avait besoin de se distraire avant de l'énerver à nouveau. Il mit ses écouteurs dans ses oreilles et essaya de se vider la tête avec quelques morceaux de rock.

Pendant les deux semaines qui avaient précédé la rentrée, il avait essayé de se remettre au piano. L'instrument était dans le salon, donc à l'opposé de la rue et d'Alexia. Sans vue sur la fenêtre de sa voisine, il penserait moins à elle. Il se torturerait moins l'esprit et donc il souffrirait moins.

Cela s'était révélé bien évidemment beaucoup plus facile à dire qu'à faire. Alors il avait un peu réfléchi à la situation et s'était dit qu'il devait être patient et attendre une bonne occasion. Malgré tout, il était content qu'Alexia se soit fait une amie. Il connaissait assez mal Maëlle mais si Alexia se sentait bien avec elle, c'était tant mieux. Il ne pouvait que lui souhaiter d'être heureuse.

Le bus ne tarda pas. Galant, Delphin laissa les passagères entrer et ferma la marche. Seulement une sur les trois sembla le remarquer et le remercia d'un signe de tête. Le bus vide à Tréboul se remplit au fur et à mesure des arrêts de Douarnenez mais Delphin remarqua à peine la foule tant il avait la tête ailleurs. Enfin, le bus s'arrêta devant le lycée.

Delphin sauta du bus et rangea ses écouteurs. Il avait hâte de découvrir sa classe.

Il avança à grands pas vers le groupe d'élèves qui s'était formé devant les tableaux des compositions de classes. Il parcourut des yeux la première liste, puis ne voyant pas son nom, passa à la suivante. Le nom d'Alexia l'arrêta net. Il serait dans sa classe. Au vu de leur passif estival, il ne savait pas si c'était une bonne chose ou non. Il était un peu partagé sur la question. Allait-elle lui laisser une chance de l'approcher ? S'ouvrirait-elle aux autres à défaut de s'ouvrir à lui ?

Il s'éloigna un peu du panneau et regarda l'horloge dans le hall. Thomas et Lionel ne tarderaient plus.

***

Alexia ne fit pas attention aux autres noms de la liste. Elle avait vu que Maëlle était dans l'autre classe et cela la contrariait. Elle alla aussitôt chercher la salle. Elle n'avait pas envie de commencer l'année en étant en retard. La salle 104. Le couloir semblait ne jamais finir et les élèves bouchaient parfois le passage. Elle dut en pousser quelques-uns pour accéder enfin à la classe.

-Bonjour, lança joyeusement la professeure.

-Bonjour, répondit poliment Alexia.

Les autres élèves la dévisagèrent, elle s'y était préparée et les ignora de son mieux. Elle s'assit au deuxième rang. Elle sortit de quoi noter les informations qu'elle allait recevoir et posa son sac par terre.

D'autres élèves entrèrent. Lorsque toutes les places furent occupées, la professeure se redressa et dit :

-Je crois que nous sommes au complet. Je suis Madame Portrait, votre professeure de français et votre professeure principale. Je vais maintenant procéder à l'appel.

Lorsque la professeure l'appela, elle sourit et dit :

-Une nouvelle élève… Bienvenue, Alexia. Est-ce que tu veux nous dire d'où tu viens ?

Alexia sentit ses joues s'embraser. Elle devait se lever et se présenter ? Hors de question.

-Je… Je viens de Normandie. Je suis arrivée pendant l'été, dit-elle rapidement.

-J'espère que tu t'es reposée et que tu as eu le temps de t'habituer.

-Oui, répondit poliment Alexia.

-Bien. Je poursuis l'appel.

Les joues écarlates, Alexia s'appliqua à ne plus regarder la professeure directement, ni aucun de ses camarades de classe. Les rumeurs allaient déjà bon train dans un coin de la classe…

-Delphin Tevenn ! lança la professeure.

A ce nom, Alexia crut qu'elle allait se lever pour quitter la salle. Elle n'avait pas fait attention sur la liste… mais elle était au début de l'alphabet. Elle leva les yeux au ciel et se demanda si ce n'était pas une blague ou un piège ou les deux. Elle avait vu le petit manège de son voisin à l'arrivée du bus et était bien décidée à ne pas se laisser avoir.

Les informations lui passèrent bien au-dessus de la tête, elle ne les prit pas en note. Elle n'aspirait qu'à une chose : changer de classe tout de suite.

-Bien, dit Mme Portrait en regardant l'horloge derrière elle. Il va être l'heure du pot de bienvenue. Si vous avez des questions à me poser, il est encore temps, sinon nous nous reverrons demain.

***

La plupart des élèves avaient déjà fait leur année de seconde au lycée. Il n'y eut donc pas de question. Alexia était la seule nouvelle élève et n'en posa aucune. Son attitude était plus renfermée que jamais. Delphin était sûr qu'elle aurait préféré être dans la classe de Maëlle. Ce qu'il pouvait comprendre.

La classe descendit au restaurant scolaire. Ils croisèrent les élèves des autres classes. Delphin vit Maëlle se rapprocher d'Alexia. Les deux filles semblaient vivre une amitié fusionnelle. Il ne put s'empêcher d'être jaloux de Maëlle.

-Hé, Del' ! lança une voix qu'il n'avait pas entendu depuis plusieurs mois.

Elle appartenait à un jeune homme blond vêtu de noir. Il s'appelait Sylvain Druand. Delphin et lui avaient été amis au collège. Ils partageaient beaucoup de points communs, l'un d'eux étant un goût prononcé pour les filles rousses. Ce détail lui revint en mémoire.

-Tu as vu la nouvelle ? lança Sylvain.

-Oui… elle est dans ma classe…

-Veinard.

Delphin ne savait pas trop si c'était de la chance. Il sentait que se rapprocher d'Alexia ne serait pas aussi facile qu'il l'avait espéré. Il avait eu toutes les vacances d'été ou presque pour essayer et ça avait été un échec. Pire, il n'en savait pas plus sur elle que lors de son arrivée. Il était au point mort.

Il essaya de se rassurer en se disant qu'il avait toute l'année et même celle d'après. Alexia finirait bien par s'ouvrir. Il fallait attendre.

***

Sylvain vit son ami s'éloigner avec son habituel air distrait mais il n'était pas dupe. Cela faisait des mois qu'il n'avait plus eu de nouvelles et c'était à peine si Delphin lui parlait quand ils étaient face à face. Il était passé à autre chose. Il avait toujours été plus proche de Thomas et Lionel de toute façon.

Sylvain ne savait pas pourquoi il pensait encore qu'ils étaient amis. Certes, ils ne venaient pas du même monde. Il faisait figure de pauvre à côté de Delphin. Pendant un temps, ça n'avait eu aucune espèce d'importance. Enfin, il l'avait cru. Maintenant, quelque chose d'autre s'était mis entre eux ou plutôt quelqu'un. Et il devait dire adieu à leur amitié.

Sylvain écouta le discours du proviseur avec l'impression d'avoir une plaie béante au niveau du cœur. Une vague de froid lui tomba sur les épaules. Il ne comptait pas le nombre de ses amis sur ses deux mains. Une seule lui suffisait. Delphin avait été son seul ami.

Il frissonna en se souvenant de ce que son père lui avait dit au début de leur relation : « Ça ne durera pas. Tu ne l'intéresses pas. Il a pitié de toi, c'est tout. Qu'est-ce que tu peux lui apporter ? Rien ! Il se passera très bien de toi, tu verras. »

Aussi amer et en colère que Sylvain l'était, il était forcé d'admettre que son père avait eu raison.

Lorsque le discours fut fini, il reprit lentement le chemin pour rentrer. Il savait déjà ce que dirait son père en voyant sa mine déconfite. Il rigolerait. Et Sylvain en aurait pour toute la soirée à essuyer les moqueries et les humiliations.

Il mit son casque sur ses oreilles et essaya de se perdre dans la musique qu'il écoutait. Il aurait bien voulu disparaître ce jour-là.

Le souvenir des après-midis passés chez les Tevenn lui revint. La grande chambre de Delphin dans les tons bleus. La voix de Delphin qui lisait un conte à voix haute pendant que Sylvain dessinait… Des après-midis où il avait eu l'impression qu'ils étaient frères. Il ravala ses larmes, le cœur brisé.

**

Alexia était dégoûtée de ces quelques heures passées au lycée. Elle s'était attendue à autre chose. A trouver le visage rassurant de Maëlle, à ne pas être au centre de l'attention… (Les questions du professeur l'avaient mise très mal à l'aise). Il n'était peut-être pas trop tard pour changer de classe, lui avait dit Maëlle pendant le discours du proviseur. Il suffisait d'expliquer la situation à M. Jambon. Il comprendrait.

Elle descendit à l'arrêt de bus de la plage et prit un moment pour respirer les embruns. Calmement, profondément… Elle se sentit apaisée en quelques secondes.

Des bruits de pas tout près d'elle la tirèrent de sa tranquillité.

***

C'était la première fois que Delphin voyait une fille profiter réellement de la mer. D'habitude, elles ne faisaient que bronzer sur leurs serviettes. Cette fois, il en était sûr : Alexia était la bonne. Il devait trouver un truc à dire. Un truc pas trop stupide mais tout ce qui lui venait à l'esprit semblait l'être.

-Est-ce que… tu veux qu'on descende ? On pourrait discuter…

Il vit son regard s'assombrir et eut juste le temps de se dire qu'elle allait s'énerver.

-Fous-moi la paix ! s'exclama-t-elle avant de s'éloigner à grands pas furieux.

L'effet était le même que s'il s'était pris une claque en pleine figure. Il ne comprenait pas son attitude. Il n'avait pourtant pas l'impression de la harceler. Au contraire, il la laissait plutôt tranquille. Elle se comportait comme s'il l'avait agressée…

Delphin descendit à la plage et essaya de trouver une explication à ce qui venait de se passer.

***

Elle en avait assez de Delphin Tevenn et de son comportement tout gentil… elle savait bien ce qu'il voulait. Et elle ne lui accorderait pas. Il lui donnait envie de vomir avec sa galanterie et ses airs polis. Il n'avait rien d'autre à faire ? Elle ne voulait pas de son aide, ce n'était pourtant pas compliqué à comprendre. Elle ne voulait rien avoir à faire avec lui.

Elle devait absolument s'en débarrasser.

***

Delphin soupira. Son père lui avait dit de lâcher Alexia. Il essayait. C'était juste… C'était juste qu'il pensait que c'était le bon moment cette fois. Mais oui, il fallait qu'il arrête. Clairement, ça ne marcherait jamais.

Mais comment tourner la page ?

**

Alexia demanda à l'employée de l'accueil où se trouvait le bureau du proviseur. On le lui indiqua. Une fois sur place, elle frappa doucement à la porte, intimidée. M. Jambon, un homme au visage inexpressif, se leva et lui ouvrit.

-Bonjour, Monsieur, dit-elle timidement.

-Bonjour. Mademoiselle ?

-Alexia Duval.

-Ah oui. Entrez. Que puis-je faire pour vous ?

-Je voudrais changer de classe.

-Il y a un problème ? demanda-t-il une ride apparaissant entre ses sourcils.

-Je… J'aimerais être avec mon amie Maëlle Malbec. Je suis nouvelle ici et je serai plus à l'aise si…

-Je comprends. Pour le moment, je n'ai pas de demandes venant de la classe de votre amie, pour faire un échange avec un élève. Il va falloir patienter un peu, dit-il avec un petit sourire.

-Vous ne pouvez rien faire ?

-A moins qu'il y ait un gros problème d'entente avec vos camarades…

-Mon voisin d'en face est dans ma classe.

-Dans le cas où l'un de vous deux est malade, c'est assez pratique.

-Oui… Mais…

-J'aimerais vous aider mais pour le moment je ne peux pas. A moins comme je vous le disais qu'il y ait un gros souci avec l'un de vos camarades.

Alexia voulait qu'une décision soit prise rapidement mais elle ne voulait pas pleurer pour qu'on l'écoute.

-C'est que... Nous habitons l'un en face de l'autre. On prend le bus ensemble, matin et soir, et en plus nous sommes dans la même classe... Je pensais...

Mais le proviseur ne ferait rien sans fait grave. Ou sans accusation.

Alexia ressortit du bureau, les joues rouges de colère et de honte.

-J'avais tellement honte... dit-elle à Maëlle. Je ne savais pas quoi dire...

-Tu aurais dû lui dire que tu avais l'impression qu'il te suivait, qu'il t'observait... Le directeur est plutôt compréhensif mais il faut lui dire clairement ce qui ne va pas.

-Je retournerai le voir plus tard...

-Comme tu veux.

Alexia rentra chez elle. Elle observa la maison des Tevenn à travers la fenêtre de sa chambre. Ils avaient tout ce qu'ils voulaient. Elle devait leur montrer que la vie n'était pas juste.

Dès qu'elle arriva au lycée le lundi matin, elle retourna dans le bureau du proviseur.

***

Delphin eut du mal à cacher son étonnement quand le proviseur l'interpela à la pause de dix heures. C'était la première fois qu'il était convoqué de cette façon et aussi tôt dans l'année.

-Vous vouliez me voir ? demanda-t-il en entrant.

-Oui. Asseyez-vous. Nous devons parler très sérieusement. L'une de vos camarades est venue me voir ce matin à votre sujet. Elle vous reproche de la harceler.

-Pardon ?

-C'est très sérieux, insista le proviseur, l'air grave et les mains jointes. Je lui ai dit qu'elle interprétait peut-être mal vos gestes mais elle m'a tout raconté.

-C'est-à-dire ?

Il lui répéta ce qu'il savait déjà et un peu plus. Alexia l'accusait de la surveiller et de la suivre.

-Je ne la suis pas.

-Mais vous la regardez.

-Pas tout le temps !

-Je vais être franc, Monsieur Tevenn. Je ne vous imagine pas ainsi. Il y a fort à parier que Mademoiselle Duval a mal interprété vos gestes. Mais je dois vous conseiller de faire profil bas jusqu'à ce qu'elle décide de revenir sur ses accusations. Dans le cas contraire, je vous convoquerai tous les deux et nous déciderons d'une solution ensemble.

Chapitre 6 : La prochaine vague

Delphin avait du mal à le croire. Alexia l'accusait de harcèlement. C'était n'importe quoi. Il se contentait d'aller en cours, c'était tout. Ce n'était pas de sa faute s'ils empruntaient le même itinéraire pour se rendre au lycée… (De toute façon il n'y en avait qu'un depuis la rue des dunes).

-Qu'est-ce qu'il te voulait, Jambon ? demanda Thomas.

-… M'informer d'un truc, soupira Delphin.

-Ca n'a pas l'air joyeux...

-C'est à propos d'Alexia. Elle m'accuse de harcèlement.

-QUOI ? fit Thomas choqué.

-Ne parle pas si fort, fit Lionel à Thomas.

-De harcèlement ? Mais tu n'as rien fait de mal…

-Bien sûr que non. Mais elle trouve que ça fait beaucoup : on habite l'un en face de l'autre, on prend le bus ensemble et là on est dans la même classe…

-Ce n'est pas une raison. On n'accuse pas les gens de harcèlement pour ça.

-Elle n'a qu'à changer de classe si elle n'est pas contente, fit Thomas.

Delphin soupira, dépité.

-En tout cas, chapeau car tu prends ça relativement bien.

En réalité, Delphin avait envie de disparaître. Rien n'était pire que cette situation.

-Jambon a parlé de sanction ? demanda Lionel. Il n'envisage pas de te renvoyer quand même ?

-Non, il attend de savoir si elle va changer d'avis. En attendant, je dois l'éviter.

-C'est n'importe quoi, fit Thomas.

Delphin aurait bien aimé dire qu'il était d'accord mais c'était entièrement de sa faute. S'il avait écouté son père, il n'en serait pas là. Que devait-il faire ? Il avait envie de partir. Ce serait donner raison à Alexia, mais avait-il vraiment le choix ? Il était trop énervé pour continuer sa journée de cours comme si de rien n'était.

La sonnerie de fin de pause retentit et le fit sursauter. Il fallait qu'il prenne une décision. Il remit sa veste.

-Qu'est-ce que tu fais ? lui demanda Thomas.

-Je rentre chez moi.

-Pourquoi ?

-Tu nous l'as dit : tu voulais seulement l'aider. Tu n'as rien à te reprocher, renchérit Lionel.
-On va t'aider à préparer ta défense. Si quelqu'un doit partir, c'est elle.

Mais Delphin ne voulait pas qu'Alexia parte. Il devait trouver une solution. Ce n'était qu'un malentendu. Il lui suffirait de faire profil bas, de s'excuser quand ils seraient convoqués tous les deux dans le bureau du directeur et ce serait réglé. A défaut de s'entendre, ils pourraient continuer leur route chacun de leur côté. Une perspective qui lui laissait un goût amer mais c'était l'issue la moins désagréable.

Il consentit à rester au lycée. Ce n'était que quelques heures et il serait toujours mieux avec ses amis que seul chez lui.

Le reste de la journée lui parut très long. En dépit des efforts de Thomas pour le distraire (et de ceux de Lionel pour leur rappeler qu'ils étaient en cours), il ruminait cette histoire. Il n'arrivait pas à se concentrer. Il griffonnait sur sa feuille sans parvenir à prendre des notes. Pire : il ne pouvait même pas regarder Alexia.

Delphin fit de son mieux pour le reste de la journée mais en milieu d'après-midi, il se sentit très las et démoralisé.

-J'y vais, dit-il.

-Mais il reste deux heures de cours.

C'était plus qu'il ne pouvait supporter.

-Vous me raconterez.

Et il quitta le lycée.

Il marcha jusqu'à l'arrêt de bus et regarda les horaires. Le prochain bus ne passerait pas avant une bonne heure. Il n'allait pas attendre là…

Il décida d'aller rendre visite à sa grand-mère. La maison de retraite où elle logeait n'était pas très loin, il pouvait y aller à pied.

L'établissement se nommait simplement "La maison de retraite de la Mer d'Ys".

-Bonjour, jeune homme, lança la réceptionniste.

-Bonjour. Je suis le petit-fils de Marie Tevenn.

-Oui. Je vous accompagne.

-Ne vous dérangez pas… Elle est dans sa chambre ?

-Oui.

-Je sais où elle est.

Delphin emprunta le couloir puis trouva la porte où figurait le nom de sa grand-mère. Il frappa doucement. Pas de réponse. Il entra. Elle était assise dans son fauteuil, fixant l'horizon.

-Bonjour, mamie.

-Delphin ! dit-elle en se tournant. Mon rayon de soleil, comme je suis contente de te voir.

-Moi aussi. Comment vas-tu ?

-Je vieillis… Et toi ? Tu as l'air triste. Une peine de coeur ?

-Oui.

Sa grand-mère se raidit soudain sur son fauteuil et sa voix changea complètement :

-La tempête se rapproche, le vent, les vagues, tout est reproche… Sur le sable où tu es venu, les abysses réclament leur dû…

-Mamie ?

Son regard était vide. Elle ne semblait plus consciente.

-S'il vous plaît ! appela Delphin suffisamment fort pour alerter le personnel.

Une infirmière arriva aussitôt, stéthoscope autour du cou.

-Elle va bien, dit-elle au bout d'un moment. Elle a juste besoin de repos.

-D'accord. Je vais rentrer. A bientôt, mamie.

Delphin ressortit en pensant que son père l'avait averti : sa mamie n'était plus très lucide, il ne fallait pas toujours prendre ses paroles à coeur. Il ne l'avait pourtant jamais vue ainsi… Il y avait quelques semaines, elle allait encore bien…

Savoir qu'elle souffrait ainsi l'affligea davantage.

***

Le lendemain, Alexia ne vit pas Delphin dans le bus et se demanda pendant un instant si elle le verrait en cours. Il devait sans doute trouver la vie injuste… Oui, elle l'était. La jeune femme était bien placée pour le savoir. Delphin, lui, avait tout pour être heureux. Le malheur ne s'était jamais immiscé dans sa vie, ça se voyait.

Elle se rendit compte quelques minutes avant la sonnerie que son voisin était bel et bien au lycée. Il avait sûrement pris le bus d'avant ou ses parents l'avaient déposé. En tout cas, ce n'était pas encore aujourd'hui qu'elle allait en être débarrassée.

-Alex ! fit Maëlle en la sortant de sa furie silencieuse. Ça va ?

-… Ouais, répondit Alexia tout en fixant Delphin près des casiers.

Maëlle se tourna un instant vers lui.

-Ce n'est pas pour prendre sa défense mais je suis sûre qu'il ne cherchait pas à te nuire, dit-elle.

-Il l'a quand même fait.

-Il n'est pas comme ça.

-Je m'en moque. Je vais retourner voir le proviseur.

Elle s'y rendit aussitôt.

-Il continue, dit-elle.

S'il était là, c'était qu'il voulait lui nuire, elle en était sûre. Elle le savait. Le sang battait à ses tempes. La colère lui criait de se venger.

-Bon… fit le proviseur. Je vous convoquerai dans la journée.

Satisfaite, Alexia rejoignit sa salle de classe.

***

Des coups portés sur la porte de la salle de cours d'anglais tirèrent Delphin de sa torpeur. Il aimait beaucoup cette matière mais s'ennuyait à mourir. Il avait beaucoup plus l'occasion de s'améliorer que ses camarades et la différence de niveaux se creusait davantage à chaque cours, lui semblait-il.

-Excusez-moi de vous déranger, dit le surveillant. Je viens chercher Delphin Tevenn et Alexia Duval. Le proviseur veut vous voir.

Alexia prit ses affaires et sortit la première. Delphin l'imita.

Ils suivirent le pion jusqu'au rez-de-chaussée.

M. Jambon les attendait, debout devant son bureau.

-Asseyez-vous.

Ils s'exécutèrent d'un même mouvement.

-Bon… Mademoiselle Duval, est-ce que vous maintenez vos accusations à l'encontre de Monsieur Tevenn ?

-Oui.

Delphin avait cru pendant un instant qu'elle se dégonflerait, aussi fut-il déçu de cette réponse. Il avait envie de lui demander si elle se rendait compte de ce qu'elle disait mais il était trop bouleversé pour ça.

-Je veux qu'il change de classe.

-De mon point de vue, vos accusations concernent surtout le temps en dehors de l'école… dit M. Jambon. Si vous vous sentez mal à l'aise en la présence de M. Tevenn, je peux vous faire changer de classe.

Alexia eut une moue contrariée.

-Et puis, pour vos trajets et votre vie hors scolaire… eh bien… arrangez-vous pour ne pas vous suivre.

-C'est ce que je fais, fit Delphin sur la défensive.

Il aurait aimé avoir l'assurance de Thomas et pouvoir dire à Alexia qu'il ne comptait pas changer de classe pour ses beaux yeux. Le problème c'était qu'il ne le pensait pas, il aurait même fait n'importe quoi pour elle si ça pouvait leur permettre de se rapprocher. Il ne parvint qu'à souffler :

-Je suis désolé. Je ne pensais pas à mal.

Alexia ne dit rien et sembla même se renfrogner. Mais qu'est-ce qui ne tournait pas rond chez elle ? Pourquoi rien ne semblait la satisfaire ? Si elle changeait de classe, elle le verrait moins, c'était déjà ça de pris... Mais non, ce n'était pas assez pour elle. Une chieuse, voilà ce qu'elle était. Elle ne voulait rien avoir à faire avec les gens. Il ne pouvait pas l'y pousser. Il aurait dû abandonner depuis longtemps.

-Bon, reprit le proviseur. La situation me semble claire... Alexia, votre changement de classe prend effet dès demain. Delphin, vous resterez dans votre classe actuelle.

-Merci, dit Delphin.

-Bonne journée.

Il était soulagé. Alexia n'aurait plus d'excuse pour l'accuser de quoi que ce soit.

***

Le lendemain donc, Alexia n'était plus dans sa classe mais dans celle de Maëlle. C'était un soulagement et une bonne nouvelle mais elle ne parvenait pas à être véritablement heureuse. Delphin était encore trop près. Elle aurait voulu qu'il change carrément d'établissement ou de ville ou mieux : qu'il disparaisse pour de bon.

***

Delphin se rendit compte qu'il cherchait Alexia et il se rappela avec amertume l'accusation dont il avait été l'objet. Elle ne méritait pas qu'il la cherche. Il ne devait plus perdre de temps avec elle. Il fallait qu'il tourne la page.

Le week-end se profila enfin. Il aurait au moins besoin de deux jours pour digérer toute cette histoire.

Le vendredi soir, après un long moment passé à la plage, il monta à sa chambre et se coucha. Jamais une semaine ne lui avait paru aussi éprouvante. Il resta un long moment dans le noir à essayer de faire passer l'amertume qui lui tapissait la bouche.

Au bout de deux ou trois heures, la porte de sa chambre s'ouvrit.

-Euh... Del', tu comptes faire le repas ou il faut... fit son père. Qu'est-ce que tu fais dans le noir ? La journée s'est mal passée ?

-… C'est toute la semaine qui s'est mal passée… répondit-il d'une voix enrouée.

-A ce point ?

Alain alluma la lampe sur la table de chevet et Delphin se tourna vers lui. Il lui raconta les récents évènements qui l'avaient conduit à son état du soir. Il n'aimait pas donner l'impression de se plaindre mais il ne pouvait plus garder tout cela pour lui.

-Je sais que c'est de ma faute. J'aurais dû vous écouter, tous, vous aviez raison…

-Oui, mais elle y est allée un peu fort quand même… Je vais parler à Joël de ce qui s'est passé…

-Non, l'arrêta Delphin. Ne lui dis pas.

-Je refuse que ça aille plus loin. On te changera d'établissement s'il le faut.

-Je ne veux pas changer de lycée. Je vais faire profil bas et voir…

-… Comme tu veux. Tu viens manger ?

-Non.

-Ta part sera au frigo.

Le lendemain, Delphin se réveilla vers onze heures. Il était courbatu de partout à force d'avoir dormi en boule. Un grand verre de jus d'orange et des toasts étaient posés sur sa table de chevet. Sentant son estomac protester contre l'absence de dîner, il les engloutit puis fila dans la salle de bain.

Au sortir, il fit ses devoirs et vers la fin d'après-midi, se dit que surfer lui ferait le plus grand bien. Il enfila sa combinaison, prit sa planche et se rendit à la plage.

Fidèle à son poste de secouriste, Tom était perché sur sa chaise de surveillance. Le drapeau vert flottant légèrement à ses côtés.

-Salut, Tom !

-Hey, Del' ! Tu aurais dû venir ce matin. Il n'y aura pas de vent cet après-midi.

-Ah… fit Delphin un peu déçu.

Mais comme le contact avec la mer lui avait toujours fait du bien, il s'y dirigea. Le vent viendrait peut-être. Il s'éloigna du bord pour ne pas gêner les éventuels baigneurs et guetta les vagues, ses jambes pendant de chaque côté de sa planche, les pieds dans l'eau.

Il se refit mentalement le film de la semaine. Il n'arrivait pas à croire qu'une telle chose ait pu lui arriver. Dire qu'au début c'était un simple râteau… A présent c'était de la détestation. Il avait réussi à se faire détester de la fille qu'il aimait. C'était risible.

Quelque chose frôla son pied. Il ne s'en soucia pas, c'était sûrement un poisson qui avait été un peu curieux.

Le vent se leva d'un coup. La planche se mit à tanguer et lui avec. Le ciel s'était assombri. L'averse n'allait pas tarder.

Delphin hésita à retourner vers la plage. La pluie ne le gênait pas habituellement pour surfer.

Il s'aperçut cependant que le courant l'emmenait vers les rochers. Quel que soit son choix, il fallait qu'il s'en éloigne. Il commença à ramer mais s'arrêta tout net quand il vit des écailles argentées briller sous la surface de l'eau. Ce devait être un gros poisson, un très gros poisson. Une chevelure rousse fendit les flots ensuite.

Delphin sentit son pouls s'accélérer. Une sirène ? A Tréboul ? Il était passionné de créatures fantastiques mais il avait passé l'âge de croire qu'elles existaient réellement…

La créature progressait vite. Elle passa sous sa planche et mit un grand coup de nageoire dedans.

Choqué, Delphin s'accrocha à sa planche du mieux qu'il put. Il remonta ses jambes pour ne pas offrir de prise à la sirène.

Le vent se leva et des vagues le poussèrent. Il déviait vers les rochers à présent. Il devait à tout prix éviter de les heurter. La sirène continuait de le pousser, de traiter la planche comme un vulgaire morceau de bois, comme un parasite qui n'avait rien à faire sur les flots de plus en plus enragés.

Si elle continuait ainsi, Delphin finirait par tomber. La sirène ne semblait pas se fatiguer. Elle n'arrêterait pas avant qu'il se soit noyé. Après tout, les sirènes étaient des prédatrices. Il ne s'en sortirait que mort.

Dans cette optique, sa planche l'encombrerait plus qu'autre chose ; il valait mieux la laisser dériver. Il défit le scratch autour de sa cheville.

Les vagues se faisaient de plus en plus imposantes. Lutter ne servirait à rien. Il se laissa tomber dans l'eau. Il aperçut un reflet argenté puis discerna la silhouette de la sirène. Son corps mi-femme mi-poisson ondulait lentement, dangereusement en cherchant sa proie. Sa chevelure rousse flottait comme un feu follet pour l'attirer à elle. Elle se tourna d'un geste brusque et le vit.

La créature fonça sur lui mais, avant qu'elle ne l'atteigne, une lame de fond emporta Delphin avec une force redoutable et, d'un coup, tout devint noir.

***

Alexia ouvrit les yeux à cause du soleil qui brillait. Elle voulut s'en protéger et lever le bras mais ce geste était douloureux. En fait, tout son corps lui faisait mal comme si on l'avait rouée de coups. Elle se redressa difficilement et regarda autour d'elle.

Elle était sur la plage, enfin… sur la partie qui se prolongeait sous la jetée, là où il y avait des rochers. Elle portait son maillot de bain et elle était trempée, elle s'était donc baignée. Elle avait mal partout et pourtant la mer ne semblait pas agitée. Le pavillon était même vert. Elle ne comprenait pas. Comment pouvait-elle ne pas s'en souvenir ?

Soudain, un bruit mat la fit sursauter. Elle se tourna et vit une planche de surf heurter les rochers à quelques mètres d'elle. Les couleurs de la planche lui étaient familières. Blanc et bleu… où avait-elle vu une planche de cette couleur ?

Le souvenir lui fit l'effet d'une gifle. C'était la planche de surf de Delphin ! Son voisin. Sa planche flottait là… Mais lui, où était-il ?

Elle regarda les environs, observa la plage. Elle ne le vit pas.

Elle était à deux doigts de laisser tomber quand une vague l'éclaboussa. L'écume était rougeâtre et laissa sur elle une trace sanguinolente. Alexia eut un hoquet de terreur. Quelqu'un était blessé. Ou pire.

Elle sentit la peur s'emparer d'elle et une sensation bien connue : celle d'être impuissante. Comme elle l'avait été le jour où sa mère avait sauté du haut de la falaise. Son rythme cardiaque s'accéléra, elle avait du mal à respirer.

Une autre vague plus puissante ramena le jeune homme sur la plage. Alexia sentit ses jambes vaciller. Il était inconscient. Du sang s'échappait d'une plaie sur la tempe… Tremblant de tous ses membres, Alexia le retint tant bien que mal avant que la houle ne l'emmène au loin.

-Ré… réveille-toi… Réveille-toi…

Elle jeta un nouveau coup d'œil vers la plage. Le poste de secours était trop loin, elle devait faire quelque chose, elle était la seule à pouvoir réagir. Elle prit sa serviette et l'appliqua sur la plaie. Cela ferait l'affaire en attendant mieux.

-Par pitié, réveille-toi !

Pas de réponse. Pas un geste. La situation était grave. Il lui fallait de l'aide.

Alexia se dirigea vers le poste de secours aussi vite que ses jambes encore tremblantes le lui permettaient.

-A l'aide… fit-elle d'une voix qui lui parut lointaine. S'il vous plaît…

Le secouriste l'aperçut et courut à sa rencontre.

Alexia lui signala tant bien que mal ce qui venait de se passer et où elle avait laissé Delphin. Les tremblements reprenaient. Elle était en état de choc, paralysée par ce qu'elle venait de voir et terrorisée à l'idée que son voisin pouvait mourir d'un moment à l'autre ou l'était peut-être déjà.

Le secouriste saisit une couverture de survie derrière lui et recouvrit les épaules d'Alexia.

-Montre-moi l'endroit, dit-il.

Ils retournèrent parmi les rochers. Dès que Delphin fut en vue, le secouriste se précipita vers lui et vérifia sa respiration et son pouls.

-Il est vivant, dit-il.

Il appela aussitôt le SAMU, leur communiqua toutes les informations et mis une couverture de survie à Delphin..

Une sirène retentit longtemps, de plus en plus fort à mesure que les secours approchaient, puis Alexia et le secouriste aperçurent un camion de pompiers devant la plage. Ils leur firent signe. L'équipe de secours s'avança vers eux.

Alexia et le secouriste reculèrent pendant qu'ils donnaient à Delphin les premiers soins.

-Ça va aller. Ça va aller, dit le secouriste à Alexia en lui frictionnant le dos. Réchauffe-toi.

Quelques minutes plus tard, entre deux sanglots, elle vit les pompiers faire le chemin inverse plus lentement, transportant Delphin toujours inconscient et intubé.

-…Est-ce… est-ce… qu'il va-va s'en sortir ? bégaya Alexia.

-Je l'espère, répondit le secouriste visiblement inquiet. C'est quelqu'un de bien, Delphin… Tu le connais ?

-C'est… C'est mon voisin…

C'était bien tout ce qu'elle pouvait dire sur lui puisqu'elle n'avait pas pris le temps de le connaître. Elle s'était attaquée à lui parce que… Parce que quoi ? Elle ne savait plus…

Les pompiers quittèrent la plage, sirène hurlante.

-Il y a quelqu'un qui peut venir te chercher ? fit Tom lorsque le bruit eut suffisamment diminué. Tes parents ?

-Mon père… est de garde à l'hôpital.

-Et ta mère ?

-…

-Tu peux utiliser la douche ici. Il y a de l'eau chaude. Je vais appeler Gaëlle, l'autre secouriste, elle te déposera.

Alexia rentra chez elle sans en avoir vraiment conscience. Elle était encore sous le choc de ce qu'elle venait de voir. Elle n'avait pas l'impression d'être rue des dunes, une partie d'elle était restée sur la plage à regarder les secours emmener son voisin.

Trop faible pour monter les escaliers, elle se laissa tomber dans le canapé. Comment cela avait-il pu se produire ? Est-ce que c'était elle qui avait provoqué l'accident de Delphin ? Elle ne se souvenait de rien... Elle le détestait mais pas au point de le tuer... Et s'il ne se réveillait pas ?

La colère l'avait quittée. Les évènements des derniers jours défilèrent sous forme de flashs dans son esprit. Tout, tout ce qu'elle avait dit et fait avait mené à cet accident. Elle l'avait causé. Elle avait blessé Delphin.

Une vague de culpabilité monta en elle. C'était à cause d'elle que sa mère était morte. C'était à cause d'elle que Delphin était à l'hôpital...

Qui serait le prochain ? Son père ? Un ami de Delphin ? Un parfait inconnu ? Elle était dangereuse, il fallait l'arrêter... Alexia ne voulait plus prendre le risque de blesser quelqu'un. C'était décidé, elle allait se suicider.

Elle se traîna jusqu'à la cuisine, prit le couteau le plus tranchant qu'elle put trouver. Ses mains tremblaient. En fait, tout son corps tremblait comme pris de spasmes. Le couteau lui échappa des mains et tomba sur le carrelage. Elle voulut se pencher pour le ramasser mais s'écroula. Quelque chose en elle lui criait que ce n'était pas la solution et qu'elle pouvait - qu'elle devait- se racheter.

Alexia finit par se redresser et ranger le couteau dans son tiroir. Les larmes inondant son visage, elle reprit son sac de plage et monta à sa chambre.

Elle prit un mouchoir de la boîte posée sur sa table de chevet et regarda la fenêtre aux volets fermés de l'autre côté de la rue, celle de Delphin.

Elle se repassa en mémoire son attitude à chaque fois qu'il lui avait adressé la parole. Elle avait été désagréable, à chaque fois. Il avait juste voulu l'aider, être son ami peut-être, et elle avait refusé, elle ne savait même pas pourquoi. Elle s'était emportée. Sans raison.

Chapitre 7 : Sang d'encre

-Le docteur Duval est demandé aux urgences ! Le docteur Duval !

A l'appel de son nom, Joël traversa le couloir au pas de course.

Il était de garde ce week-end. Il avait commencé la journée par une opération délicate, puis il avait eu deux heures de calme avant qu'on l'appelle de nouveau aux urgences de l'hôpital.

-Adolescent de seize ans, trouvé près de la plage de Tréboul. Un accident de surf, l'informa-t-on tandis qu'il approchait. Trauma crânien avec plaie frontale.. Le patient est inconscient et intubé.

Joël n'eut pas besoin de lire le compte-rendu des pompiers. Il reconnut tout de suite le jeune homme malgré le sang sur son visage qui avait collé ses cheveux blonds du côté de la plaie et le masque à oxygène sur son nez et sa bouche. C'était Delphin Tevenn.

Il devait prendre en charge le fils de son collègue comme n'importe quel autre patient. Il prit une profonde inspiration afin de repousser le stress que cette situation générait.

-... Faites préparer le bloc. Prévenez le docteur Tevenn, dit-il d'une voix blanche à la secrétaire. Son fils vient d'être admis pour un trauma crânien.

L'équipe de secours avait prodigué les premiers soins pour assurer les fonctions vitales et fait les premiers tests pour évaluer la gravité du traumatisme... Il fallait faire un scanner pour voir s'il y avait d'autres lésions...

***

Alain Tevenn était dans son salon en train de lire le journal quand le téléphone sonna. Il décrocha et fut surpris de reconnaître le numéro des urgences de l'hôpital de Quimper. Il fronça les sourcils, se demandant ce qui pouvait bien les motiver à l'appeler sur son fixe et non sur son portable un week-end où il n'était pas de garde.

-Bonjour, Monsieur, nous vous informons que votre fils Delphin vient d'être admis aux urgences.

-Qu'est-ce qui s'est passé ?

-Il a eu un accident de surf. Il a été admis pour un traumatisme crânien. Le docteur Duval est en train de l'examiner.

Alain sentit son coeur rater un battement sous le choc de la nouvelle.

-Nous arrivons tout de suite, répondit-il.

Il raccrocha, bouleversé. Il fallait maintenant annoncer la nouvelle à Ellen, qui était en train de faire du télétravail dans la pièce d'à côté.

Il courut vers le bureau de sa femme et entra directement sans frapper. Ellen faisait très souvent des heures supplémentaires le samedi et n'aimait pas qu'on la dérange. Là, c'était un cas de force majeure.

Ellen le regarda d'un air étonné et contrarié.

-On doit aller aux urgences, Delphin a eu un accident, fit Alain.

Il la vit pâlir dangereusement.

-... j'arrive tout de suite.

Il l'entendit s'excuser auprès de ses collègues et elle le rejoignit dans le hall.

Quelques minutes plus tard, ils prenaient la direction de Quimper.

-... qu'est-ce qui s'est passé ? c'est grave ? demanda-t-elle.

- ...Un accident de surf apparemment. Je n'en sais pas plus pour l'instant. Ils sont en train de l'examiner.

Il l'entendit soupirer. Elle désapprouvait les activités sportives qui représentaient un risque. Il lui avait dit de nombreuses fois qu'il y avait plus d'accidents domestiques et de circulation graves que d'accidents de vélo ou de surf mais aujourd'hui il n'allait pas lui donner tort.

-Qui l'a pris en charge ?

-Joël Duval.

***

Ellen avait beau passer énormément de temps au travail et avoir bataillé pendant des années, au détriment de sa vie de famille, pour obtenir le poste de responsable, elle ne savait pas ce qu'elle deviendrait si elle perdait son fils unique.. Ils l'avaient tellement voulu, ça avait été si difficile…

Ellen avait conscience qu'elle passait pour quelqu'un de froid et de carriériste mais elle n'était pas sans cœur.

Une demi-heure plus tard, ils arrivèrent aux urgences de l'hôpital. On les fit patienter dans la salle d'attente, le Docteur Duval viendrait les voir à la sortie du bloc. Alain, en tant que chirurgien comprenait ce temps d'attente mais pour Ellen, c'était interminable. Elle n'arrivait pas à se concentrer sur autre chose que ce qui se passait au bloc. Elle imaginait tous les scénarios possibles. Si Delphin mourait pendant l'opération ? S'il ne se réveillait pas ? S'il se réveillait mais restait lourdement handicapé toute sa vie ? Elle ne pourrait pas le supporter.

Enfin, Joël sortit du bloc opératoire.

-Comment va-t-il ? fit Alain.

-C'est encore tôt pour se prononcer, il a un trauma crânien plutôt modéré, avec quelques ecchymoses et une plaie du cuir chevelu avec une petite fracture. On a traité les lésions. Le scanner n'a pas montré de lésions cérébrales ni au niveau du rachis, pas d'hématome, pas d'hémorragie interne, pas de signe de compression, c'est plutôt rassurant. Mais, il est encore trop tôt pour connaître l'évolution, ça peut bouger dans les prochaines heures où les prochains jours.…

Ellen sentit les larmes lui venir et elle sortit un mouchoir.

-Il va être étroitement surveillé, d'autant plus qu'il a perdu connaissance. On lui refera régulièrement tous les examens nécessaires en fonction de l'évolution de son état et de son coma. On surveille et on attend qu'il se réveille. S'il devait y avoir la moindre complication, on le transférera tout de suite en neurochirurgie à Brest. Mais on n'en est pas là, il faut être confiant.

-Qu'est-ce que… qu'est-ce qu'il pourrait avoir comme complication ? demanda Ellen d'une voix enrouée.

-Tout dépendra de l'évolution. C'est vraiment trop tôt pour savoir.

Ellen se moucha à nouveau et se mit à trembler.

-Merci, Joël, dit Alain.

-Il va bientôt sortir du bloc et sera installé en réa, box 2. Vous pourrez le voir d'ici une demi-heure, on viendra vous chercher.

Une vingtaine de minutes plus tard, une infirmière vint les chercher pour les accompagner au chevet de leur fils.

Le voir ainsi, le crâne rasé (lui qui avait de si beaux cheveux !) et entouré d'un gros bandage choquait Ellen mais c'était surtout tous ces branchements reliés à des machines qui l'inquiétaient.

Elle sentit la main d'Alain sur la sienne et essaya de se calmer. Elle lui jeta un coup d'œil, il n'avait pas l'air inquiet ou il le cachait très bien.

Le ballet des infirmières et des médecins donna le tournis à Ellen. A chaque fois que du personnel entrait, elle se levait aussi, espérant glaner une information rassurante mais les infirmières restaient laconiques.

-Il est presque 21 heures… Tu devrais rentrer, Ellen, lui dit-il après avoir regardé sa montre.

-Non, je veux rester, dit-elle d'une voix éraillée par les sanglots.

Elle n'avait aucune intention de quitter le chevet de son fils. Elle repensait à toutes ces années qu'elle avait sacrifiées pour son travail. Delphin ne le lui avait jamais reproché. Il s'en était accoutumé mais cela ne voulait pas dire qu'il était d'accord. Elle l'avait soupçonné parfois mais ils n'en avaient jamais parlé. Elle était presque sûre maintenant que l'accident de son fils était un signal d'alerte.

***

Joël reprit enfin le chemin de sa maison. Il avait encore du mal à croire qu'il avait opéré le fils de son voisin et collègue.

-Salut, lança-t-il en passant le pas de la porte.

Il jeta un coup d'œil par l'encadrement de la porte de la cuisine et vit sa fille à table. Elle fixait la nappe comme si elle était perdue dans ses pensées.

-Désolé. J'ai dû opérer en urgence… dit-il en fermant la porte derrière lui. Tu as mangé ?

Il regarda à nouveau sa fille. Celle-ci ne réagissait toujours pas, ne prononçait pas un mot. A quoi pouvait-elle bien penser ? Elle était étrangement muette mais cela durait depuis plusieurs jours. Elle alternait mutisme et coups de pied rageurs ces derniers temps. Il poussa un soupir et réchauffa le reste de pâtes arrabiata.

-Delphin Tevenn a été admis aux urgences pour un trauma crânien, continua Joël en espérant susciter une réaction chez sa fille.

Il avait à peine fini sa phrase qu'elle éclata en sanglots.

-Alex… dit-il doucement.

Il l'enlaça et se tut en espérant qu'elle parlerait d'elle-même. Comme beaucoup d'adolescents, Alexia se confiait peu. Joël n'était donc pas au courant du climat qui régnait entre sa fille et leur voisin d'en-face. Jusqu'à ce soir.

Elle lui avoua s'être mal comportée et ce, depuis qu'ils étaient arrivés à Tréboul. Elle lui avoua avoir repoussé Delphin et l'avoir accusé de harcèlement. Elle avoua avoir menti. Mais jamais au grand jamais elle n'avait souhaité sa mort ou qu'il lui arrive ça. Elle avait tout vu de l'accident. Elle avait prévenu les secours.

-Ma chérie, tu... tu as bien fait. Tu as bien agi. Ne t'inquiète pas. Tu n'as rien fait de mal.

***

Le lundi matin, Ellen se mit en congés. En fait, elle avait décidé de ne pas retourner au travail tant que Delphin n'était pas tiré d'affaires et elle avait accumulé suffisamment de congés pour ne pas retourner travailler pendant au moins deux mois.

-Ca va faire deux jours qu'il est dans le coma... lança-t-elle lorsqu'ils furent de retour à l'hôpital. Est-ce que c'est mauvais signe ?

-Pas forcément, il n'y a pas de retard ni complications jusqu'à présent, fit Alain. Je sais que c'est long d'attendre.

-...Est-ce que c'est de notre faute ? On ne passe pas assez de temps avec lui, il se sent seul et du coup, il fait n'importe quoi ?

-On reparlera de tout ça à son réveil, d'accord ?

-Je ne veux pas le perdre, Alain. C'est notre seul enfant. Je veux qu'il vive vieux, qu'il ait des enfants...

-Je ne veux pas le perdre non plus. Essaie d'être confiante.

Ils s'embrassèrent, le regard légèrement embué de larmes.

Soudain, un bruit de respiration se fit entendre dans le silence de la chambre ainsi qu'un léger grognement de douleur.

Delphin semblait se réveiller.

***

Le lundi matin, Maëlle se rendit au lycée avec un mauvais pressentiment. Ce n'était pas très fort, elle se trompait peut-être mais elle avait la sensation que quelque chose n'était pas normal. Alexia ne lui avait pas envoyé de textos du week-end et elle continuait à s'en abstenir. Peut-être était-elle malade mais quelque chose disait à Maëlle que ce n'était pas vraiment ça. Depuis plusieurs jours, Alexia avait un comportement bizarre.

Maëlle ne comprenait pas vraiment son aversion pour Delphin. Elle ne savait pas tout mais elle voyait mal le blond blesser quelqu'un, même involontairement. Alexia se trompait de cible... Ou alors il s'était vraiment passé quelque chose et elle n'en avait pas eu connaissance.

Son pressentiment augmenta en intensité quand l'heure d'entrer en classe sonna. La rousse pouvait être en retard... mais elle aurait prévenu Maëlle. En tout cas, celle-ci voulait y croire.

A dix heures, Alexia n'était toujours pas arrivée. Elle repéra Lionel et Thomas dans la foule d'élèves qui erraient dans les couloirs et s'aperçut que Delphin n'était pas là non plus. Ce n'était pas normal. Il n'avait pas de raison d'être absent... Alexia avait changé de classe..

-Delphin n'est pas avec vous ? demanda-t-elle à son frère.

-Non, dit celui-ci soucieux. Il a eu un accident ce week-end.

-Quoi ??? s'exclama-t-elle choquée. Un accident de quoi ?

-De surf. Ses parents viennent de m'envoyer un sms. Il est dans le coma. Ils sont à l'hôpital depuis samedi.

-Et la rousse, elle n'est pas là ? demanda Thomas.

-Non.

Le silence qui suivit parut lourd de sens pour le trio. Il y avait un lien, c'était évident. Même si Maëlle voulait défendre son amie et que celle-ci ne voulait rien avoir à faire avec Delphin. Tout ce qu'il s'était passé depuis la rentrée avait provoqué l'accident plus ou moins directement.

Delphin n'avait jamais eu d'accident ou fait de mauvaises chutes, à la connaissance de Maëlle et elle le connaissait depuis toujours. Oui, le lien était évident.

-C'est quand même bizarre... dit Lionel qui ne croyait pas aux coïncidences.

-Non, mais attends, elle n'est pas responsable de tout quand même ! s'exclama Maëlle.

Elle appréciait Alexia même si elle ne la comprenait pas toujours. Comme cette histoire de harcèlement qui n'avait aucun sens. Mais il était possible que Delphin ait mal agi, pas forcément de manière consciente mais Alexia l'avait ressenti comme cela.

-Dans la même semaine, elle l'accuse de harcèlement et là, comme par hasard, il a un accident, fit Thomas. Ça ne peut pas être une simple coïncidence. Quand tu la reverras, tu pourras lui dire qu'il était à fond sur elle et que si, elle est responsable de ce qui lui est arrivé.

Maëlle n'aimait pas du tout cette idée.

-Tenez-moi au courant pour Del', dit-elle quand la sonnerie retentit dans les couloirs.

Elle rejoignit sa classe. Elle se rassit et regarda la table vide à sa gauche, là où aurait dû être installée Alexia.

Au loin, la prof fit l'appel.

-Alexia Duval ?

-Absente, répondit Maëlle mécaniquement.

Pour que la rousse n'ait pas donné le moindre signe de vie du week-end, c'était qu'elle savait ce qui était arrivé à Delphin. Peut-être même qu'elle y était mêlée. « Putain, Alexia, qu'est-ce que tu as fait ? » se demanda-t-elle. Elle n'arrivait pas à croire qu'il ait pu arriver quelque chose de grave à ses amis. Pire, de ne pas être au courant.

Toute la journée, Maëlle fut assez inattentive aux cours. Elle s'inquiétait pour ses amis. Elle ne pouvait pas s'empêcher de penser au pire. Et si Delphin ne se réveillait pas ? Si Alexia tentait de se suicider ?

Elle lui renvoya des messages, essaya de l'appeler à plusieurs reprises mais elle n'eut aucune réponse.

A midi, Maëlle était si inquiète qu'elle se demanda si elle n'allait pas sécher les cours pour aller voir Alexia. Mais peut-être qu'elle avait besoin d'être seule, peut-être qu'elle avait besoin de prendre du recul sur cette histoire de harcèlement, peut-être qu'elle n'avait rien à voir avec ce qui était arrivé à Delphin.

Elle resta dans l'incertitude toute la journée. Plus elle y pensait, plus elle se disait qu'il y avait un lien mais elle n'avait pas envie d'y croire.

Elle rentra chez elle en traînant des pieds. Elle poussa un soupir si profond que les larmes lui montèrent aux yeux. Elle sanglota. Elle ne voulait pas avoir à choisir entre ses amis.

-Maëlle ? fit sa mère en émergeant du salon. Qu'est-ce qui se passe ?

Elle s'approcha et l'enlaça.

-Ma chérie. Qu'est-ce qui t'arrive ?

Maëlle craqua. Elle s'était retenue toute la journée pour ne pas affoler ses camarades de classe, mais là c'était trop. Ses parents connaissaient les Tevenn en plus.

-Delphin est dans le coma. Il a eu un accident. Et je n'ai pas de nouvelles d'Alexia depuis trois jours. J'ai peur que...

-Shhh... Calme-toi. C'est normal de s'inquiéter mais il y a sans doute une explication moins grave que tu ne le penses pour Alexia.

-Et si Delphin ne se réveille pas ? si...

Sa mère la serra contre elle.

-Je suis sûre qu'il a reçu les meilleurs soins possibles. Tu veux que j'appelle ses parents ? Ça te rassurerait ?

Lionel arriva à ce moment-là.

-De quoi ?

-Je vais appeler les Tevenn et demander des nouvelles de Delphin. Maëlle m'a raconté.

-Ok, fit-il en posant son sac.

-Ils doivent être à l'hôpital... je vais les appeler sur leur portable...

Elle décrocha le combiné. Maëlle ne détacha pas son regard de sa mère.

-Allô, Alain ? C'est Amélie. Je suis désolée de vous déranger, mais les enfants m'ont dit que Delphin avait eu un accident... qu'il était dans le coma... Il est réveillé ? Oh super. Je suis tellement contente...

Maëlle fondit en larmes, soulagée. Elle se laissa tomber dans un des fauteuils du salon.

-Oui, oui. Tu m'étonnes… Non, les enfants sont soulagés… Bien sûr, je leur dirai. Oui, merci. Embrasse-le de ma part. Je ne vais pas te déranger plus longtemps… Bon courage. A bientôt.

Sa mère vint la rejoindre.

-Il s'est réveillé ce midi. Un médecin est venu le voir pour évaluer son trauma. Il va mieux. Il est fatigué et il a mal à la tête. Il va rester en observation quelques temps, vous pourrez peut-être lui rendre visite ce week-end.

Maëlle essuya ses larmes et monta à sa chambre. Elle envoya un sms à Alexia. Elle espérait que de telles nouvelles lui permettraient de se sentir mieux et de revenir au lycée. Elle n'eut aucune réponse de la soirée mais il lui fallait du temps pour digérer l'information et les évènements qui avaient conduit Delphin à l'hôpital.

Chapitre 8 : Traumatisme

Delphin ouvrit péniblement les yeux. La lumière blafarde du néon de la chambre l'éblouissait. Une douleur aiguë à travers sa tête ainsi que les effets de l'anesthésie l'obligeaient à garder les yeux à demi-fermés. Il se demanda pendant quelques secondes où il était. Il ne voyait rien qui pouvait le mettre sur la voie. Tout était blanc autour de lui.

-Delphin. Comment tu te sens ? lui demanda une voix masculine et familière.

-...Pa ? dit-il d'une voix qu'il reconnut à peine.

Sa mère se précipita vers lui.

-Oh ! Delphin ! J'ai eu tellement peur ...

Il avait la bouche et la gorge sèches comme jamais.

Il cligna des yeux plusieurs fois, espérant que sa vision s'améliorerait. Il distingua la silhouette un peu floue de son père, un fauteuil et une table.

Que s'était-il passé ? Où était-il ? Il n'arrivait pas à réfléchir… Encore moins à se concentrer sur un point… Il se sentait nauséeux. Il essaya de se redresser mais la sensation s'accentua.

-Doucement… Tu es à l'hôpital, lui dit son père tout près de lui. Tu as eu un accident de surf.

Ces mots sonnèrent faux ou en tout cas, pas tout à fait vrais. Il n'avait jamais eu d'accident. C'était un sentiment, il n'avait pas besoin d'y réfléchir. De toute façon, il n'y arrivait pas. Pourquoi ? Il n'en avait aucune idée. Et il avait trop mal à la tête pour essayer de se souvenir.

-Je vais appeler une infirmière.

Delphin entendit les pas de son père s'éloigner. Ses sens lui revenaient peu à peu mais ses mains et ses pieds étaient toujours un peu engourdis. Il voyait plus nettement la chambre dans laquelle il était.

Une perfusion lui tiraillait la peau sur le dos de la main gauche mais ce n'était pas cela qui le gênait le plus. Il leva doucement sa main droite vers sa tête et sentit le bandage. C'était de là que venait la douleur. Elle était à peine supportable. Il ferma les yeux sous le coup.

Il entendit avant de les voir deux médecins et une infirmière s'approcher de lui.

-Bonjour, Delphin. Comment vous vous sentez ?

-Mal… J'ai envie de vomir…

-Le choc a été violent et encore récent ce qui explique votre état et les douleurs. Mais c'est bien que vous soyez réveillé.

Le médecin l'examina et relut tout le dossier.

-Vos constantes sont bonnes et l'encéphalogramme est rassurant. On va vous remettre un peu d'antidouleur et je repasse vous voir un peu plus tard.. d'accord ?

-D'accord.

Quelques minutes plus tard, Delphin sombrait à nouveau.

Quand il se réveilla, la nuit était tombée à travers les stores de la chambre, on ne voyait plus que les lumières des lampadaires du parking.

Malgré la nuit noire, il n'avait plus sommeil. La douleur, elle, semblait encore endormie. Il profita de cet instant de répit pour essayer de se souvenir de l'évènement qu'il l'avait conduit ici.

Il savait qu'il avait pris sa planche et était parti surfer. Il se revoyait sur sa planche, assis car il n'y avait pas de vagues. La mer s'était agitée brusquement. Le ciel s'était couvert d'un coup… Soudain, tout avait changé. Les flots s'étaient comme enragés…

Il grogna un peu. La douleur s'était réveillée. Ses souvenirs restaient dans le brouillard. Las d'avoir la sensation d'être fait de coton, il s'assoupit.

Il rêva de ce qu'il supposa être son accident. Il ressentit sa planche sous lui, les vagues qui le faisaient tanguer. Il sentit l'eau sur son visage. Une grosse vague l'avait fait chavirer. Un éclair argenté passait près de lui.

Il se réveilla en sursaut, le cœur battant à tout rompre dans sa poitrine. Il eut du mal à retrouver son calme. Qu'est-ce que c'était ? Il était presque sûr que c'était la cause de son accident. Il n'arrivait pas à la voir distinctement, ni à se souvenir pour le moment de ce dont il s'agissait. Il savait juste que cela se déplaçait très vite et que cela lui avait fait peur.

Il somnolait quand le médecin et l'infirmière revinrent.

-Comment te sens-tu aujourd'hui ?

-J'ai toujours mal.

-C'est un peu normal, ce n'est pas un petit trauma, tu as tout de même une fracture du crâne. Ça va demander un certain temps pour se soigner.

-Combien de temps ?

-C'est toujours difficile à dire, c'est variable selon les personnes. Cela peut prendre plusieurs mois. La douleur va s'estomper au fur et à mesure mais des maux de tête reviendront sans doute de temps en temps. Tu vas aussi te sentir fatigué un certain temps et être vite fatigable. Les pertes de mémoire et les troubles cognitifs sont fréquents aussi. Et puis il y a aussi le trauma psychique c'est souvent le plus long à guérir.

Le médecin marqua une pause.

-Mais la bonne nouvelle, c'est qu'on n'a pas décelé d'autres lésions au scanner et ça c'est important. On va essayer d'adapter les antalgiques en fonction des douleurs. Est ce que tu te rappelles ce qui s'est passé au moment de ton accident ? Ton père m'a dit que tu n'en avais jamais eu avant.

-…Non.

-Tu surfes depuis longtemps ?

-Plusieurs années.

-Il y a quelque chose qui se serait passé et aurait pu causer l'accident ? Quelque chose qui t'a distrait ? Prends ton temps pour répondre.

Delphin essaya d'y réfléchir mais il ne se souvenait pas de grand-chose, à part…

-Je sais que j'ai eu peur quand j'étais sur l'eau. La mer s'est agitée d'un coup.

-Quelque chose d'autre ?

-Non.

-…D'accord. Je reviendrai demain.

Et le médecin sortit.

La mère de Delphin entra. Elle avait quitté tailleur et chemisier pour une tenue plus confortable.

-Comment tu te sens, mon chéri ?

-Bizarre… j'ai toujours mal à la tête.

-Essaye de te reposer.

Delphin s'allongea sur le côté et ferma les yeux. Il entendit la respiration de sa mère près de lui et ce fut le dernier son qu'il entendit avant de s'endormir.

Les jours s'enchaînèrent. Tous les jours, un médecin venait l'examiner et lui poser des questions pour évaluer l'impact du traumatisme.

-Où est-ce que tu habites ?

-10 rue des dunes, Tréboul.

-Comment s'appellent tes parents ?

-Ellen et Alain Tevenn.

-Est-ce que tu peux me donner ta date de naissance ?

-Le 12 mars 1991.

-Tu as d'autres proches qu'eux ? Des grands-parents ?

-Oui. Mes grands-parents du côté de ma mère habitent à Brighton. Je vais les voir chaque année à Noël.

-Et du côté de ton père ?

-Ils sont morts, il y a plusieurs années.

-Où habitaient-ils ?

-A Tréboul.

-Hmmm… La mémoire à long terme n'a pas l'air affectée. C'est encourageant. Demain, je te poserai des questions sur des évènements plus récents. Mais repose-toi. Ce sont des exercices très éprouvants.

Le médecin sortit et sa mère entra.

-Ça s'est bien passé ? dit-elle avec un accent britannique.

C'était souvent le cas quand elle était nerveuse ou en colère. Il se souvenait de ce détail. Il se rappelait qu'il parlait anglais lui aussi. Y arriverait-il à nouveau ?

-Oui.

-Qu'est-ce qu'il a dit ?

-Que ma mémoire à long terme semble ok.

-Tant mieux.

-Demain, il testera ma mémoire à court terme.

-Est-ce que tu te souviens de quelque chose de particulier avant ton accident ?

-Pas vraiment.

Une ride d'inquiétude se forma sur le front de sa mère.

-Repose-toi, dit-elle. Tu as besoin de repos.

Cette fois, Delphin fit un rêve plus précis. Il était toujours sur sa planche de surf, les pieds dans l'eau. La mer était désespérément plate. Quelque chose lui frôla soudain la plante du pied. Légèrement surpris, il pensa qu'il s'agissait d'un poisson. Mais une masse d'écailles argentées apparut à fleur d'eau, ainsi qu'une chevelure rousse. Il tomba soudain de sa planche et se retrouva dans l'eau. La créature mi-femme mi-poisson le regardait de loin puis se précipita vers lui…

Il se réveilla en sursaut, en sueur.

-Delphin… Tu as fait un cauchemar ?

Il hocha brièvement la tête. Quelque chose lui criait que c'était ce qu'il s'était passé. C'était pourtant impossible.

Sa mère l'enlaça, pour le rassurer. Mais cela ne l'apaisa pas.

-J'ai besoin d'être seul un moment, dit-il.

Elle parut surprise.

-Tu es sûr ?

-Oui.

-Bon… je te laisse alors. Tu m'appelles si tu as besoin.

-Oui.

Une fois seul, il essaya de se remémorer son rêve et son accident. Il avait bien le souvenir d'une chevelure rousse. C'était sûrement le contraste flamboyant et bleu outre-mer qui l'avait marqué. Ainsi que la créature en elle-même. C'était impossible. Même si c'était vrai, il ne pouvait pas raconter ça. On le prendrait pour un fou.

Lorsque le médecin revint, il avait une nouvelle série de questions :

-Je vais procéder progressivement. Qu'est-ce que tu as fait pendant les vacances d'été ?

-Pas grand-chose.

-Il s'est passé quelque chose de particulier ? Tu as rencontré de nouvelles personnes ?

C'était un peu flou mais il avait l'impression que oui.

-Oui. De nouveaux voisins se sont installés en face de chez nous.

-Tu leur as parlé ?

-Oui. J'ai essayé.

Il avait bien la sensation de n'avoir fait qu'essayer, ça n'avait pas marché. Il revoyait un homme aux cheveux châtains et une jeune fille aux cheveux roux. Comme la sirène.

-Tu as fait ta rentrée début septembre. Tu es dans quelle classe ?

-En 1ère L.

-Avec tes amis ?

-Oui.

Mais il avait un goût amer dans la bouche. Quelque chose ne s'était pas passé comme prévu. Mais quoi ?

-C'est pas mal. Est-ce que tu te souviens d'autre chose ? Des points que je n'ai pas abordés ?

-… Ce sont plus des impressions…

-C'est encourageant. Ça veut dire que tu es en train de récupérer tes souvenirs. On va faire une petite pause et je passerai te voir dans deux jours. On se verra donc lundi.

-C'est déjà le week-end ?

-Oui.

Le lendemain matin, ses deux parents vinrent le voir.

-Comment tu te sens ?

-Fatigué, mais j'ai moins envie de vomir dès que je bouge.

-Tu vas devoir rester sous perfusion encore quelques jours jusqu'à ce que tu te réalimentes suffisamment sans vomir; c'est une mesure de précaution.

Delphin aurait donné cher pour une assiette de pâtes, même natures.

-Ta mère m'a dit que tu faisais des cauchemars. C'est passé ou c'est toujours le cas ?

-Je ne dors pas très bien, avoua-t-il.

Quand il ne faisait pas de rêves, il repensait à ce qui avait précédé son accident. Il y avait sûrement un lien.

-Tes amis passeront te voir demain après-midi. Ils étaient très inquiets. Ça va aller ? Ou tu préfères qu'ils passent plus tard ?

-Non, ça va aller. Je vais me reposer.

Le lendemain, vers deux heures de l'après-midi, on frappa à la porte. Les visages de Thomas et de Lionel apparurent dans l'ouverture.

-Salut ! lança Lionel.

-Tu as une belle tête de panda, avec les cernes, fit Thomas, histoire de détendre l'ambiance.

-Je sais, dit Delphin avec un demi-sourire.

Il s'était regardé dans le miroir lors d'un passage à la salle de bain et pouvait confirmer la ressemblance. Entre le bandage, le fait que ses cheveux avaient été coupés, le manque de sommeil et un bleu qui s'étendait jusqu'à son oreille gauche, le qualificatif poli était panda.

-Comment tu te sens ? lui demanda Lionel visiblement inquiet.

-C'est mieux, fatigué, mais ça va. Et vous ?

-Oh bah nous, tu sais, la routine. Le seul truc qui a changé c'est que les filles viennent vers nous pour nous demander de tes nouvelles, sourit Thomas.

-Tout le monde était rassuré quand on leur a dit que tu t'étais réveillé. Ils te souhaitent de te rétablir vite.

-Ça risque d'être long, d'après les médecins, dit Delphin d'une voix éteinte. Ça peut demander des années…

-Mais je suis sûr que tu vas guérir, et vite ! dit Thomas. Tu es obligé.

-Il essaye de dire que le temps est long aussi pour nous, dit Lionel. Tu nous manques.

-Vous aussi. Je suis content que vous soyez là.

Quelques secondes de silence s'écoulèrent.

-On va te laisser. Maëlle aussi veut te parler.

-Ah ?

-On reviendra.

-A la prochaine, mec.

-Salut.

Ils sortirent et Maëlle entra. Elle avança dans la chambre, les larmes aux yeux. Quand leurs regards se croisèrent, elle se précipita sur lui et l'enlaça.

-Je suis tellement désolée, dit-elle des sanglots dans la voix.

-Po-Pourquoi ? demanda Delphin surpris par son geste.

-J'ai l'impression d'avoir encouragé Alexia… C'est vraiment nul de ma part…

-… Tu n'y es pour rien…

Maëlle relâcha son étreinte. Son visage affichait une moue contrariée et triste.

-Je dis ça… est-ce que tu te souviens de tout ?

-Non, dit Delphin, mais j'y travaille.

-Tu te souviens d'Alexia ?

-Vaguement. Je ne me rappelais pas de son prénom…

Maëlle eut une grimace comme si elle avait peur d'avoir fait une bêtise.

-J'allais m'en rappeler de toute façon.

Elle fit les cent pas pendant quelques instants.

-… Tu me donnes le tournis… dit Delphin en reportant son regard sur un point fixe.

-Oh pardon, fit Maëlle en s'arrêtant aussitôt. C'est que… Je ne sais pas si c'est à moi de tout te dire…

-Me dire quoi ? C'est si grave que ça ?

-… Oui.

Elle se reprit.

-Je pense que le mieux c'est que tu essayes de t'en souvenir par toi-même.

-Mais tu disais que tu l'avais encouragée… A quoi tu l'as encouragée ?

-Elle te détestait alors que tu étais fou d'elle… Ça t'a distrait et tu as eu ton accident… Je ne lui ai pas dit du mal de toi… Mais je n'ai rien dit. C'est comme si j'étais complice. Del' ?

-… j'ai besoin d'être seul, dit-il.

-Je m'en vais. Repose-toi.

Et elle s'en alla.

Les jours suivants, il se leva et se remit progressivement à la marche avec l'aide d'un kiné. Au début, la position debout lui donnait des vertiges mais, ils finirent par disparaître au cours du week-end.

Delphin passa le week-end à réfléchir à ce que Maëlle lui avait dit.

Petit à petit, les pièces du puzzle se remettaient en place. Il se souvenait d'Alexia et du fait qu'ils n'étaient pas en bons termes depuis son arrivée à Tréboul sans qu'il sache pourquoi. Il savait qu'elle l'avait accusé de la harceler au lycée. Ils avaient été convoqués chez le proviseur, mais il ne comprenait pas pourquoi elle semblait s'acharner contre lui.

Cette nuit-là, il vit de nouveau la sirène en rêve. Son visage lui était familier. Ses cheveux roux. Son corps tendu prêt à bondir. Elle arrivait sur lui à toute allure…

Il se réveilla en sursaut.

Le lundi matin, un médecin revint vérifier sa mémoire. Ce jour-là, c'était Joël Duval.

-Est-ce que tu as des choses à dire avant qu'on commence ?

-Je rêve de mon accident quasiment à chaque fois que j'essaye de me reposer.

-C'est un progrès. De quoi te souviens-tu ?

Delphin le lui raconta, en omettant évidemment le détail de la sirène qui rendait le récit incohérent.

-Et je me souviens de votre nom : Duval.

-Où nous sommes-nous rencontrés pour la première fois ? demanda le médecin avec un sourire.

Delphin revit un éclair roux dans sa mémoire, entendit le crissement de pneus d'une voiture qui freine et un geste de surprise de sa part.

-Vous… avez failli m'écraser ? hésita Delphin.

-Oui. Lorsque j'arrivais dans la rue. Nous nous sommes reparlés un peu plus tard ce jour-là. A quelle occasion ?

Oui, ils avaient parlé, Delphin en était sûr mais il n'avait pas la moindre idée du moment en question.

-Je ne me rappelle pas.

-Est-ce que j'ai des enfants, Delphin ?

La question semblait impertinente. Comment le jeune homme l'aurait-il su ? A moins qu'il les ait rencontrés… Il essaya de réfléchir puis quelque chose lui revint en mémoire.

-Je ne suis pas sûr… Je dirais une fille, qui a les cheveux roux.

-Oui, c'est exact. Si tu devais lui donner un âge ?

-A peu près mon âge.

-Oui. Son prénom ?

-Alexia, répondit-il sans hésiter.

Delphin faisait à présent toujours le même rêve et il se demandait si Alexia était la sirène qu'il voyait.

-Mmm… Je vais demander à un confrère psychologue de passer te voir pour t'aider. Je continuerai à venir bien sûr.

Dès le lendemain, Delphin eut la visite du psychologue : une femme aux cheveux bruns et aux lunettes sans monture s'asseya près de lui.

-J'ai lu votre dossier. Vous avez eu un gros traumatisme…

-Je n'arrête pas de revoir ce qu'il s'est passé ce jour-là, dit-il. En boucle, dès que je dors.

-Vous souffrez d'un traumatisme. Votre corps est choqué de ce qui lui est arrivé. C'est normal. Un choc violent entraîne différents troubles psychologiques comme des insomnies, des cauchemars, des angoisses… Cela peut aussi modifier votre comportement, vos réactions. En général, avec le temps et l'aide d'un psychologue, les troubles s'estompent peu à peu mais il faut être patient.

Delphin découvrit que la patience n'était pas sa qualité première.

Elle lui demanda de raconter ce qui s'était passé ou du moins ce dont il se souvenait et prit des notes.

Lors des trois premiers rêves, il se dit que c'était comme ce qu'avait dit le médecin. Un choc psychologique qui finirait par passer. Mais ce qui l'inquiétait c'était la répétition systématique de ses rêves accompagnés (toujours) de la même angoisse.

Il y avait d'abord le calme plat. De petites vagues faisaient légèrement tanguer sa planche. Et d'un coup, la mer se déchaînait autour de lui. Il perdait le contrôle de sa planche et se retrouvait au milieu des flots enragés, le souffle court. Par-dessus ça, une créature mi-femme mi-poisson apparaissait, menaçante. Elle fendait les flots pour arriver jusqu'à lui… Et il se réveillait. Pantelant et en sueur.

La peur, c'était bien ça qui le marquait le plus. La certitude de mourir ce jour-là. Il n'avait jamais été aussi angoissé au contact de l'océan et pourtant il avait passé les trois-quarts de sa vie en bord de mer… Il n'avait jamais vu celle-ci comme un danger. Jamais.

-C'est normal d'avoir peur, Delphin, lui dit la psychologue.

Il allait passer pour un enfant s'il insistait. C'était bien plus que de la peur. Une simple peur n'empêchait pas de vivre, ne pourrissait pas l'existence à ce point.

-Je ne dors presque pas, dit-il. Je n'arrive pas à me reposer alors que les médecins me disent que je devrais.
-Je vais demander au médecin qu'ils vous prescrivent des anxiolytiques pour vous relaxer.

Il eut l'impression qu'elle avait soupiré et cela l'agaça. Ce n'était pas un caprice, c'était un besoin, vital. Comment retrouverait-il la mémoire sinon ?

-Je vous préviens : ça va vous faire dormir mais ça ne vous dispense pas de séances avec moi. Est-ce qu'il y a autre chose dont vous vouliez me parler ?

Il ne pouvait pas parler de la sirène ou c'était l'internement en hôpital psy. Il en était persuadé.

Chapitre 9 : Conséquences

Alexia était allongée dans le canapé. Elle n'osait pas monter à sa chambre. Elle aurait vue sur la chambre de Delphin de l'autre côté de la rue et elle se sentirait encore plus mal qu'elle ne l'était déjà.

Elle restait donc au rez-de-chaussée, emmitouflée dans un plaid malgré les vingt et quelques degrés qu'il faisait dehors. Elle avait froid mais froid à l'intérieur d'elle-même. Par moments, elle revoyait l'écume rouge sang, son voisin inconscient, les pompiers… et elle fondait à nouveau en larmes en pensant qu'elle aurait pu le tuer. Elle ne comprenait pas ce qui s'était passé. Comment avait-elle pu causer un accident sans s'en souvenir ?

Les derniers mots de sa mère lui revinrent en mémoire. Elle les trouvait plus étranges que jamais. Parlaient-ils d'une maladie ? Du fait de tuer quelqu'un ? Sa mère avait-elle tué quelqu'un ?

Alexia se mit à trembler à cette idée.

La porte d'entrée s'ouvrit brutalement. Alexia sursauta. Son père arriva, le sourire aux lèvres. Comment faisait-il pour être heureux ?

-Delphin s'est réveillé, annonça-t-il.

Alexia se redressa. Il était vivant. Elle était soulagée mais la peur revint presque aussitôt. Vivant oui, mais dans quel état ? Aurait-il des séquelles ? Allait-il pouvoir reprendre une vie normale ?

-Je vais refaire un bilan mémoire dans les prochaines semaines. Il est encore un peu dans le gaz… Tu veux manger quelque chose ?

-… Oui, répondit-elle d'une petite voix.

Elle attrapa un mouchoir sur la table basse et se moucha bruyamment en espérant chasser son chagrin et ses angoisses. Elle se sentit un peu mieux. Une odeur de pizza lui parvint bientôt et lui donna faim.

-On m'a parlé d'un psy à l'hôpital qui est bien, enchaîna son père. Est-ce que tu te sentirais de lui parler de tout ça ?

Alexia n'aimait pas les psys, ceux d'Etretat ne l'avaient pas tellement aidée, mais à l'époque, elle était en proie à une haine et une violence qu'elle ne ressentait plus aujourd'hui. L'accident de Delphin l'avait calmée.

Elle acquiesça d'un signe de tête. Elle se sentirait mieux après avoir parlé et raconté tout ce qui s'était passé. Elle ne savait pas encore comment elle s'y prendrait.

Son père la tint au courant de l'état de Delphin, quand bien même elle ne le lui avait pas demandé mais il devait avoir compris que c'était important pour elle. Surtout si elle voulait aller mieux un jour. Pouvoir avoir une vie normale sans se demander qui elle allait faire souffrir la prochaine fois.

Une semaine passa, Alexia n'avait pas repris les cours.

Même si les nouvelles concernant son voisin qu'elle avait par son père étaient plutôt bonnes, elle avait peur qu'il ne récupère pas toutes ses facultés et ce serait de sa faute. On l'accuserait d'avoir provoqué son accident, c'était sûr. Elle n'était pas prête à affronter le regard des autres, elle avait déjà peur du sien. Elle n'arrivait pas à se pardonner son attitude.

Elle voulait qu'il lui pardonne, mais comment pourrait-il faire ça ? Elle l'avait presque tué.

Alexia tournait en rond, incapable de trouver une solution à son problème. Il était temps qu'elle parle à un psy.

Sa première séance chez le psychologue avait lieu le lendemain en début d'après-midi. Son père l'emmena après sa pause déjeuner. Jacques Lambert exerçait en fait à l'hôpital de Douarnenez. C'était un homme au visage bienveillant et à la calvitie rousse.

-Alexia Duval ?

Elle se leva et entra dans le cabinet.

-Je peux t'appeler Alexia ?

Elle acquiesça d'un signe de tête.

-Ton père m'a expliqué un peu le motif de ta prise de rendez-vous. Est-ce que tu veux m'en parler ? Avec tes mots ?

Elle ne savait pas par où commencer.

-Commence par le début, l'encouragea-t-il d'une voix douce. Présente-toi. Où tu habites ?

-Rue des dunes à Tréboul. Mais je viens d'Etretat, en Normandie. J'ai emménagé ici en juillet.

-Pourquoi avoir quitté une si belle région ?

-Ma mère est morte, répondit Alexia le regard embué de larmes. Mon père voulait qu'on change de vie.

-Je vois… Ça fait longtemps ?

-Presque un an.

-Qu'est-ce qui s'est passé ?

-Elle… s'est suicidée. Devant moi.

-Est-ce qu'elle a donné une explication à son geste ?

Alexia hocha négativement la tête.

-Est-ce qu'il s'est passé quelque chose récemment qui t'y a fait pensé ?

-… J'ai… assisté à un accident de surf. C'était mon voisin…

-Vous vous connaissiez bien ?

-Non. On a été camarades de classe pendant quelques jours… je l'ai accusé de harcèlement…

-Pourquoi ?

Elle mit du temps à répondre. Elle avait menti en l'accusant. Elle s'était convaincue et avait convaincu les autres qu'il la surveillait, qu'il la suivait.

-J'avais l'impression qu'il me surveillait…

Elle pleura à nouveau. Elle se sentait tellement stupide. Cela avait-il valu le coup ? N'aurait-elle pas pu agir autrement avec lui ? Lui dire simplement non. Lui expliquer peut-être ce par quoi elle était passée… Après tout, il ne savait pas. Son comportement était excusable. Mais pas le sien.

-Mais il voulait juste m'aider, sanglota-t-elle.

-Tu dois te laisser le temps, dit le psy d'une voix douce. Tu as traversé une dure épreuve, voir un proche mourir c'est un traumatisme. Tu as des amis au lycée ?

-Oui, Maëlle. On s'entend bien.

-C'est important d'être entouré même si parfois on n'a pas très envie de parler. Savoir qu'il y a quelqu'un qui nous écoute, ça aide vraiment. Est-ce que tu lui as parlé de ta mère ?

-Non mais…

-Ça ne presse pas, la rassura-t-il. Tu lui diras quand tu seras prête.

Il leva les yeux vers l'horloge accrochée au-dessus de son bureau.

-La séance est finie. Je te propose que nous nous revoyions la semaine prochaine.

-Et pour...

-Pour ton voisin ? Chaque chose en son temps. Tu peux prendre de ses nouvelles, si tu t'en sens capable.

-Je… je pense que ça m'aiderait.

-Je te le souhaite. Mercredi prochain 14 heures ça te va ?

-Oui.

Alexia se décida à aller voir Delphin à l'hôpital le samedi suivant. Cela faisait deux semaines que l'accident avait eu lieu. Elle en était toujours choquée mais elle devait voir Delphin. Son père l'avait tenue au courant de son état mais ce n'était pas suffisant. Elle avait besoin de le voir, de se rendre compte de son état. Cela l'aiderait à avancer.

Son père l'amena le samedi en début d'après-midi et l'accompagna au service de chirurgie. Il se dirigea vers son bureau et la laissa seule.

Alexia inspira longuement avant de se diriger vers la secrétaire..

-Bonjour, dit-elle. Je viens voir Delphin Tevenn.

-Vous êtes de la famille ?

-Non. Je suis… une camarade de classe.

Une simple camarade de classe, pensa-t-elle avec amertume. Ce n'était plus le cas puisqu'elle avait changé de classe mais la secrétaire n'avait pas besoin d'en savoir plus. Elle lui donna le numéro de la chambre.

Alexia se demanda ce qu'elle ferait si Delphin était réveillé. Elle n'avait pas envisagé cette possibilité. Les traumas crâniens dormaient beaucoup selon son père. Elle avait une chance sur deux. Elle trouverait quoi lui dire, au pire elle dirait qu'elle s'était trompée de chambre…

Elle frappa et ouvrit directement la porte. Le suspense était trop insupportable pour qu'elle attende un retour.

Elle risqua un coup d'œil à l'intérieur. Delphin dormait. Elle referma la porte derrière elle mais resta à mi-chemin entre le lit et la sortie.

Le bandage qu'il portait était impressionnant. A cela, s'ajoutait le fait de le voir le crâne rasé. Ses yeux étaient cerclés de cernes. Il était vraiment marqué par son accident. Il ne serait plus jamais le jeune homme insouciant qu'elle avait rencontré.

-Je suis désolée, dit-elle à voix basse. Vraiment désolée.

Il bougea dans son sommeil. Il n'allait sans doute pas tarder à se réveiller. Il valait mieux partir avant qu'il la voie ou que quelqu'un ne la surprenne ici.

Elle sortit et se retrouva dans le couloir nez-à-nez avec Maëlle. Thomas et Lionel, les amis de Delphin, l'accompagnaient.

-Alex ? fit son amie un peu surprise.

La rousse ne savait pas quoi faire ou dire. Elle comprenait l'étonnement de son amie même si elle aurait souhaité être comprise tout de suite. Elle n'avait pas vraiment eu l'attitude de quelqu'un qui aurait montré des remords et pourtant elle regrettait ce qu'elle avait fait subir à Delphin.

-Je ne savais pas que tu comptais aller le voir, fit Maëlle.

-… Je… euh… Il dort, balbutia Alexia. Je dois y aller…

-Tu es venue voir ce que tu as fait ? fit Thomas. C'est de ta faute s'il est là.

-Baissez la voix, s'il vous plaît, fit la secrétaire.

Sentant les yeux lui piquer, Alexia se dirigea vers le premier ascenseur qui se présenta à elle. Elle pleura aussi longtemps que le trajet dura. Lorsqu'elle arriva dans le hall d'entrée, elle ne savait pas quoi faire à part fuir l'endroit le plus vite possible.

Son portable vibra dans sa poche. Elle le prit comme une excuse pour ne pas regarder les gens qui la dévisageaient. Maëlle lui avait envoyé un message : « Je suis toujours là si tu as besoin de parler. N'hésite pas. »

Alexia n'était pas prête à lui parler de ce qu'il s'était passé. Maëlle savait qu'elle avait menti sur le harcèlement et elle devait savoir que l'accusation avait eu des répercussions sur Delphin. Il avait dû être secoué, lui que tout le monde disait parfait… Non, il n'avait pas dû comprendre ce qui lui arrivait. Le moindre acte d'Alexia à son encontre avait eu des conséquences. Tout –à bien y réfléchir- tout avait mené à cet accident.

Elle devrait se contenter de dire qu'elle avait vu ce qu'il s'était passé et appelé les secours.

Alexia rentra chez elle. Dans le bus qui la ramenait, elle se surprit à regarder la mer. Elle ne ressentait plus une envie dévorante de s'y baigner, l'étendue bleue n'était pas loin de la laisser indifférente. Elle ne pouvait pas retourner à la plage sans penser à Delphin. C'était impossible.

L'absence de Delphin durait. Elle n'avait jamais pensé dire ça mais elle aurait voulu qu'il revienne en cours. Elle se serait sentie moins coupable.

Le temps se faisait de plus en plus gris et morose. Cela n'aidait pas la jeune fille à se sentir mieux. Quand elle jetait un coup d'œil à la maison des Tevenn, parfois, elle avait l'impression qu'il était mort. Elle devait alors s'entendre dire plusieurs fois qu'il était bien vivant, juste hospitalisé, et qu'il finirait par rentrer chez lui. La vie reprendrait son cours… Alexia appréhendait ce moment.

***

Les semaines à l'hôpital s'écoulèrent, rythmées par les soins, les examens de contrôles, les visites des médecins et les allées et venues de ses parents. Les rêves de Delphin étaient maintenant plus précis. Il voyait nettement le visage de la sirène, c'était celui d'Alexia. Il avait toujours été rêveur, intéressé par les contes et les légendes celtiques mais là, c'était d'un autre niveau. Ce n'était pas possible. Les sirènes n'existaient pas, pas plus que les farfadets… Il avait passé l'âge de croire à tout ça. Les contes constituaient une lecture très distrayante mais cela s'arrêtait là. Son imagination lui jouait des tours. C'était le choc qu'il avait pris…

Les journées étaient longues. En dépit de ce que sa mère lui avait rapporté, Delphin s'ennuyait et il n'arrivait pas à dormir comme il le voulait. Il y avait toujours du bruit dans le couloir et les allées et venues des soignants dans sa chambre.

Un jour enfin, le médecin entra.

-J'ai une bonne nouvelle, dit-il. Tu vas pouvoir sortir.

Delphin eut du mal à contenir sa joie. Il allait enfin retrouver sa maison, sa chambre et toutes ses affaires. Il pourrait enfin se reposer pour de bon.

-Ta fracture commence à se résorber. C'est bien. Tu n'as plus du tout de vertiges ni de nausées, les examens sont bons. Tes maux de tête devraient diminuer au fil du temps. Pour ce qui est des difficultés de concentration, de mémoire, et la fatigue, c'est essentiellement le repos qui est nécessaire avec un suivi psychologique si tu continues à faire des cauchemars, à avoir des angoisses. Je te fais une prescription pour les douleurs. Il faut te dire quand même que ton rétablissement complet va demander plusieurs mois. En cas de problème, tu reviens en consultation. Ah, oui ! Évite quand même les situations à risques où tu es susceptible de tomber.

-Oui. Merci.

Les Tevenn repartirent tous les trois de l'hôpital dès que le père de Delphin eut fini sa journée.

Delphin était soulagé. Il allait pouvoir reprendre une vie à peu près normale. Il se sentait moins stressé qu'à l'hôpital. Il était très fatigué et décida de profiter du trajet pour essayer de dormir un peu. Il ferma les yeux.

Il lui sembla que quelques minutes seulement s'étaient écoulées depuis qu'ils avaient quitté l'hôpital quand la voiture s'arrêta sur l'allée de graviers devant chez eux.

-Tu devrais peut-être dormir en bas dans le bureau cette nuit, suggéra sa mère en se tournant et débouclant sa ceinture.

-Ça serait plus prudent, oui, approuva son père en l'imitant.

-Si tu as besoin de quelque chose là-haut, on ira le chercher.

Il n'avait pas son mot à dire. Le médecin avait été très clair. Il fallait éviter tout risque de chute. Il ne chercha pas à discuter.

Delphin les laissa emmener ses affaires à l'intérieur et prit place sur l'un des transats près de la piscine. Il s'allongea et laissa le sommeil l'emporter de nouveau. Il se laissa bercer par la brise qui faisait clapoter l'eau de la piscine à ses pieds.

En quelques secondes, il sentait la fraîcheur des courants contre sa peau. Il sentait le sel le porter malgré lui et l'empêcher de couler. Il était comme suspendu. Il voyait le sable sous ses pieds et le soleil qui perçait la surface de l'eau et l'éblouissait par moment. Il voulut remonter mais c'était comme si un poids était lié à ses chevilles. Il ne pouvait rien faire. Il essayait de bouger mais était contraint de rester là où il était.

-Delphin ! lança soudain une voix près de lui.

Le jeune homme sursauta. Son père était juste à côté de lui.

-Ça va ?

-… J'ai fait un cauchemar…

« Encore », pensa-t-il. Allait-il arriver à dormir sans en faire ? Il commençait à en douter sérieusement. Il était épuisé.

-Tu en fais beaucoup, dit son père en fronçant les sourcils visiblement inquiet. C'est toujours en rapport avec ton accident ?

-Presque toujours.

Il y avait deux ou trois fois où le rêve était un peu différent mais il avait toujours ce sentiment d'angoisse à moment donné.

-Faudrait que tu réussisses à te reposer quand même… Viens, c'est l'heure du dîner.

Delphin alla prendre une douche et rejoignit ses parents. Il n'avait pas faim. La tête lui tournait par moments. Il avait du mal à fixer son regard quelque part. Il voulut quitter la table mais ses parents insistèrent pour qu'il mange un peu.

Son dîner avalé, il se retira dans le bureau qui faisait office de chambre d'ami. Sa mère avait descendu quelques livres et quelques CD ainsi que son oreiller.

-Ça va aller ? lui demanda-t-elle en entrouvrant la porte. Si tu as besoin de quelque chose, on est dans le salon.

-Ok.

Il laissa les livres de côté et s'allongea. Le BZ était moins confortable que son lit et il mit plusieurs minutes avant de trouver une position confortable.

Il l'avait enfin trouvée quand on sonna à la porte. Il entendit les pas de son père longer le couloir, la porte s'ouvrir. Il reconnut la voix de M.

Duval qui parlait avec son père. Delphin était trop fatigué pour comprendre ce qu'ils disaient. La conversation dura quelques minutes puis la porte se referma.

Il réussit finalement à s'endormir. Dans son esprit, l'eau montait. Les vagues devenaient de plus en plus menaçantes. Il y eut un éclair argenté. La sensation d'être poussé de plus en plus violemment. Il tomba à l'eau. La sirène se dirigeait droit vers lui…

Il se réveilla en sursaut, le corps baigné d'une sueur froide.Il vit la lumière du couloir dans l'ouverture de la porte.

-Ça va aller, lui dit la voix rassurante de son père. Tiens.

Il lui tendit un verre d'eau et un comprimé. Delphin les prit.

-Tout va bien. Tu es à la maison…

Il avala le comprimé et se recoucha.

Le lendemain, il se réveilla avec la satisfaction d'avoir bien dormi et de s'être reposé. Il se leva cependant difficilement. Sa tête était brouillée, il avait presque trop dormi.

Chapitre 10 : Retour vers une vie normale

Ce matin-là, à peine Alexia fut-elle entrée dans la cuisine que son père lui dit :

-Delphin est rentré chez lui. Il va mieux. Sa fracture se résorbe.

La jeune fille reçut la nouvelle avec soulagement. Au moins maintenant, elle en était sûre : elle ne l'avait pas tué. Il n'aurait pas de séquelles visibles. On lui avait enlevé un gros poids des épaules.

-Tu voulais que je te tienne au courant…

-Oui. Merci.

-Est-ce que tu veux aller le voir ?

Alexia s'en sentait incapable. D'autant plus qu'elle risquait de croiser les parents de son voisin maintenant qu'il était de retour chez eux. Elle ne se voyait pas leur expliquer ce qui s'était passé. Ils ne lui pardonneraient pas, elle le savait. Elle-même ne se pardonnait pas son attitude.

Elle secoua simplement la tête en signe de négation.

-D'accord, dit doucement son père. Et reprendre les cours lundi ? Qu'est-ce que tu en penses ? Ça va aller ?

Elle n'en savait rien. Ça lui changerait les idées, c'était sûr et puis elle voulait revoir Maëlle, rire et parler de tout et de n'importe quoi. Elle voulait penser à autre chose qu'à l'accident.

Tout le week-end, elle se demanda comment expliquer son absence aussi longue à son amie. Maëlle lui avait envoyé quelques textos mais Alexia n'était pas prête à lui répondre. Aujourd'hui, les choses étaient différentes.

Elle lui envoya un message, l'informant qu'elle revenait en cours lundi. Maëlle lui proposa de venir chez elle, ainsi elles pourraient discuter et rattraper le temps perdu. La rousse accepta.

Maëlle arriva une bonne heure plus tard. A peine arrivée, elle se jeta dans les bras d'Alexia.

-Je suis tellement contente de te revoir ! J'ai cru que tu ne reviendrais jamais.

Et Alexia se mit à pleurer.

Elles montèrent à l'étage.

-Tu n'imagines pas à quel point j'ai eu peur quand tu n'étais pas là l'autre jour...

-Pas autant que moi.

-Est-ce que tu veux me dire ce qu'il s'est passé ? Je sais juste que Delphin a eu un accident de surf...

-J'ai vu l'accident se produire, dit-elle. J'ai prévenu les secours...

-Ça a dû être terrible...

-Je m'en veux tellement... Si j'avais été plus sympa avec lui, rien de tout ça ne serait arrivé.

-Il est en vie, dit Maëlle en lui prenant la main. Il va bien. Tu as prévenu les secours, Alex. Tu lui as sauvé la vie.

-... Mais il aurait été moins distrait si...

-Del' ? Moins distrait ? Je le connais depuis longtemps. Il est très distrait. C'est un miracle qu'il n'ait jamais eu d'accident avant.

-Jamais ?

-Jamais.

Alexia fondit en larmes.

-C'est de ma faute…

Maëlle l'enlaça.

-Calme-toi… Tout va bien.

-C'était horrible… J'avais du sang partout…

-C'est fini, Alex. C'est fini.

Alexia finit par se calmer.

-Lundi, je dirai au proviseur que j'ai inventé l'histoire de harcèlement.

-Oui, je pense que c'est une bonne chose à faire.

Maëlle resta toute la journée. Alexia était si contente que son amie soit là qu'elle en oublia un peu le reste.

C'était si bon de parler d'autre chose, de se sentir à nouveau normale.

Le surlendemain, Alexia reprit donc le chemin du lycée. En passant devant la maison des Tevenn, elle se demanda si Delphin reprendrait les cours et sous combien de temps. Il ne lui manquait pas mais elle se souciait de savoir si ce qu'elle avait fait l'empêcherait d'avoir une vie normale.

Lorsqu'elle arriva devant la salle de classe, Maëlle l'accueillit par une longue embrassade. Les autres élèves lui lancèrent un regard étonné. Elle devinait bien leurs interrogations : pourquoi s'était-elle absentée aussi longtemps ? Pourquoi en même temps que Delphin Tevenn ? Avait-elle quelque chose à voir avec ce qui lui était arrivé ?

-Allez voir ailleurs ! fit Maëlle à l'attention des autres. Je suis contente que tu sois revenue. Il va falloir t'accrocher après tout ce que tu as manqué…

-Alexia ! Tu es revenue ! lança une fille blonde que la rousse n'avait jamais remarquée. Tu vas bien ?

-Ça va… répondit celle-ci en se demandant comment elles se connaissaient.

-Je te présente Inès, elle est dans notre classe.

-Maintenant que tu es là, j'espère que Delphin ne tardera pas non plus, dit Inès.

Elles entrèrent dans la salle de classe. Alexia croisa le regard du professeur.

-Bonjour, Alexia. Comment te sens-tu ?

-Ça va.

-On a à peine eu le temps de faire connaissance mais si tu as besoin de parler, je suis là.

-Merci.

Et elle alla s'installer à côté de Maëlle.

Le professeur prit le trombinoscope dans ses mains, négligemment appuyé sur son bureau. Les élèves emplirent la salle, il suspendit soudain son geste et se redressa.

-Je voudrais partager avec vous quelque chose, dit-il. J'ai eu des nouvelles de Delphin Tevenn. Il a quitté l'hôpital et est rentré chez lui. A priori, il n'a aucune séquelle importante mais il doit encore se reposer et nous ne le reverrons probablement pas. Pas avant plusieurs mois du moins.

-Il va redoubler ? demanda Inès d'un ton inquiet.

-C'est le scénario le plus probable, en effet. Bon, à moins que quelqu'un ait autre chose à dire, nous allons reprendre où nous en étions l'autre jour.

Alexia avait baissé les yeux vers son bureau dès que le prof avait prononcé le nom de son voisin.

-Ça va ? chuchota Maëlle.

La rousse acquiesça d'un signe de tête.

Les murmures et les interrogations allèrent bon train toute la journée. Ils mettaient Alexia mal à l'aise. Elle finit par se demander si ça avait été une bonne idée de revenir.

A la fin de la journée, quand Alexia reprit le bus, elle eut la surprise de voir Thomas et Lionel attendre à l'arrêt de bus. Ils descendirent au même arrêt qu'elle et se dirigèrent vers la rue des dunes. Elle mit de la distance entre eux.

Alexia ouvrit enfin la porte de sa maison et vit les deux jeunes hommes sonner au numéro 10. Ils allaient voir Delphin. Elle guetta l'ouverture de la porte d'entrée par le faible entrebâillement de sa porte. Mme Tevenn les fit entrer et ils disparurent tous les trois à l'intérieur.

Alexia referma la porte de chez elle avec une certaine amertume. Elle aussi aurait bien voulu se pointer sur le perron des Tevenn et demander des nouvelles mais ce serait malvenu, très malvenu de sa part et elle se détestait rien que d'y songer.

Elle avait vu Delphin à l'hôpital mais il dormait, ils n'avaient pas pu parler. Elle s'était excusée mais il ne l'avait probablement pas entendue. C'était tant mieux quelque part. Elle redoutait sa réaction s'ils parlaient en face-à-face.

***

Sur le conseil de sa mère, Delphin avait proposé à ses amis de passer le voir après leur journée de cours. « On est dans le bus ». Le sms lui arriva vers 17h.

A 17h30, les deux amis étaient devant la maison des Tevenn. La mère de Delphin alla leur ouvrir.

-Salut ! lança Thomas. Ça reste impressionnant, ton truc.

Ils s'installèrent autour de la table de la salle à manger.

-Tu as l'air fatigué, remarqua Lionel.

-J'ai beaucoup de mal à dormir.

-Tu penses que tu pourras revenir au lycée ?

-Les profs parlent déjà de ton possible redoublement…

Delphin haussa les épaules, c'était le cadet de ses soucis.

-Tu te souviens de tout ?

-Presque. Il y a des choses plus floues que d'autres. Globalement tout ce qui touche la mémoire à long terme, je m'en souviens. C'est sur le court terme que j'ai plus de mal. Je me souviens que vous êtes venus me voir... Et je me souviens de mon accident. Pas parfaitement. Mais je me souviens être tombé de ma planche et m'être fait emporter.

-Tu sais qui a prévenu les secours ? lui demanda Lionel.

-Tom, j'imagine... Il faudra que j'aille le remercier.

-Je t'avoue qu'on a bien flippé quand on a appris... Heureusement que tu t'en es sorti.

-Sinon, comment ça se passe au lycée ?

-Beaucoup de filles se demandaient où tu étais passé, dit Thomas. Je me suis dévoué pour aller leur expliquer.

-C'est gentil à toi, sourit Delphin convaincu que son ami en avait profité pour draguer.

-Il a dragué en masse, tu n'imagines pas... fit Lionel. « Je suis pote avec Delphin Tevenn, si tu veux je t'accompagne... »

Oh si, Delphin imaginait bien. Il les connaissait suffisamment pour cela.

-Après elles voulaient toutes aller te voir à l'hôpital... soupira Thomas déçu.

Ils rirent.

-On va te laisser, dit soudain Lionel. Tu dois être fatigué.

-Un peu, avoua Delphin.

-Tu nous tiens au courant si tu reviens en cours ?

-Oui, sans faute.

Les deux amis partirent. Delphin soupira. Cette brève entrevue l'avait épuisé.

-Va te reposer, si tu veux, lui dit sa mère.

-Oui, c'est ce que je vais faire.

Et il remonta à sa chambre. Il tomba endormi en quelques secondes.

***

Le lendemain, Alexia avait l'impression que les amis de Delphin la regardaient d'un air accusateur. Delphin se souvenait-il de tout ? Que leur avait-il raconté ?

-Lâchez-la un peu ! fit Maëlle en la rejoignant dans le couloir. Non, mais j'hallucine ! S'ils s'y mettent aussi, ils n'ont rien compris à la vie ceux-là.

Elle la regarda.

-Ça ne va pas ?

-Pas très, non.

-Tu n'as pas à te sentir coupable. Ce n'est pas comme si tu avais provoqué son accident.

Si, évidemment que si, mais Alexia ne pouvait décemment le dire à personne. Elle n'avait pas pu en parler au psy qu'elle voyait. Elle ne voulait pas qu'on la prenne pour une folle, pourtant elle devait l'être, quelque part. Elle-même ne trouvait pas son comportement sensé.

Elle avait simplement dit au psy qu'elle avait assisté à l'accident de Delphin et au suicide de sa mère. Le psy avait essayé de la faire parler sur ce qu'elle ressentait et avait conclu à une dépression.

Elle le voyait une fois par semaine et le prochain rendez-vous était le lendemain.

-Comment te sens-tu depuis la dernière fois ? lui demanda-t-il de sa voix douce.

Alexia éluda la question.

-J'ai repris les cours, annonça-t-elle.

-Tu arrives à suivre ?

-J'ai un peu de mal.

Elle lui confia les évènements du lundi, l'envie qu'elle avait eue d'aller elle aussi frapper à la porte.

-C'est très humain comme réaction, dit le psy. Tu devrais peut-être essayer de parler aux parents de Delphin.

Elle n'oserait jamais. Ils étaient sûrement au courant des accusations qu'elle avait portées à l'égard de leur fils. Ils n'accepteraient certainement pas ses excuses. Elle devrait vivre avec ça.

***

Delphin se sentait un peu mieux. Il avait réussi à se reposer plusieurs nuits d'affilée. Mais il était toujours persuadé d'avoir vu une sirène et qu'il s'agissait d'Alexia. Cette pensée le maintenait éveillé la majeure partie de la journée.

-Comment ça va aujourd'hui? lui demanda sa mère alors qu'ils étaient tous les deux dans le salon.

Delphin ne savait pas quoi répondre. Et puis, cette situation de se retrouver seul avec sa mère à la maison était inédite. Maintenant qu'elle était là, il regrettait qu'elle ne soit pas au travail.

-Je vois bien que ça ne va pas, dit-elle. Tu peux m'en parler.

C'était tentant, mais Delphin n'avait pas envie de faire un séjour à l'hôpital psy.

-Je n'ai pas envie d'en parler, dit-il et il quitta la pièce.

Il profita d'un rayon de soleil pour aller dans le jardin.

La seule personne qui aurait pu le croire avait failli le tuer. Il était dans une situation impossible. Combien de temps tiendrait-il ainsi ?

Ses amis aussi essayaient de lui parler. Il appréciait le fait qu'ils lui envoient des messages, même pendant les heures de cours, pour lui rappeler la vie ordinaire et normale qu'il avait toujours menée. Mais cette normalité le heurtait de plein fouet à chaque texto. Sa vie s'était arrêtée le premier samedi suivant la rentrée des classes.

La semaine avait été si terrible qu'il se sentait incapable de remettre les pieds au lycée.

***

Ellen se faisait du souci pour son fils. Il n'allait pas bien et il ne voulait rien lui dire. La punissait-il pour avoir été si souvent absente ? Elle avait du mal à concevoir un autre scénario. Il n'avait pas raconté son cauchemar en relation avec son accident. Il avait été si vague, Ellen se demandait s'il leur avait tout dit et en voyant son état actuel, elle ne pouvait s'empêcher de penser le contraire.

Il avait traversé beaucoup de difficultés en très peu de temps. Il devait se sentir perdu. Certes, elle avait été absente mais elle savait que le sort ne s'était jamais acharné contre lui comme ça. D'habitude, il ne lui arrivait rien… ou il frôlait l'accident de près. Ellen ne comptait plus le nombre de fois où elle lui avait dit de faire attention.

Son fils, son seul enfant, se laissait dépérir. Elle ne pouvait pas supporter ça.

Que faire ?

Elle entendit soudain le portail claquer sur son support. Delphin était sorti. Elle eut un mouvement pour le rattraper ou lui dire de faire attention mais elle se ravisa. Il n'irait pas loin vu son état de fatigue. Elle irait le chercher d'ici une heure s'il ne revenait pas.

Elle décida d'appeler ses parents à Brighton. Elle avait besoin de parler à quelqu'un de tout ça. Elle leur avait dit que Delphin avait eu un accident et était à l'hôpital. Ils n'étaient pas encore au courant qu'il en était sorti.

***

Delphin s'arrêta devant l'ancienne maison de ses grands-parents. Une maison typiquement bretonne. Toit d'ardoise, volets en bois et pierre blanche. Il se souvint que son grand-père était mort, emporté avec son bateau lors d'une tempête. De lui, il ne lui restait qu'un vieux journal de bord du premier bateau de son grand-père. Des récits d'aventures pour occuper ses nuits et ses après-midis. Son père lui en avait raconté autrefois. Il y avait eu quelques dîners dominicaux animés par la dernière sortie en mer de son grand-père. Il se souvenait de sa voix, de ses grimaces et de ses talents d'orateur. Pas étonnant qu'il ait été capitaine.

Il s'assit sur le perron, face au port. Il se souvenait du frais dans le couloir, de l'odeur de poisson dans tout le rez-de-chaussée et du mélange d'odeurs lorsque sa grand-mère faisait des gâteaux. Il se rappelait du banc en bois usé, des vieilles chaises et même de la tapisserie démodée.

S'il pouvait se souvenir de tout ça avec précision, que devait-il déduire de son accident ? et de ses cauchemars ? C'était forcément vrai… La sirène existait ! Et c'était Alexia.

Il se leva brièvement, fit les cent pas devant la maison. Personne ne le croirait. Lui-même avait du mal à y croire. Il devrait taire les détails de son accident toute sa vie… Ou dire qu'il avait été percuté par un cétacé. Cela serait toujours plus crédible qu'une sirène.

Il se rassit sur le perron en soupirant. Il aurait bien aimé revenir en arrière. Laisser Alexia tranquille quand elle le lui avait demandé. Ou peut-être plus loin encore. Revoir ses grands-parents. Écouter son grand-père raconter ses aventures en mer. Avait-il déjà mentionné une sirène ? Delphin en était presque sûr. Peu de choses n'avaient pas croisé le chemin de son grand-père.

Il resta là un moment à faire l'inventaire mental des aventures dont il avait connaissance, le regard perdu sur le port face à lui.

Soudain, la silhouette de sa mère apparut dans son champ de vision et interrompit ses pensées. Elle s'inquiétait et lui sourit d'un air un peu triste.

-Ça va ? lui demanda-t-elle en anglais.

-Ça va, répondit-il dans la même langue.

Il voulut se lever mais un vertige l'arrêta dans son élan. Sa mère s'approcha.

-Prends ton temps. Ne va pas trop vite, dit-elle.

Ils attendirent quelques minutes, puis Delphin fit une nouvelle tentative, et ils reprirent le chemin vers la rue des dunes.

Chapitre 11 : La précision d'un souvenir

A peine rentré, Delphin se dirigea aussitôt vers les escaliers. Il voulait rester seul.

-Tu as besoin de quelque chose ? Tu veux que j'aille le chercher ? lui demanda sa mère.

Cela embêtait un peu Delphin mais il se rappela de son vertige quelques instants auparavant.

-… C'est bon. J'irai plus tard.

Il ne voulait pas l'inquiéter davantage avec des histoires de sirène.

Il retourna dans la chambre d'ami.

Il s'allongea et fixa le plafond blanc un long moment. Il entendait à nouveau la voix de son grand-père, ses éclats de rire et même ses applaudissements. Une partie de lui espérait qu'il n'avait rien inventé. Il avait besoin de croire qu'il n'était pas seul à avoir été le témoin de choses extraordinaires. Autrement, il était fou et seul.

Il s'endormit, épuisé.

Il se redressa et entendit des notes jouées sur le piano du salon. Il alla voir. Sa mère y était installée, tapotant délicatement les touches et manifestement très concentrée sur le morceau.

Delphin la regarda. Cela lui rappelait de vagues souvenirs, très vagues. Il se revoyait se hisser à ses côtés sur le banc, ses doigts frottant le velours un peu rêche du banc, et commencer à tapoter les touches du clavier. C'était la même mélodie que dans ses souvenirs, du moins en avait-il l'impression. Il y avait des choses qui restaient floues. Etait-ce parce qu'il n'y avait jamais accordé d'importance ? Parce que le temps était passé et qu'il avait oublié ?

Sa mère souriait. Il devinait l'esquisse sur sa joue. Cela faisait longtemps, très longtemps qu'elle avait joué du piano.

Delphin avait un souvenir assez vague d'avoir joué du piano seul, récemment. Arriverait-il à en rejouer ? Sa mémoire à long terme n'avait pas été trop affectée. C'était surtout celle à court terme qui avait morflé.

Il se leva et prit place à côté d'elle, comme autrefois.

-Tu peux y arriver, dit-elle. Je sais que tu t'en souviens.

Delphin positionna ses mains et commença doucement. Il hésitait un peu mais heureusement il avait l'oreille musicale.

-Tu vois ? Je le savais.

Cela ne lui semblait pas exact.

-Ça fait très longtemps.

-Oui. On devrait en jouer plus souvent. Je suis un peu rouillée aussi.

Un bruit d'appareil photo se fit soudain derrière eux. Le père de Delphin, les lunettes sur le bout du nez, regardait son smartphone.

-C'est pas mal comme photo… dit-il d'un air assez fier de lui. Hop, sauvegardée.

Delphin grimaça. Il n'aimait pas trop être pris en photo en ce moment. En fait, depuis qu'il était revenu, il s'était débrouillé pour éviter les miroirs.

-Le rendez-vous pour ton pansement c'est demain matin. N'oubliez pas.

-Oui, oui.

Dans vingt-quatre heures, Delphin n'aurait plus de pansement ni de bandage qui indiquait qu'il avait eu un traumatisme crânien. Il aurait juste une cicatrice et aurait l'impression d'être presque à nouveau normal.

Le lendemain, à la sortie de l'hôpital, Delphin passa un long moment devant le miroir de la salle de bain attenante à sa chambre. Il regarda sa cicatrice avec un mélange de curiosité et d'appréhension. Elle était loin d'être discrète. Elle devait mesurer sept ou huit_centimètres et même si ses cheveux avaient repoussé, on ne voyait que ça. Cela aurait été le seul souci de Delphin si elle n'avait pas la forme singulière d'un trident. Il ne pouvait s'empêcher d'y voir une connexion avec la sirène qui avait causé l'accident.

Des bruits de pas retentirent et sa mère apparut.

-Ça va ? lui demanda-t-elle un sourire aux lèvres.

-… Ouais… fit Delphin.

Il savait qu'elle affichait maintenant une expression proche de la pitié et il ne la regarda pas. Il en avait marre. Déjà qu'à l'hôpital, il avait intercepté les regards inquiets de ses parents qui patientaient dans la salle d'attente. Cela venait s'ajouter à l'expression désormais quotidienne de sa mère qui ne le laissait jamais seul. Exception faite de ses passages dans la salle de bain.

-Delphin, regarde ce que j'ai retrouvé, lança son père.

Il souffla sur une casquette de capitaine de navire. Celle de son grand-père.

-Un peu poussiéreuse… dit-il avant de l'épousseter. Essaye-la pour voir.

Delphin la posa sur sa tête et alla se regarder dans le miroir.

-Elle te va bien, fit son père en se glissant derrière lui.

Elle avait au moins l'avantage de cacher une bonne partie de sa cicatrice.

-Merci, dit Delphin.

Il avait un peu moins honte de sortir le crâne couvert.

Le reflet de sa mère apparut dans le miroir et Delphin vit ses parents échanger un regard entendu.

-Del', il faut qu'on parle.

Il suivit ses parents dans le salon.

-Est-ce que tu veux reprendre les cours au lycée ? Tu risques de redoubler…

-C'est ce qui va se passer de toute façon, non ? Que je redouble là-bas ou ailleurs…

-Tu aimerais changer de lycée ? Aller dans le privé ?

-Rien ne presse de toute façon, fit sa mère. L'important c'est que tu te rétablisses complètement. Mais il faut qu'on réfléchisse aux différentes possibilités.

-On comprendra si tu veux changer d'établissement. C'est normal, après ce qu'il s'est passé.

-… je ne sais pas. Je n'y ai pas encore réfléchi.

-Rien ne presse.

***

Le samedi matin, le portable d'Alexia vibra sur sa table de chevet. Elle le sortit de sa poche et consulta ses messages. Maëlle lui proposait de la rejoindre à Douarnenez dans l'après-midi.

Une sortie en centre-ville était exactement ce dont elle avait besoin. Elle répondit au message par l'affirmative et essuya ses larmes.

Lorsqu'elle arriva enfin à Douarnenez, Maëlle l'attendait avec Inès à l'arrêt de bus. Alexia n'aimait pas beaucoup la troisième fille de la bande. Elle avait quelque chose de naïf et d'enfantin qui mettait la rousse mal à l'aise. Plus que tout, elle semblait faire partie du fan-club de Delphin (comme la plupart des filles du lycée) et Alexia avait envie de la gifler ou de la secouer comme un prunier en lui disant « Mais réveille-toi ! Tu crois que tu l'intéresses ? Tu crois qu'il en a quelque chose à faire de ton existence ? Il ne reviendra probablement pas ! Par ma faute. Tourne la page ! ».

-Hey ! Salut ! lança Maëlle. Alors qu'est-ce qu'on fait ?

-Shopping ? proposa Inès tout sourire.

Alexia n'avait pas d'idée à proposer. Et cela ne la dérangeait pas de suivre simplement les filles dans les boutiques.

Inès ne mentionna pas une seule fois Delphin et Alexia ne s'en porta que mieux. Sa conversation avec le secouriste, l'avait suffisamment remuée sans que quelqu'un d'autre n'en rajoute une couche.

Ce soir-là, elle fit un drôle de rêve. Elle était devant son casier, un matin au lycée, et eut soudain l'impression de devenir sourde. Le bruit avait brutalement disparu du couloir. Pourtant les élèves étaient bien là. Ils auraient dû faire du bruit, murmurer, parler, crier, rire... Mais ils regardaient tous dans la même direction. La jeune femme joignit son regard aux leurs.

Delphin Tevenn était revenu. Il avait toujours son bandage autour de sa tête mais saluait les autres, ses yeux rieurs, couleur saphir. Il la regardait. La culpabilité la rongeait à nouveau. Elle sentit le rouge lui monter aux joues puis s'entendit dire : « non, ça n'est pas possible ». Ses propres paroles la réveillèrent.

Elle ouvrit les yeux dans l'obscurité de sa chambre. Ce n'était qu'un rêve... Ce serait peut-être son quotidien s'il revenait au lycée. Elle ne pourrait plus le regarder sans éprouver le besoin de le fuir.

Le lendemain, elle vit M. Tevenn ramener la planche de surf de son fils et la mettre dans leur garage le long du mur. A le voir ainsi, marchant lentement à cause de la pluie et du vent sous un ciel particulièrement gris, Alexia eut l'impression que Delphin était mort.

La porte du garage se referma bruyamment, renforçant encore le caractère lugubre de sa vision.

Pas une seule fois, elle n'avait vu Delphin sortir de chez ses parents. Tom, le secouriste, qui le connaissait bien, lui avait confirmé ce changement. Alors que pendant l'été, il avait passé plus de temps à l'extérieur que n'importe quel adolescent de son âge.

Quand les gens parlaient de Delphin, c'était toujours en terme élogieux : quelqu'un plein de joie de vivre, agréable, volontaire. Etait-ce ce caractère si joyeux qui avait agacé Alexia lorsqu'elle l'avait vu pour la première fois ? Probablement, le décalage entre son bonheur à lui et le deuil qu'elle portait encore en elle à ce moment-là.

***

Delphin essayait de faire le point sur ce qu'il voulait faire quand il serait rétabli. Il était trop fatigué pour vraiment y penser. Retourner au lycée lui paraissait inenvisageable. Pas dans son état actuel en tout cas. Il se sentait trop fatigué pour suivre une heure de cours et toutes ses pensées étaient ailleurs.

Il soupira, il avait besoin de se changer les idées. Il avisa les escaliers et, s'assurant que ses parents étaient hors de vue, monta à sa chambre.

Cela faisait plusieurs semaines qu'il n'y avait pas mis les pieds. Son sac de cours était sur sa chaise, pas défait depuis la dernière fois qu'il l'avait utilisé. Il ne laissait jamais ses devoirs traîner ainsi.

Il s'assit sur son lit. Son regard tomba sur la bibliothèque en médium blanc juste à côté et il se rappela ce qu'il voulait vérifier dans le journal de bord de son grand-père.

Il tourna délicatement les pages jusqu'à en trouver une lisible. Beaucoup avaient pris l'humidité ou étaient abîmées par le temps.

17 juillet 1969.

Nous avons été un peu plus loin que d'habitude. Presque à la baie des Trépassés. Victor a lancé pour plaisanter qu'on n'en sortirait pas vivants. A cause de Dahut la sirène. D'habitude, je ne crois pas ce genre d'histoires. C'est des racontars. Des légendes pour effrayer les enfants...

Oui, sauf qu'on l'a vue. Dahut. La sirène. J'ai cru que j'avais forcé un peu sur la picole mais tout l'équipage, on l'a tous vue !

Il y en a qui disent que c'est mauvais signe, rapport à la Mort tout ça... N'importe quoi. Tout le monde sait que c'est d'entendre l'Ankou.

Le grand-père de Delphin avait toujours eu le mot pour rire même à l'écrit. Il avait animé à lui tout seul (et grâce à la naïveté de Delphin aussi) des soirées entières, des dimanches midis qui duraient jusqu'au soir. Jamais Delphin ne s'était ennuyé bien qu'il soit le seul enfant autour de la table. C'était sans doute les histoires de son grand-père qui l'avait poussé à lire autant sur les légendes bretonnes.

Si Jonathan Tevenn aimait raconter des histoires et divertir sa famille, Delphin ne pensait pas qu'il ait une seule fois menti. S'il avait dit - et écrit !- avoir vu une sirène, il en avait vu une.

Il feuilleta d'autres pages pendant plusieurs heures, et lut d'autres récits de son grand-père. Cela n'aida pas franchement le jeune homme à dormir car certaines aventures étaient pour le moins terrifiantes, notamment celle où Jonathan avait perdu la moitié de son équipage en pleine mer. Il y avait aussi la fameuse journée de juillet 1969. Il disait penser encore souvent à la sirène et espérer ne pas retomber sur elle. Delphin se sentit un peu moins seul. Quelqu'un d'autre avait vu une sirène de près, il y avait un certain réconfort à le savoir.

Chapitre 12 : Changement de décor

Les semaines passèrent puis les mois. Delphin se sentait plus isolé que jamais. Ses amis venaient le voir de temps en temps mais leurs visites lui laissaient un goût amer. Il ne pouvait pas tout leur dire sur son accident, ni sur l'état dans lequel il se trouvait. Il avait l'impression de leur mentir et il détestait ça. En fait, il ne le supportait plus.

Heureusement, ce soir-là, ses parents reparlèrent des possibilités qui s'offraient à Delphin pour les prochains mois ou années.

-J'ai parlé à mes parents, dit Ellen. Ils ne voient aucun inconvénient et seraient même contents que tu viennes vivre chez eux si tu voulais aller au lycée français de Brighton. C'est un très bon lycée. Ce changement de cadre devrait te faire du bien et te permettre peut-être de tourner plus facilement la page de ton accident, tout en te rétablissant.

-D'accord, lâcha Delphin.

Cela lui semblait être la meilleure solution pour laisser tout ça derrière lui. Ne plus mentir aux gens qu'il aimait et se rétablir.

-Vraiment ? Tu es sûr ? insista son père.

Il voulait être sûr qu'il ne prenait pas cette décision sur un coup de tête…

-Oui. C'est le mieux, je pense.

-On partira comme d'habitude la veille de Noël, dit sa mère. On aura simplement plus de valises… La rentrée aura lieu en septembre. Ça te laissera le temps de te reposer et de t'habituer à ta nouvelle vie. Demain, on ira rendre tes livres au lycée et j'envoie la pré-inscription pour celui de Brighton.

C'était bizarre de revenir au lycée après tout ce temps. Rien que l'idée donnait à Delphin un certain malaise. Il craignait que ce passage express le fasse changer d'avis. Il n'était venu que pour rendre ses livres et s'assurer que son dossier scolaire le suivrait bien au lycée français de Brighton. Il n'avait pas prévu de parler avec ses anciens camarades de classe, même si quelque part il aurait bien voulu. Juste pour se sentir connecté à nouveau. Mais pour quoi faire ? Il partait de toute façon.

M. Jambon semblait déçu que l'un de ses élèves parte mais il parut comprendre.

-Alexia Duval a retiré sa plainte contre vous. Je ne l'avais pas prise au sérieux… Mais je me suis dit que vous seriez content de le savoir.

-Je vous remercie, dit Ellen.

-Je m'assurerai personnellement que ton dossier te suive à Brighton.

-Merci, monsieur.

Ils sortirent du bureau et arrivèrent vers le hall d'entrée.

Lionel et Thomas descendaient les escaliers.

-Ça y est, c'est décidé ?

-Oui… Ça n'a rien à voir avec vous ou le lycée… C'est juste que je préfère reprendre les cours ailleurs.

-Mais tu vas où ? Dans un autre lycée de Douarnenez ? demanda Lionel.

-Non. Je vais à Brighton. Il y a un lycée français là-bas.

-En Angleterre… Jusqu'à quand ?

-Jusqu'à ce que j'ai mon bac. On part ce week-end.

-Ça va faire long… Tu vas rentrer de temps en temps ?

-On n'en a pas encore parlé avec mes parents, répondit Delphin.

-Tu nous tiendras au courant.

-Oui.

Sa vue se brouilla. C'était la première fois qu'il partait aussi longtemps, qu'il laissait ses amis derrière lui, qu'il laissait toute une vie derrière lui.

-Tu nous donneras des nouvelles ?

-Oui.

Thomas l'embrassa. Lionel suivit le mouvement.

-Prends soin de toi, mec.

-Ne vous inquiétez pas : je serai chez mes grands-parents.

-Ah bon, bah ça va alors… fit Thomas en se dégageant son visage se fendant en un large sourire.

-Tu vas nous manquer.

-Vous allez me manquer aussi.

Le bruit des talons de la mère de Delphin se rapprocha.

-Veille à ce que Thomas ait son bac, Lionel, lança-t-elle avec un petit sourire.

Celui-ci hocha la tête en signe d'approbation.

-J'y veillerai.

-Je peux être très appliqué…

-On doit y aller, dit-elle. On a encore beaucoup de choses à préparer.

-A la prochaine alors.

Et les trois amis prirent congé les uns des autres.

***

La rumeur que Delphin Tevenn avait quitté l'établissement pour poursuivre ses études à l'étranger se répandit comme une traînée de poudre. Alexia apprit la nouvelle la veille des vacances de Noël et cela rajouta de la culpabilité. Elle avait retiré sa plainte contre lui en croyant que ça suffirait à se faire pardonner, mais il n'était pas question que de harcèlement ou de mensonges. C'était bien plus grave que ça. Elle mesurait à présent à quel point.

Elle avait vraiment un problème. Personne ne s'acharnait comme elle l'avait fait sans raison. Elle avait besoin d'aide.

***

Quand ses affaires furent prêtes la veille de son départ pour l'Angleterre, Delphin s'assit sur son lit et repensa à ce que le proviseur lui avait dit. Alexia avait retiré sa plainte. Elle avait dû admettre qu'elle avait inventé cette histoire de harcèlement.

Elle s'était sans doute attendue à ce qu'il revienne en cours.

Il savait qu'Alexia était venue le voir à l'hôpital : il avait vu sa chevelure rousse quitter sa chambre. Elle était venue s'excuser. Devait-il aller lui parler avant de partir ? Mais pour lui dire quoi ? Qu'il savait qu'elle était venue ? Qu'elle était une sirène ? Qu'il lui pardonnait ? Non. Ça sonnait faux. Elle avait failli le tuer, elle avait menti et risqué de le faire exclure. De vagues excuses pendant qu'il dormait ne rachetaient pas sa conduite. Il devait penser à lui, même si c'était difficile, même s'il trouvait cette manière de penser égoïste et cruelle. Il en avait assez fait, il n'avait pas cessé de lui tendre la main depuis son arrivée. C'était fini.

Il s'endormit.

Il lui sembla que deux heures à peine s'étaient écoulées quand la porte de sa chambre s'ouvrit et que la lumière du couloir se déversa à l'intérieur de la pièce.

-Delphin, c'est l'heure, dit la voix de sa mère.

Il sentit son poids sur le bord du lit et une main sur son épaule.

-Mmmh.

-Tu pourras dormir dans la voiture.

Il se leva difficilement, s'habilla et rejoignit ses parents dans la cuisine. Il n'avait pas vraiment faim mais mangea un peu.

Les Tevenn sortirent de la maison et s'installèrent dans la voiture. Le regard de Delphin tomba sur la maison des Duval, de l'autre côté de la rue, puis se détourna. Il n'y avait rien à ajouter, rien à faire de plus. C'était mieux comme ça. Il faisait le bon choix en partant.

Las, il s'endormit dans la voiture.

Ils arrivèrent à St-Malo sous un fin rideau de pluie qui ne les quitta pas jusqu'à ce qu'ils furent sur le bâteau. Ils restèrent un moment sur le pont à regarder le jour se lever sur la cité intramuros. Delphin pensa qu'il ne reverrait pas ce spectacle avant un bon moment.

Soudain, le vent s'engouffra dans sa capuche et le fit frissonner. Si seulement ses cheveux avaient été plus longs…

Sa mère le rejoignit et lui enroula une écharpe autour du cou. Il eut un mouvement pour se dégager mais il se laissa finalement faire. C'était une vieille écharpe en laine bleue marine et blanche que sa grand-mère avait tricotée et lui avait offerte à un Noël. Non seulement, cela ferait plaisir à sa grand-mère mais en plus elle lui tiendrait chaud.

Quelques heures plus tard, ils aperçurent le port anglais.

Le père de Delphin eut un petit sourire triste, presque nostalgique.

-Ça me fait penser à ce qu'a vécu ton grand-père, dit-il en s'adressant à son fils. Il n'en parlait jamais, mais quand on a débarrassé la maison, j'ai récupéré ses affaires. Il y avait son carnet de guerre. Tu sais comment il a survécu ?

-Non.

-Il a récupéré un uniforme anglais. L'armée anglaise l'a rapatrié comme l'un de ses soldats puis quelques semaines après, il est revenu à Tréboul. Ça s'appelait l'opération DYNAMO.

-Il n'a jamais parlé de la guerre, fit Delphin.

-Maintenant tu comprends pourquoi.

Quelques secondes s'écoulèrent avant que sa mère ne prenne la parole :

-Que tu choisisses de revenir ou non, on te soutiendra. Mais pour le moment, la priorité c'est ta guérison.

Le personnel du ferry amarra le bâteau.

-Je vais chercher les valises, dit son père.

Ils descendirent la passerelle.

Un homme aux cheveux blonds blanchissants et la barbe de six jours leur faisait de grands signes avec une pancarte où était écrit « ELLEN » en lettres majuscules. C'était Frank, l'oncle de Delphin et le mari de la sœur de sa mère. C'était toujours lui qui venait les chercher pour les emmener chez les grands-parents et depuis le temps, il n'avait jamais su écrire correctement le nom de la famille bretonne.

-Bonjour ! lança-t-il d'un ton joyeux. Oh mon Dieu, Del, qu'est-ce que tu as grandi ! Où sont passés tes cheveux ?

Ellen émit un petit rire nerveux.

-La traversée s'est bien passée ?

-Super. De la bruine tout du long, fit Alain en souriant.

Ils sortirent du port et se dirigèrent vers le parking. Frank possédait un monospace mais Delphin ne l'avait jamais vu avec des enfants. Ou peut-être une fois, il ne se souvenait plus très bien.

-Beth est déjà sur place, dit-il en les aidant à ranger leurs valises dans le coffre. Vous êtes sacrément chargés…

-Ce sont les cadeaux, mais surtout toutes les affaires de Delphin, fit Ellen.

Le nom de jeune fille de la mère de Delphin était Hildeton. Les grands-parents maternels de Delphin vivaient depuis toujours dans une grande maison victorienne qui appartenait à leur famille depuis des générations. A l'intérieur de cette maison, outre le nombre impressionnant de chambres et de salles de bain, se trouvait une bibliothèque à faire rougir la plupart des libraires.

A chaque fois qu'il venait, Delphin lisait les ouvrages portant sur les contes et légendes celtiques. Ses grands-parents en possédaient une collection qu'il convoitait avidement. Il en avait lu la plupart mais il avait plus de deux ans devant lui pour les connaître par cœur.

Le monospace s'arrêta enfin devant la belle maison. Delphin ouvrit la portière et entendit aussitôt le bruit familier des vagues sur le sable. Il avait oublié ce détail. La maison de ses grands-parents était en bord de mer et possédait de fait une plage privative. Le roulement des vagues lui parvenait, amplifié, accéléré et il fut pris d'un léger vertige.

Il resta immobile quelques secondes, l'image des rouleaux terrifiants hantant son esprit. Puis son père lui tendit une valise. Il la prit et rejoignit la maison à grandes enjambées, pressé de ne plus entendre le bruit des vagues quand il serait à l'intérieur..

Son grand-père lui ouvrit.

-Bonsoir ! Tu as bien changé, Del' !

Le jeune homme l'embrassa et se précipita à l'intérieur à la recherche de sa grand-mère. Celle-ci était dans la cuisine, avec Elizabeth. Tandis que l'aïeule s'affairait, la tante fumait d'un air tranquille tout en veillant à ce que la fumée sorte bien de la maison.

-Regardez qui est là ! Tu essayes un nouveau style ? s'exclama-t-elle.

-Ohh, fit la grand-mère en faisant une pause dans sa découpe de légumes et elle embrassa longuement Delphin. Tu nous as fait une sacrée peur. Comment tu te sens ?

-Je vais bien, mentit le jeune homme alors qu'elle sondait son regard.

Il lui reparlerait plus tard, il aurait tout le temps pour ça, après les fêtes.

Delphin enleva ses chaussures, posa son manteau sur l'un des crochets de l'entrée et monta ses valises à l'étage sous le regard inquiet de ses parents.

-Je suis juste derrière toi, dit la voix de son père.

-… Je ne vais pas me perdre, répondit le jeune homme.

Il se souvenait parfaitement de la configuration de l'étage. A chaque fois qu'il venait, il dormait toujours dans la même chambre. Celle qui avait la vue sur la plage mais qui n'avait pas de balcon. Peut-être qu'il en changerait cette fois, comme il restait plus longtemps…

Il hésita quelques secondes, les deux chambres étaient à quelques mètres l'une de l'autre. Il serait toujours temps d'en changer s'il se lassait.

Le jeune homme posa finalement les valises dans la chambre habituelle. Son regard se posa sur la mer quelques mètres plus bas. Les vagues qu'il avait sous les yeux n'avaient rien à voir avec celles de son accident. Elles étaient plus petites, plus calmes. Cette vision rassura Delphin. Il n'était pas retourné sur une plage depuis ce samedi de septembre. Celle de ses grands-parents n'avait presque pas de rochers. Elle ne constituait pas un danger.

-Tu viens ? l'appela son père en le tirant de ses pensées. Ils nous attendent pour commencer à dîner.

-Oui.

Delphin tira ses chaussons de l'une des valises et suivit son père au rez-de-chaussée.

A table, les conversations se firent banales pendant quelques minutes seulement. Comment allait le travail, les études… Un peu de politique aussi.

Puis Elizabeth coupa court. Elle prit Delphin à parti :

-Bon, ça suffit les banalités. Qu'est-ce qui t'est arrivé ?

Le jeune homme sentit ses joues s'embraser. Il pensait que toute sa famille savait déjà, il ne s'était pas attendu à devoir le raconter.

-J'ai… J'ai eu un accident de surf, il y a quelques mois… En septembre.

-C'était grave ?

-Non, pas très… fit Delphin à voix basse.

-Trauma crânien quand même, rectifia son père, avec une fracture du crâne. Mais à part ça, rien.

Et la discussion partit sur les conséquences d'un trauma crânien.

A côté de Delphin, sa grand-mère posa doucement sa main ridée sur son poignet avec un petit sourire triste.

-Tu viens m'aider ? lui demanda-t-elle.

-Oui, répondit-il content de quitter la table quelques instants.

Ils allèrent tous les deux en cuisine.

-Ta mère m'a raconté ce qui t'était arrivé. Mais et toi, de quoi tu te souviens ?

-C'est un peu compliqué. Je préfèrerais t'en parler quand il y aura moins de monde…

Elle lui lança un regard intrigué.

-Je crois… Non, je suis presque sûr qu'une sirène a provoqué mon accident.

-… oui, effectivement, il va falloir qu'on en parle très sérieusement.

Ils retournèrent dans la salle à manger et le ton de la conversation se fit plus léger.

Le matin du 24 décembre, toute la famille s'activa. Delphin avait réussi à dormir plusieurs heures d'affilée sans se réveiller ni faire de cauchemars. Il était d'excellente humeur.

Comme toute la décoration était déjà installée depuis le 1er du mois, il ne restait plus que la cuisine et la table à gérer. Delphin choisit le camp de sa grand-mère et s'activa, avec son père à la préparation des repas du midi et du soir.

Elizabeth, sa tante, supervisait depuis la terrasse, son éternelle cigarette à main.

-Frank ! appela-t-elle. Je pense que tu peux faire la distribution de ce-que-tu-sais.

L'oncle de Delphin était occupé à lisser les plis de la nappe et, pendant deux secondes parut agacé de la suggestion de sa femme, mais il sortit quand même.

Quelques minutes plus tard, il revenait les bras chargés de sacs.

Elizabeth vint l'aider.

-Alors ça, c'est pour Ellen… Tiens, ma sœur.

-Qu'est-ce que c'est ? fit celle-ci.

-Ouvre, tu verras.

-Oh-mon-dieu… fit Ellen quelques secondes plus tard.

Alain tourna les yeux vers sa femme pour voir ce qui pouvait la pétrifier d'effroi à ce point. Dans ses mains fines, elle tenait un pull moche de Noël. Il rit.

-Del'… Del', regarde ta mère.

Le jeune homme leva les yeux un instant et pouffa de rire.

-Ne riez pas : il y en a pour tout le monde ! prévint Elizabeth.

-*Oh damn.*

Mais de tous les invités, Ellen avait le pull le plus moche et de loin. Il représentait un sapin vert fluo avec une guirlande de LED multicolores, le tout sur un fond bleu clair. C'était franchement hideux.

-Tu es obligée de le porter, dit Elizabeth. C'est Noël. Demain, tout le monde met son pull. Je prendrai des photos.

Le 25, Delphin se réveilla avec la même impatience qu'il avait étant plus jeune. Fêter Noël chez ses grands-parents c'était aussi respecter la tradition de n'ouvrir ses cadeaux que le matin. Cela conservait l'esprit de Noël et sa magie plus longtemps. Et même les adultes se prêtaient au jeu.

-Ah, le plus jeune est levé ! fit Frank. Haha ! Tu as des épis !

-Ouais… fit Delphin en se passant aussitôt une main dans les cheveux pour tenter de les aplatir.

-Allez, à toi.

Le jeune homme se dirigea vers le sapin et chercha du regard ses cadeaux. Il n'en vit qu'un plutôt gros, rectangulaire. Il le dégagea des autres paquets. Il avait bien une idée de ce qu'il pouvait contenir mais il n'osait pas y croire.

-Eh bien, ouvre-le, fit sa mère.

Delphin s'exécuta. Il reconnut la marque d'un célèbre fabricant d'ordinateurs portables.

-On a pensé que ça te serait utile, pour les cours et pour nous donner des nouvelles.

-Merci.

Chapitre 13 : Tourner la page

Le 2 janvier, les parents de Delphin repartirent. Le jeune homme vit leurs valises sur le palier du premier étage et il comprit que le moment où il allait être seul était venu. Il descendit les escaliers et alla prendre son petit-déjeuner.

Ses parents arrivèrent quelques instants plus tard et posèrent les valises dans l'entrée.

-Bon, on va vous laisser, dit son père. On a un bateau à prendre…

-Je les emmène, dit Frank.

-Rentrez bien, dit la grand-mère. A bientôt.

-Delphin, on veut de tes nouvelles tous les jours, fit sa mère.

-Ouais.

-On se fera des visios.

-On doit y aller. A plus tard.

Et ils partirent.

Delphin était un peu partagé sur ce qu'il ressentait à ce moment-là. Il s'était habitué à avoir ses parents sur son dos ces derniers mois. Il était content qu'ils repartent mais il aurait préféré les accompagner. Et reprendre une vie normale à Tréboul avec ses amis, au lycée… Ils avaient parlé de tout ça et il avait été d'accord pour continuer ses études ici à Brighton. Il ne serait pas trop dépaysé, c'était un lycée français et il pouvait y suivre l'option breton comme à Douarnenez.

Mais quand même… d'un coup, sa chambre et ses habitudes lui manquaient.

Les premières heures furent difficiles. Il prit conscience qu'il ne s'était jamais retrouvé seul, sans ses parents aussi longtemps. C'était la première fois qu'ils se trouvaient dans des pays différents. Même si Delphin était en terrain familier, cela lui faisait bizarre.

Le grand-père de Delphin sortit de la maison. Sa grand-mère revint dans la salle à manger.

-Ça va ? lui demanda-t-elle.

-Ouais.

-Ça va aller, dit-elle avec un sourire tendre. Tu vas voir. Tu as fini de manger ? Viens m'aider à débarrasser et à ranger la vaisselle.

Ils allèrent dans la cuisine. Delphin prit un torchon et commença à essuyer la vaisselle.

-J'ai eu l'impression que tu n'avais pas tout dit l'autre jour quand tu racontais ton accident. Il y a quelque chose que l'on doit savoir et dont tu n'as pas osé parler?

-Je n'avais pas envie de passer pour un cinglé…

-Tu sais que je suis large d'esprit et à l'écoute, alors raconte-moi.

-Hm. C'est une sirène qui a causé mon accident. Je l'ai vue.

Sa grand-mère se tourna vers lui d'un air intéressé.

-Tu peux m'en dire plus ? Qu'est-ce qui s'est passé ?

Delphin le lui raconta dans les détails, du moins tout ce dont il se souvenait.

-Tu n'as jamais eu d'accident, fit-elle songeuse. Je ne me souviens même pas que tu sois tombé une fois... Qu'est-ce qui a changé ?

-Il y a une fille qui est arrivée depuis juillet... Elle habite en face de chez nous.

-Il est amoureux, voilà ce qui a changé ! lança Elizabeth avec un large sourire en faisant irruption dans la cuisine.

-C'est vrai ?

-Oui. Mais elle me déteste. J'ai essayé de l'aider ou juste de lui parler. Elle ne veut rien avoir à faire avec moi... Elle m'a même accusé de la harceler.

-Oh... Elle a l'air difficile.

-« Difficile » ? répéta Elizabeth. Cette fille ne mérite même pas ton attention, Del'. Oublie-la. « Il y a d'autres poissons dans l'océan. »

Il n'y avait qu'une seule Alexia Duval, en revanche. La seule pour qui il avait ressenti quelque chose.

***

Le dernier week-end avant la reprise des cours, Alexia et son père se promenaient sur la plage de Douarnenez. Ils s'étaient offerts deux jours de thalassothérapie dans le centre de la ville et profitaient à présent du beau temps avant de rentrer sur Tréboul.

-Ça m'a fait du bien cette thalasso ! lança son père en s'étirant. On aurait dû la faire plus tôt, tu ne trouves pas ?

-Oui, dit-elle le regard perdu à l'horizon.

Le soleil brillait incroyablement et l'océan était d'un bleu azur, c'était inouï fin décembre. Il semblait à Alexia que même l'été n'avait pas été si beau, mais elle était dans un autre état d'esprit. Pour une fois, elle ne ressentait rien de négatif et elle était déterminée à en profiter.

***

La curiosité qu'avait suscité l'accident de Delphin était peu à peu retombée. Ses grands-parents le laissaient enfin se promener seul dans la maison. Il allait enfin pouvoir mener ses recherches sur les sirènes.

Il se dirigea vers la grande bibliothèque du salon de ses grands-parents. Ceux-ci avaient un soin chirurgical en ce qui concernait le rangement de leurs livres, leurs trésors, tel que le voyait Delphin. Ils avaient de très vieilles éditions des classiques de Shakespeare et de vieux exemplaires de livres de contes reliés de cuir. Mais c'étaient les livres qui traitaient des légendes celtiques et des créatures fantastiques qui intéressaient le jeune homme. Plus particulièrement des sirènes. Il espérait bien trouver des informations dedans.

Il passa des semaines à fouiller et collecter et remplit un cahier, mais il n'y avait rien de vraiment concret... de tangible. Et encore, il n'écartait aucune piste.

Le temps était compté car il savait qu'à la rentrée, il devrait se concentrer sur ses études...

-Delphin... fit sa grand-mère en entrant dans sa chambre.

Il sursauta, un peu surpris qu'on vienne le déranger dans un tel désordre. Il espérait secrètement que ce n'était pas pour lui dire de ranger.

Son regard bleu-gris parcourut les livres étalés un peu partout, les dessins, les photocopies de livres empruntés à la bibliothèque locale, les croquis et esquisses, puis le carnet dans ses mains tachées d'encre bleue.

Elle prit une ou deux feuilles sur le fauteuil de la pièce et s'assit pour les regarder un instant.

-Qui est Alexia ?

-Notre nouvelle voisine.

-Ah oui. Celle dont tu es amoureux. Je suis toujours stupéfaite de tes talents en dessin. Parle-moi de ses parents.

-Ils sont arrivés en juillet, avec son père.

-Et sa mère ?

-Non, il n'y a qu'eux deux.

-Qu'est-ce qu'il y a entre vous ?

-Rien. Elle me déteste depuis qu'elle est arrivée. Je voulais l'aider mais ça n'a fait qu'empirer les choses. Et je suis sûr que c'est une sirène.

Il y eut deux secondes de silence qui firent douter Delphin sur ce qu'allait dire sa grand-mère.

-Oui, je crois aussi, dit-elle. Tout ce qu'on peut dire sur les sirènes s'applique à Alexia. Pas de mère ou en tout cas pas présente à l'âge où elle devient adulte... La colère... Le désir de faire du mal. De tuer même...

-Mais elle ne l'a pas fait.

-Je pense qu'une jeune sirène ne peut pas tuer. La transformation ne dure pas assez longtemps. Cet aspect-là est important : deux personnalités qui cohabitent jusqu'à ce que la sirène prenne le dessus, sur le corps comme sur l'esprit.

-Ça veut dire qu'elle va finir par être vraiment une sirène ?

-Hm-hm.

Delphin eut du mal à croire qu'il parlait vraiment de sirène avec sa grand-mère et qu'ils parlaient de l'avenir d'Alexia.

-… Je n'aurais pas dû partir.

-Je ne crois pas qu'il y ait grand-chose que tu puisses faire pour empêcher ça. C'est dans son ADN. On dit souvent que les sirènes sont des tueuses, des prédatrices… mais je me dis qu'il s'agit d'une adolescente. Elle a le temps de changer. Elle regrette peut-être ce qui s'est passé.

***

Les mois qui suivirent furent compliqués pour Alexia, même si elle essayait d'aller de l'avant, il y avait toujours quelque chose pour la tenir engluée dans le passé.

Ce jour-là, au niveau du CDI, elle passa devant de grands panneaux d'affichage recouverts de photos. Elle s'arrêta pour y jeter un coup d'œil. C'étaient les projets du lycée selon les années. L'an passé, des élèves du lycée étaient partis aider à dépolluer une plage suite à une marée noire.

Le malaise l'envahit quand elle s'aperçut qu'elle cherchait Delphin. Il figurait bel et bien sur les photos. Une affichette signalait même qu'il était l'instigateur du projet...

Une chape de plomb supplémentaire lui tomba dessus et les larmes menacèrent de couler.

-Alex ! fit soudain une voix dans le couloir.

Des pas s'approchèrent de la rouquine, c'était Maëlle. Elle regarda les photos quelques secondes.

-Je ne savais pas qu'ils avaient gardé les photos... Oh, regarde-moi l'horreur...

Elle lui montra une photo de son frère englué dans le mazout jusqu'aux coudes.

-Même trois semaines après, ses fringues sentaient encore... j'étais là aussi. C'était un beau projet.

Un beau projet... Une belle personne qu'Alexia avait diffamée, manquée de tuer de peu juste parce qu'elle n'arrivait pas à faire son deuil et à s'adapter à sa nouvelle ville. Il fallait vraiment qu'elle se fasse soigner...

Elle s'effondra en sanglots. Maëlle la retint.

-Ça va aller... Je vais t'accompagner...

Elles s'assirent un peu plus loin. Pour Alexia, c'était trop. Il fallait qu'elle dise tout à Maëlle.

***

Delphin tournait en rond. Il était de mauvaise humeur. Cela faisait plusieurs jours qu'il ne dormait pas. Il faisait le tour de l'horloge en attendant que le soleil se lève. Il n'en pouvait plus. Les médicaments qu'on lui avait prescrits ne faisaient plus effet. Il avait essayé tous les moyens qu'il connaissait : la tisane de camomille et tilleul, la musique douce, la lecture jusqu'à ce qu'il tombe endormi... Rien n'y faisait. Même sa grand-mère s'était mise à lui raconter une histoire pour qu'il s'endorme comme lorsqu'il était petit. Ça ne marchait pas.

Après quelques nuits sans cauchemar, ceux-ci revenaient à la charge et la rentrée scolaire approchait.

C'était la fin de journée chez les Hildeton. Sa grand-mère avait fait du thé et annoncé qu'Elizabeth passerait papoter.

Delphin vit la voiture de sa tante se garer. Elle lui adressa un grand sourire et s'approcha à grandes enjambées.

-Tu as une tête de déterré, Del'.

-Il ne dort pas, dit sa grand-mère.

-Des choses qui te perturbent ?

-Les souvenirs de l'accident, marmonna-t-il.

-Ça a dû être violent…

-Ouais…

Ce n'était pas vraiment l'accident en lui-même. C'était tout ce qu'il y avait eu autour : Alexia, l'accusation de harcèlement, la sirène et puis des images qu'il ne connaissait pas.

Sa tante sortit sur la terrasse et alluma ce qui ressemblait à une cigarette très mal roulée.

Delphin n'avait jamais vu sa tante fumer ce genre de cigarette.

-Tu veux essayer ? lui demanda-t-elle.

-Qu'est-ce que c'est ?

-De l'herbe. Rien à voir avec ces saloperies qu'on trouve partout. Là, c'est naturel.

-Ça fait quoi ?

-Ça aide à se relaxer et à oublier ses problèmes.

Delphin se dit que rendu à ce stade il n'avait pas grand-chose à perdre.

-Aspire une petite bouffée, dit-elle en lui tendant.

Il toussa un peu. Elle sourit.

-C'est normal, ça fait toujours ça quand on n'a pas l'habitude… Comment tu te sens ?

Il se sentait léger et cotonneux.

-Bien.

Il s'assit sur une chaise pour être sûr de ne pas tomber au cas où ses jambes le lâcheraient. Elizabeth s'installa à côté de lui.

-Beth… fit sa grand-mère.

-Je sais, je gère.

-C'est plutôt efficace… fit Delphin en riant.

Il ne savait pas pourquoi il riait, ses nerfs lâchaient probablement.

Et la dernière chose qu'il vit fut sa tante le regarder en souriant.

Delphin se réveilla quelques heures plus tard dans son lit. Sa tête le lançait légèrement, mais il se sentait reposé. Il avait dormi et plutôt bien -il était presque midi.

Epilogue : Un an plus tard

Quelques jours avant la rentrée, sa tante l'accompagna pour qu'il aille chercher son uniforme scolaire. De retour chez ses grands-parents, il fut prié de l'enfiler et de poser pour quelques photos.

-On va les envoyer à tes parents. Ça va leur faire plaisir.

-Tu es très beau.

-Les filles vont être dingues de toi.

Évidemment, ils n'étaient pas objectifs mais l'uniforme lui allait bien (il y avait du bleu dedans), c'était vrai. Delphin avait craint que ce ne soit pas le cas, déjà que la perspective d'en porter un de façon obligatoire ne l'avait guère emballé.

Il y avait plus important que l'uniforme. Il arrivait désormais à se reposer, il appréhendait la rentrée à venir dans de bonnes conditions. Il était prêt.

***

En arrivant au lycée ce matin-là, Alexia eut une sensation étrange de déjà-vu. C'était sa deuxième rentrée ici. L'année qui s'était écoulée avait été chaotique. Elle n'avait pas eu la force de se présenter aux épreuves anticipées. Le redoublement s'était imposé.

C'était un nouveau départ, une nouvelle classe. Tous ses anciens camarades de classe étaient passés en terminale. Elle devait faire table rase et recommencer. Elle inspira profondément en s'avançant vers le tableau d'affichage des classes.

-Tu redoubles aussi ? fit une voix tout près d'elle.

Elle se tourna et vit un jeune homme blond -elle eut un léger sursaut en pensant qu'il s'agissait de Delphin, elle se rassura en voyant que ses yeux étaient gris et non bleus comme ceux de son voisin.

-Oui, dit-elle. Alexia Duval.

-Sylvain Druand. On est dans la même classe.

A cette information, Alexia ressentit un pic d'appréhension pendant quelques secondes -la prédatrice allait-elle se réveiller ?- mais il ne se passa rien, la colère était partie.

Deux ans et six mois plus tard…

Chapitre 1 : Le retour

Delphin Tevenn regardait la côte française se rapprocher depuis le pont du ferry qui le ramenait d'Angleterre où il avait passé les deux ans et six mois qui venaient de s'écouler.

Durant cette période, il n'était jamais rentré chez lui. Par pudeur au début, puis par habitude.

Aussi rentrer lui faisait bizarre. Même s'il était à l'origine de cette décision. Ses amis lui manquaient. La plage des sables blancs et la baie des Trépassés aussi.

Il regarda les murs de la forteresse de St-Malo. Il devinait la masse de touristes s'approcher des remparts pour observer les bateaux. Tréboul n'était en rien comparable à St-Malo. Rien ne s'y passait jamais. Son accident avait sans doute été l'évènement le plus marquant depuis des années…

Des cris d'enfant l'arrachèrent de ses pensées.

-Papa ! Papa ! Regarde !

Un banc de dauphins nageait à quelques mètres du ferry. Delphin se surprit à les regarder avec un amusement identique à celui de la fillette à côté de lui.

Il regarda un long moment la mer, les vagues. La houle l'hypnotisait. Il se laissa porter par cette transe aquatique. Il pouvait ressentir le saut synchronisé des dauphins, bondissant de la force des vagues puis se laissant retomber dans l'eau. Il ferma les yeux. Il pouvait sentir la puissance de la mer, la profondeur, le silence… c'était une sensation extrêmement familière en même temps qu'étrangère. Combien de temps s'était-il passé sans qu'il ne mette les pieds dans l'eau ?

Il n'en avait pas la moindre idée, et cela l'étonnait. Lui qui adorait la mer, il n'arrivait pas à croire qu'il ne s'était pas baigné pendant deux ans.

L'annonce du capitaine l'arracha brutalement de ses pensées. « Mesdames et Messieurs, dans quelques instants, nous arrivons au port de Saint-Malo. Tout l'équipage espère que vous avez passé un agréable voyage en notre compagnie et vous souhaite une bonne journée. Port d'arrivée : Saint-Malo. Ladies and gentlemen… » Delphin prit sa valise et se dirigea vers le bastingage côté port.

Le ferry amarré, Delphin descendit. Il repéra ses parents depuis la passerelle. Il ne savait pas pourquoi mais il s'était imaginé qu'ils arriveraient en retard.

Alors qu'il avançait lentement vers eux, il se demanda si leur présence à l'heure prévue ne cachait pas des soupçons le concernant. Ils ne l'avaient pas vu depuis un moment, et, il fallait être honnête, Delphin avait l'âge de faire des conneries. Fumer de l'herbe en était une belle. Il n'imaginait pas ce qu'il se passerait si ses parents le découvraient. Dans le doute, il avait assuré ses arrières : il n'avait rien emmené. Il espérait tenir le plus longtemps possible sans en avoir besoin.

Il savait que l'herbe avait une odeur et que sa mère la reconnaîtrait tout de suite car Elizabeth (la tante de Delphin) en avait fumé dans sa jeunesse. S'il en avait besoin, il devrait trouver une excuse pour aller à la plage ou ailleurs… et encore, l'odeur allait sûrement rester sur ses vêtements. Elle ne supporterait pas un tel affront, Elizabeth l'avait prévenu.

Il ne devrait pas avoir de mal à diminuer sa consommation voire à l'arrêter. Ce n'était pas comme s'il fumait dix joints par jour. Il en fumait un avant de se coucher, deux s'il était énervé et plus, occasionnellement, en soirée.

-Del' ! fit son père.

Delphin s'avança vers eux.

-Ça a été le voyage ?

-Oui, niquel. Et vous, la route ?

-Il y avait beaucoup de monde, fit sa mère.

-Sortons de là, dit son père en débarrassant Delphin d'une valise.

Ils se dirigèrent vers le parking où Delphin posa ses affaires dans la voiture.

-On va se chercher un resto ? Avant qu'ils ferment.

-J'ai faim.

Ils entrèrent dans la cité intra-muros. Il y avait beaucoup de monde, comme ils s'y étaient attendus. C'était le début des vacances d'été.

-Trouvons un restaurant et rentrons, proposa la mère de Delphin. A moins que tu veuilles profiter de la plage ensuite ?

-Non, c'est bon.

-Tu dois être pressé de rentrer, dit son père.

Delphin haussa les épaules. Pressé était un bien grand mot. Tréboul et surtout sa plage lui manquaient. Ses amis aussi, même s'il ne pouvait toujours pas leur dire la vérité. La vérité était devenue floue avec les effets de l'herbe. Elle montait en volutes à chaque bouffée et s'effaçait petit à petit. Elle ne laissait qu'un vide, une incertitude inexistante et rassurante.

Ils marchèrent un moment à la recherche d'une crêperie où il y avait encore de la place. A cette période de l'année, cela relevait du défi. Aucune n'était immense. En revanche, elles étaient très nombreuses à Saint-Malo intramuros. Une chance pour les Tevenn.

Ils s'installèrent dans une crêperie à la devanture jaune. L'intérieur était décoré de lutins en céramique parfois en équilibre précaire sur les poutres ou les rebords de fenêtres.

-C'est mignon, fit la mère de Delphin en regardant autour d'elle.

Le jeune homme regardait aussi les lutins d'un air amusé. Il avait toujours été très attiré par les créatures fantastiques et même si elles l'avaient rattrapé, ce trait de caractère n'avait pas changé. Bien au contraire.

L'esprit cartésien de sa mère trancha en plein dedans en lançant un sujet de conversation on ne peut plus terre-à-terre :

-Tu me feras penser, Delphin, il faudra qu'on t'achète de nouveaux vêtements.

-J'ai ce qu'il faut, Maman. J'en ai acheté.

-Mmmh, fit-elle dubitative. J'espère que c'est un peu plus sérieux que ça.

Elle voulait dire plus sérieux qu'un sarouel. Delphin en avait au moins six et il ne portait pas le plus coloré aujourd'hui.

-C'est très confortable, dit-il.

-Et puis ce sont les vacances d'été, renchérit son père en ouvrant le menu. On a tout le temps de voir ça. Hm… Je pense qu'on peut fêter ton retour avec une bouteille de cidre. Doux ou brut ? Ah, il y a du fermier.

Le serveur prit leurs commandes.

-Ça te va bien les cheveux longs, remarqua son père.

-Tu les attacheras de temps en temps ou… ? s'enquit sa mère.

-Non, répondit Delphin.

-Ta cicatrice se voit quand tu les attaches ?

-Un peu, répondit le jeune homme.

La forme de sa cicatrice avait nourri les théories les plus folles pendant de longs mois. Il n'avait pas pu s'empêcher de faire le lien avec ce qui l'avait attaqué.

-Hm, fit son père en piquant dans sa galette.

Ils déjeunèrent et après une brève promenade dans les ruelles, retournèrent à la voiture.

Ils se mirent en route pour Tréboul. Il y avait beaucoup de monde à en faire autant.

Delphin appuya sa tête contre la vitre et regarda les paysages défiler. Il essayait de ne pas trop penser au passé. Ça ne servait à rien. Il devait se concentrer sur ce qu'il allait faire de ses vacances. Même s'il n'en avait aucune idée.

-Delphin, est-ce que tu pourras t'occuper des repas et des courses, s'il te plait ? lui demanda sa mère.

-Hm-hm, répondit-il en sortant ses écouteurs de son sac à dos.

Il mit un peu de musique et regarda ses messages. Le nom de sa tante apparaissait en premier, elle lui souhaitait un bon retour. Il lui répondit qu'il était bien arrivé, mais pas encore chez lui. Ensuite venait le dernier message de Thomas, qui lui demandait de le tenir au courant lorsqu'il serait rentré afin d'organiser une fête pour son retour. Delphin préférait attendre plusieurs jours avant d'organiser un tel évènement. Il voulait un peu de calme et de repos avant de faire quoi que ce soit. Il lui répondrait plus tard.

De longues heures s'écoulèrent. Il coupa la musique et essaya de dormir un peu sans y parvenir tout à fait. La route était longue. Il n'avait pas le souvenir qu'elle l'était autant.

Il manquait quelque chose. La mer, une étendue bleue. La fraîcheur de la brise marine. Une impression d'être chez soi, d'être libre. Alors qu'il était enfermé dans une voiture et qu'il avait un peu chaud. Il lui tardait de rentrer et de retrouver un air frais, familier.

Enfin, il reconnut les paysages. Ils arrivaient à Douarnenez.

Ils montèrent la côte qui menait à Tréboul et entrèrent dans la rue des Dunes. Il la trouva inchangée. Il y avait toujours les ardoises sur les toits, toujours les murs blancs et les hortensias bleus.

Son père gara la voiture devant le garage et ils descendirent. Delphin prit ses affaires dans le coffre et entra dans la maison à la suite de sa mère. Il se dirigea aussitôt vers l'étage et monta à sa chambre.

Ses parents avaient procédé à quelques changements. Ils avaient remplacé son lit par un plus grand. Ils avaient d'ailleurs dû changer l'armoire et le lit de place. Il ouvrit son armoire et découvrit qu'elle était vide. Il se souvint que sa mère lui avait dit que ses vêtements étaient sûrement trop petits maintenant et qu'elle les avait donnés à une œuvre de charité. Elle lui avait donné un peu plus d'argent de poche pour qu'il s'achète de nouveaux vêtements. Il comprenait pourquoi elle avait pris cet air pincé en le voyant, elle s'était sûrement attendue à quelque chose de plus classique.

Il ouvrit la valise et commença à ranger ses affaires.

Sa mère arriva avec la deuxième valise.

-On a fait un peu de vide, dit-elle. On n'a pas touché à ce qu'il y avait dans le bureau, on l'a juste déplacé.

-OK.

Delphin ne se souvenait pas en détail de ce qu'il y avait dans son bureau mais à la manière dont sa mère l'évoquait, il devait s'agir de choses importantes, en tout cas pour lui. Il verrait ça plus tard.

-Je redescends, dit sa mère. A toute à l'heure.

-A toute.

Elle redescendit.

Il ouvrit la deuxième valise et continua de ranger ses affaires.

Il avait presque fini lorsque ses mains se mirent à trembler. Il regarda l'heure sur son réveil. Seize heures et trente minutes. Il était presque l'heure… D'habitude, il fumait à peu près à cette heure-là. Sauf qu'aujourd'hui il n'avait rien… Il avait fini son stock avant de partir en se disant qu'il arrêterait une fois revenu. Il *devait* arrêter. Ça ne servait à rien d'y penser…

Il aurait dû se renseigner avant de prendre une telle décision… Il avait été bien naïf de croire que ça se ferait sans mal… Il devait absolument se reprendre. Il devait impérativement se calmer et ne plus y penser. Ça avait été une erreur de commencer, une terrible erreur. Une terrible et stupide erreur. Il aurait dû dire la vérité depuis le début. Il aurait dû accepter n'importe quelle solution. Tout sauf ça. Il avait su dès le moment où il avait commencé que ce n'était pas une solution.

Il s'assit sur son lit, essaya de se calmer en respirant profondément. Ses articulations le gênaient. Il sentait une douleur venir et s'installer. Il allait passer une sale soirée… Encore plus, si ses parents s'apercevaient de quelque chose.

C'était peut-être déjà le cas. Un frisson glacé le traversa à cette idée. Mais ils n'avaient rien dit. Ils attendaient peut-être qu'il vienne leur dire… Qu'allait-il leur dire ? Comment allait-il se justifier ? Ça avait été la seule solution ? C'était faux… Il ne voyait pas d'issue possible. Il devait gérer ça seul. C'était de sa faute.

Transpirant à grosses gouttes, il se dirigea vers la salle de bain et alla se passer de l'eau sur le visage. Il tomba nez à nez avec son reflet dans le miroir au-dessus du lavabo. La dernière fois qu'il s'était regardé dans ce miroir, il y avait vu un adolescent malade, traumatisé et réchappé de justesse à la mort, le crâne tondu, les yeux cernés par le manque de sommeil et ses cauchemars. Il s'était demandé comment il allait vivre après son accident.

Maintenant il avait la réponse : il survivait. Il avait fait de son mieux pour avoir son bac malgré ce qui lui était arrivé et les conséquences que son accident avait eues sur sa mémoire mais il n'avait pas la sensation de vivre pleinement, comme avant. Une partie de lui était restée au fond de l'eau. Il la sentait qui l'appelait parfois. Le traumatisme se voyait encore sur son visage, particulièrement dans ses yeux. Ils avaient l'air moins vif comme si toute l'insouciance de sa jeunesse avait disparu à jamais. Le manque de sommeil se voyait toujours mais pour les cauchemars, Delphin avait trouvé une solution, pas idéale certes mais elle lui permettait de dormir.

Delphin se détourna du miroir. Il avait honte d'avoir sombré dans la drogue. Et en même temps, c'était la seule solution qui avait réellement fonctionné.

-Delphin, le dîner est prêt ! lança soudain sa mère.

Il prit une profonde inspiration. Il tremblait et transpirait à grosses gouttes. Il n'avait pas faim, il avait même la nausée rien que de penser à manger. Il ne pouvait pas descendre les escaliers dans cet état-là.

-Je n'ai pas faim ! répondit-il la bouche sèche.

-C'est juste une salade.

Il n'avait pas trop le choix. Refuser éveillerait leurs soupçons.

-… j'arrive dans cinq minutes.

Il prit une douche et descendit. Il devait faire illusion. Il s'installa à sa place en espérant que son corps n'allait pas le trahir.

-Tout va bien ? lui demanda son père. Ça te plaît, les changements qu'on a faits ?

-Oui, très bien.

-Tu as vu qu'on a changé ton bureau de place ? fit sa mère. Ça sera mieux pour te concentrer.

Quelque chose dans sa voix indiqua à Delphin que ce n'était pas la véritable raison mais il ne le lui fit pas remarquer.

-En tout cas, on est contents que tu sois revenu, dit son père. On espère que ça t'a aidé.

-Il est encore un peu tôt pour le dire.

-Tu as prévenu Lionel et Thomas ? Tu leur as donné des nouvelles ?

-Oui.

Un frisson lui parcourut l'échine. Il sentit l'agacement remonter. Le repas durait. Les questions le fatiguaient. A quoi bon ? Ce n'était pas comme s'ils s'étaient souciés de lui ces dernières années… Il soupira et ravala la rancœur qui montait en lui.

-Ça va ?

-… Juste fatigué.

-Tu t'es couché tard hier soir ? Ou tôt ce matin ?

-Ouais. On a fêté le bac et mon départ…

-Je suppose que tu comptes fêter ton retour aussi…

-Oui.

-Tu as du temps pour te reposer de toute façon.

Se reposer c'était exactement ce dont il avait besoin. Du repos et du calme. Et surtout pas de questions.

Il aida à débarrasser et remonta dans sa chambre. Il n'en pouvait plus. Tout son corps lui faisait mal. Il avait l'impression que sa tête allait exploser…

Il se coucha mais il n'était pas fatigué. Il était surtout irrité, agacé. Il commençait à tout remettre en question. Pourquoi était-il rentré ? Il aurait dû rester en Angleterre, là ses parents n'auraient jamais su. Il n'aurait pas eu à arrêter aussi brutalement. Quelle idée de revenir ! De prendre autant de risques ! Quelle idée à la con franchement de partir sans rien. Il aurait pu prévoir au moins de quoi le dépanner ce soir. Ensuite il se serait débrouillé. Quelle idée à la con de commencer à fumer… Il n'avait pas vu d'autre alternative aux médicaments. Il y en avait pourtant une : dire la vérité aux médecins, se faire enfermer, passer ses journées couché à baver…

Non, c'était n'importe quoi. Il n'aurait pas supporté ça. L'herbe avait été la seule solution…

L'herbe… Quelques grammes et c'était fini, la douleur, les cauchemars, les souvenirs étranges… Quelques grammes et une nuit de repos. De *vrai* repos…

C'était de la torture. Il devait arrêter d'y penser. Le problème c'était que son corps n'arrêtait pas de lui rappeler qu'il n'avait pas eu sa dose.

Il frissonna plus fort et plus longtemps et s'enveloppa dans sa couette. Il se passa quelques minutes où les effets du manque semblèrent s'atténuer avec la chaleur. Malheureusement, ce fut de courte durée.

Il rejeta la couette, la trouvant subitement étouffante. La nuit allait être longue et il ne devait pas éveiller les soupçons de ses parents. Mais peut-être savaient-ils déjà. Ses grands-parents savaient pour son addiction, il n'y avait aucune raison pour qu'ils n'en informent pas ses parents.

Quelle idée stupide. Quelle naïveté.

Il devait faire quelque chose. Il ne pouvait pas rester comme ça. Il y avait forcément un truc qui l'aiderait… Oui, un joint mais il n'en avait pas. Il y avait sûrement autre chose…

Il devait réfléchir…

La mer. C'était habituellement là-bas qu'il réglait tous ses problèmes.

Il descendit au rez-de-chaussée et sortit de la maison, ruisselant de sueur. Il sentait ses membres protester à chaque mouvement, lui causant des crampes. Il manqua la dernière marche de l'escalier mais se rattrapa de justesse au radiateur de l'entrée.

Il se dirigea vers la plage. La nuit tombait à peine en ce soir d'été. L'ambiance était étrange, la lumière surtout. Il ne savait pas si c'était un effet du manque mais les choses semblaient entourées d'un halo lumineux éblouissant.

Il sentait les embruns à mesure qu'il avançait vers l'eau. La fraîcheur lui faisait du bien. Cela lui avait toujours fait du bien d'être à la plage.

Les jambes endolories, il se laissa tomber au bord de l'eau et laissa les vagues l'immerger. Il soupira de soulagement. Il n'arrivait pas encore à penser clairement cependant. Son esprit divaguait. Il voyait des reflets argentés sur l'eau au niveau de ses jambes. Les mêmes que ceux qu'il avait vu lors de son accident. La fraîcheur de l'eau iodée lui faisait du bien. Il se sentait mieux. Il arrivait à penser à autre chose. Il pensa à Alexia. Il ne l'avait pas encore recroisée. Ça n'allait sûrement pas tarder. Et il n'avait aucune idée de ce qu'il lui dirait.

Il ferma les yeux, essaya de faire le vide, de profiter du moment présent et du répit que lui accordait la mer. Il n'avait pas peur étonnamment. La mer lui avait inspiré la peur pendant une longue période, une peur causée par son accident bien sûr. Au fond, il savait que ce n'était pas la mer le problème… Y en avait-il vraiment un ? Il savait ce qui avait causé l'accident. Il lui avait fallu du temps mais il l'avait accepté. Une sirène. Une sirène aux cheveux roux et aux yeux verts…

Chapitre 2 : Avancer malgré tout

Ce jour-là, Alexia s'apprêtait à sortir en ville. Elle avait enfin obtenu son bac. Il était temps d'aller fêter l'évènement avec Maëlle et Inès.

Elle saisit son sac en bandoulière noir et suspendit soudain son geste.

La voiture de ses voisins venait de se garer sur leur allée.

La portière arrière s'ouvrit sur un jeune homme aux longs cheveux blonds et aux vêtements colorés. Alexia resta interdite. Elle savait de qui il s'agissait, elle voulait juste voir son visage pour en être sûre.

Comme pour répondre à son souhait, il lança un bref coup d'œil dans sa direction.

Ses doigts s'écartèrent et son sac s'écrasa sur le parquet de la chambre.

Il était revenu.

Elle s'était persuadée qu'elle ne le verrait plus jamais. Elle avait déprimé à cette pensée. Elle avait culpabilisé…

Et lui, il revenait.

Elle se sentit mal. Ses yeux lui piquaient, elle tremblait. Sa respiration était hachée. Elle recula et s'assit sur son lit.

Pourquoi ? Il n'allait pas lui pardonner son attitude envers lui. Alors pourquoi revenait-il ?

Son portable vibra sur son bureau, interrompant ses pensées. Le nom de Maëlle apparut dans la liste des nouveaux messages. Elle l'attendait. Elle s'inquiétait sans doute. Mais Alexia se sentait incapable de bouger.

La culpabilité la tenaillait. Elle lui avait sauvé la vie mais elle n'aurait pas eu à le faire si elle n'avait pas aussi mal agi avec lui.

Nouveau message de Maëlle, Alexia prit son téléphone. Son amie lui demandait ce qui se passait. La rousse lui répondit.

La métisse mit un moment à répondre et finalement, Alexia n'en crut pas ses yeux : Maëlle savait que Delphin rentrait aujourd'hui et elle ne lui avait rien dit. Elle jeta son téléphone à l'autre bout du lit.

Maëlle la connaissait bien, elle n'avait probablement pas voulu qu'elle culpabilise de nouveau…

Est-ce que ça aurait vraiment changé quelque chose ?

Pas de nouveau message.

Alexia essaya de se calmer. Inutile de s'affoler. Il était probablement passé à autre chose… Il s'était écoulé du temps…

Mais bon, il était revenu. Cela signifiait qu'ils se croiseraient forcément, Tréboul était une toute petite ville.

Comment allait-il réagir en la voyant ? Comment devait-elle se comporter avec lui ? Faire comme si de rien n'était ? S'excuser ?

Son père rentra de bonne heure ce soir-là. Elle descendit l'accueillir.

-Tu savais que Delphin était revenu ? lui demanda-t-elle.

-Oui, c'est pour ça qu'Alain avait posé sa journée… Tu l'as croisé ?

-Non.

-Tu devrais aller le voir, ce serait une bonne chose, je pense. Et ton après-midi ? Tu devais voir Maëlle, non ?

-Je n'y suis pas allée.

-Pourquoi ?

-Il est arrivé à ce moment-là…

-Je vois. Je vais me répéter mais tu devrais vraiment aller le voir.

-Et s'il n'a pas envie de me parler ?

-Présente-lui tes excuses et tu verras.

Ils dînèrent en silence. Alexia essayait de se remémorer tout ce que Maëlle lui avait dit au sujet de Delphin. Elle devait trouver le courage d'aller s'excuser.

Toute la nuit, le sommeil la fuya. Elle pleura, se demanda encore pourquoi il était revenu alors qu'elle allait bien. Etait-ce pour se venger ?

Le lendemain, elle décida de se rendre à la plage. Elle avait évité la plage des sables blancs pendant trois ans. Le fait de passer devant faisait ressurgir le souvenir de l'accident, de son "réveil" parmi les rochers.

Elle se dirigea vers l'endroit où elle avait repris connaissance. Évidemment, il ne restait aucune trace, les vagues avaient tout effacé depuis longtemps. Elle se demanda si Delphin était venu aussi depuis qu'il était rentré.

Des enfants arrivèrent, munis d'épuisettes et de seaux. Elle retourna sur le sable blanc de la plage.

Delphin et l'un de ses amis se prélassaient au soleil à quelques mètres d'elle. Ils semblaient en pleine conversation. Les joues rouges sans vraiment savoir pourquoi, Alexia passa devant eux sans les regarder. Elle était presque sûre que eux la regardaient.

Au moment où elle revenait sur ses pas, le bruit de la moto de Sylvain se fit entendre. Elle chercha aussitôt son ami des yeux et reconnut ses habits sombres. Il s'arrêta devant la plage en la voyant.

-Salut, dit-il en enlevant son casque.

-Salut.

Ses joues cuisaient toujours.

-Ça va ?

-Oui. Et toi ?

-Oui. Je passais te voir justement… On va faire un tour ?

-Pourquoi pas.

Elle monta derrière lui et ils dépassèrent la plage puis le port. La baie des trépassés apparut, toutes dents dehors avec ses falaises abruptes. Alexia la trouva d'un coup bien cruelle. La ville derrière elle lui parut minuscule. Elle était piégée. A nouveau.

Sylvain connaissait l'histoire d'Alexia, il n'arrêta donc pas la moto pour admirer le point de vue depuis les falaises. Ils firent demi-tour et retournèrent vers le port.

Il la dévisagea un moment.

-Qu'est-ce qu'il y a ? demanda-t-il.

Alexia hésita quelques secondes puis lâcha :

-Il est revenu. Delphin.

-Il t'a dit quelque chose ? Fait quelque chose ?

-Non, non.

Sylvain avait aussi un passif avec Delphin. Il était agacé, Alexia le voyait bien malgré son attitude détendue.

-Tu sais, il ne mérite pas que tu t'excuses, dit-il. C'est lui qui a commencé, non ?

-C'est…

-Oui ou non ?

-… Oui, répondit Alexia d'une petite voix.

Maintenant, les yeux gris de Sylvain étaient pleins de colère.

-Je te ramène chez toi, tu seras plus en sécurité.

Il la ramena rue des dunes et partit.

Alexia ferma la porte derrière elle et soupira.

D'un certain point de vue, c'était lui qui l'avait approchée. Mais rien n'avait obligé Alexia à répondre de manière aussi agressive… Elle aurait dû lui dire.

Elle se sentait mal d'avoir pitié de Delphin alors que Sylvain, son ami, était furieux contre lui. Elle avait voulu lui expliquer que c'était de sa faute à elle, mais il ne l'avait pas laissée parler. Il lui en voulait vraiment.

Alexia s'assit dans le canapé et jeta un coup d'œil à la fenêtre des Tevenn de l'autre côté de la rue. Qu'avait-il bien pu se passer pour que Sylvain et Delphin mettent fin à leur amitié ? Sylvain ne lui avait jamais dit mais il en souffrait encore, cela se voyait.

On frappa soudain à la porte. La jeune femme sursauta et se demanda qui cela pouvait être.

Le visage de Maëlle apparut à la fenêtre et cela la rassura. Elle alla ouvrir.

-Je ne voulais pas rester sur l'impression que je t'avais trahie.

-Je ne t'en veux pas. Ça n'aurait rien changé.

-Qu'est-ce que tu comptes faire ?

-Je ne sais pas. Mon père me dit que je devrais aller le voir et m'excuser.

-Il a raison.

-Je sais mais j'ai peur qu'il m'envoie balader.

-Je ne vais pas te mentir : je n'ai pas le souvenir que Delphin se soit autant fâché avec quelqu'un. Je ne l'imagine pas t'envoyer paître. Je pense qu'il t'écoutera. Après… je peux lui parler mais je pense qu'il préférerait l'entendre de ta bouche.

-Ou pas. J'ai quand même failli le tuer.

-Mais tu as prévenu les secours. Tu lui as sauvé la vie.

-Si je n'avais pas été aussi…

-Tu souffrais. Si tu arrives à lui parler, il faudra lui expliquer.

Il y eut un silence.

-Pourquoi il est revenu ?

-Parce que Tréboul lui manquait ? Ses amis lui manquaient ? Pour te laisser une chance de t'expliquer ? Choisis la réponse que tu veux.

Alexia restait songeuse.

-Je passerai le voir demain, dit Maëlle.

Chapitre 3 : Drogue et regrets

Delphin se réveilla brutalement et se redressa. Ses yeux se posèrent sur le décor familier de sa chambre.

Ses vêtements lui semblèrent étonnamment lourds. Sous sa main, les draps étaient mouillés et froids. Ils poissaient mais pas de sueur. Il reconnut dans l'air une odeur d'iode. Ses vêtements mouillés étaient imbibés d'eau de mer et ils avaient trempé tous les draps jusqu'au matelas.

Il se leva et découvrit des traces d'eau sur le tapis entre la porte de sa chambre et son lit. Il était allé à la plage dans la nuit. C'était la seule explication. Il n'en avait qu'un très vague souvenir…

Il réagit à tout cela avec calme. Il se sentait reposé et le fait d'avoir dormi dans des draps mouillés n'avait pas altéré son sommeil, au contraire. Il décida d'ouvrir la fenêtre pour chasser l'humidité ambiante, mit ses vêtements à laver et alla prendre une douche chaude. La mémoire lui reviendrait peut-être.

Quelques flashs lui revinrent en sentant l'eau couler sur sa peau. Des reflets d'argent, une impression de paix… Il aurait bien voulu que ce sentiment dure. Il se sentait encore bien pour le moment mais dans quelques heures, cette sensation aurait disparu.

Lorsque Delphin descendit, il trouva le rez-de-chaussée vide. Ses parents avaient repris leurs habitudes. Il était temps qu'il reprenne les siennes. Il se dirigea vers le frigo, son ventre commençait à crier famine.

Son corps avait été durement éprouvé durant la nuit, il fallait qu'il reprenne des forces.

Malheureusement pour lui, ses parents n'étaient pas du genre à manger copieusement le matin. Le frigo était presque vide. Cela changeait considérablement des petits déjeuners anglais auxquels il avait été habitué ces trois dernières années.

Il refermait la porte du frigo quand la porte qui menait au garage s'ouvrit. Son père venait d'arriver.

-Salut, fiston. Comment ça va ?

-ça va, répondit-il d'une voix éraillée.

-Tu viens de te lever ?

-Il est quelle heure ?

L'horloge de la cuisiné indiquait midi passé. Delphin haussa les épaules, comme son père l'avait dit la veille : il était en vacances.

-Qu'est-ce que tu fais là ? demanda-t-il à son père.

-J'ai un peu de temps avant de reprendre. Je suis venu voir si tout allait bien.

-Ça va.

-Tu as bien dormi ? demanda son père d'une voix inquiète.

-Oui, comme d'habitude, répondit Delphin après quelques secondes d'hésitation.

Ce n'était pas un mensonge mais son père laissa passer quelques minutes avant de reprendre la parole. Suspectait-il quelque chose ? Il n'avait pas vraiment pensé au bruit qu'il aurait pu faire.

-Il y avait des traces d'eau ce matin dans l'entrée. Tu es allé à la plage ?

-Oui.

-En plein milieu de la nuit ?

-... Oui, répondit Delphin en pensant que ça inquiéterait sûrement son père.

-Tu es somnambule ?

-Non. Non, je sais que j'y suis allé. J'étais conscient.

La vérité c'était que ses souvenirs de la soirée étaient flous. Ce n'était que des sensations et elles auraient très bien pu être issues d'un rêve mais il ne voulait pas affoler ses parents, ni éveiller leurs soupçons quant à sa consommation de drogue.

-Bon. Qu'est-ce que tu vas faire aujourd'hui ?

-Je vais voir Thomas.

-Tu lui passeras le bonjour. Oh, et tu penseras à faire quelques courses ? Et tu étais d'accord pour préparer le dîner.

-Oui, oui.

Il se prépara une tasse de café et quelques toasts.

Là, tout de suite, Delphin n'avait pas envie de parler. Il voulait manger tranquillement. Il jeta un coup d'œil dehors, côté jardin, et voyant qu'il ne pleuvait pas, s'installa sur la table de la terrasse.

Il entendit le bruit du micro-onde puis les pas de son père se diriger vers lui. Il s'assit.

-Bonne idée. Il fait beau aujourd'hui.

Dès que son père fut reparti au travail, Delphin envoya un sms à Thomas. Il savait que son ami avait parfois de l'herbe sur lui et il en avait besoin pour passer une meilleure soirée que celle de la veille. Thomas mit beaucoup de temps à répondre, il n'avait pas l'air d'accord et Delphin dût lui promettre de lui dire comment il en était arrivé là.

Le temps filait et son corps lui rappelait que l'heure de sa dose quotidienne d'herbe se rapprochait et qu'il n'avait rien sur lui.

Vers seize heures, Delphin se rendit à la plage, c'était là qu'il avait convenu de retrouver son ami.

-Tu as ce qu'il faut ? demanda Delphin d'une voix tendue.

Il avait désespérément essayé de se calmer et de se persuader qu'il n'en avait pas besoin, mais c'était peine perdue. Il était bien plus accro qu'il ne le pensait. On n'effaçait pas deux années de consommation en un soir.

-Oui, fit Thomas en masquant une expression pleine de pitié derrière son bob et ses lunettes de soleil. Même si ta demande m'a beaucoup surpris… Merde, Del', qu'est-ce qui t'est arrivé pour… ?

-Tu l'as ou pas ? s'agaça le blond dont le manque s'accentuait.

-Oui, oui, dit Thomas en fouillant dans ses poches. Voilà.

Delphin lui arracha presque l'herbe des mains. Il n'en pouvait plus. Il avait l'impression qu'il allait s'effondrer s'il ne fumait pas tout de suite. Il alluma son joint, fébrile.

-… Désolé, dit-il après avoir pris une première bouffée.

Thomas le regardait d'un air désolé.

***

-… J'ai l'habitude, dit-il amer.

Thomas avait un peu dealé pour se faire de l'argent de poche. Ce n'était pas une époque dont il était fier. Il avait d'ailleurs très vite arrêté. Déjà parce que sa mère l'avait découvert et ensuite parce que son autre ami Lionel avait fortement désapprouvé et menacé de le dénoncer aux flics. Thomas, qui ne voulait pas plus d'ennuis qu'il n'en avait déjà, avait tout simplement laissé tomber. Il se demandait même pourquoi il avait fait ça. Peut-être que Delphin y était pour quelque chose, ou plutôt l'absence de celui-ci. Quand Delphin était là, la limite à ne pas franchir était claire. Enfin, c'était le cas avant.

Maintenant il se détestait d'avoir accepté la demande de son ami. C'était n'importe quoi. Il n'arrivait pas à croire que son ami était en train de fumer à côté de lui et se comportait comme un vrai toxicomane. Depuis combien de temps fumait-il ? Il était sûr que ce n'était pas le cas avant qu'il parte.

-…Tu veux en parler ? demanda-t-il sans croire une seconde que Delphin se confierait.

Son ami mit un moment avant de répondre.

-... Je fais des cauchemars depuis mon accident. La même scène en boucle... Les médocs ne marchaient plus.

-Hm...

Thomas s'écœurait lui-même. Vendre quelques grammes à des inconnus ça allait. Dépanner son ami c'était vraiment au-dessus de ses forces. Il ne voulait pas le voir comme ça. Il ne voulait pas qu'on le voie comme ça.

Que penserait Lionel ? Et Maëlle ? La brune désapprouvait déjà les simples soirées alcoolisées alors la drogue... Ce n'était certainement pas comme ça qu'elle accepterait de sortir avec lui. Elle avait raison. Ça allait trop loin.

-Si tu pouvais éviter de dire à Maëlle que... commença-t-il. Je voudrais qu'il me reste un tout petit espoir de sortir avec elle...

-Vous ne sortez toujours pas ensemble ? s'étonna Delphin.

-Ce n'est pas faute d'avoir continué à essayer.

Le blond sourit d'un air moqueur.

-C'est important de ne pas perdre espoir... dit-il en écrasant son mégot.

-Oui, tu t'y connais en espoir... « L'espoir fait vivre » comme on dit. Au fait, tu as recroisé Alexia ?

-Non, répondit le blond soudain glacial.

En dépit des effets de l'herbe, Delphin semblait très tendu au nom de sa voisine rousse.

Elle passa soudain près d'eux. Thomas guetta la réaction de son ami, il l'avait ignorée. Pas un regard, rien. Quelque chose était brisé en lui ou alors son esprit était parti avec les effets relaxants du cannabis.

Thomas suivit Alexia du regard. Elle rejoignit une connaissance sur le trottoir devant la plage. Un type blond cendré aux vêtements noirs. Sylvain Druand, un ancien camarade de classe.

-Eh bien... Ça faisait un bail que je l'avais vu, lui, lâcha-t-il.

Delphin jeta un coup d'œil rapide avant de retourner à la contemplation du sable à ses pieds.

Voyant qu'il n'en tirerait pas grand-chose, Thomas décida de changer de sujet.

-J'avais dans l'idée d'organiser une fête pour ton retour, dit-il. Ici, un soir.

-D'accord… répondit mollement Delphin.

-J'ai prévu d'inviter Lionel, des filles… On peut inviter Tom aussi. Il doit s'ennuyer sur sa chaise haute…

-C'est un poste d'observation.

-Ouais, peu importe. Objectif : détente ! Ça te permettrait de te changer les idées…

Delphin avait l'air d'avoir été particulièrement seul ces trois dernières années. Il semblait n'avoir rien dit à personne sur son état et cela inquiétait Thomas. Lui d'ordinaire si joyeux, si plein de vie…

-D'accord. Tu veux faire ça quand ?

-Quand tu veux. Je n'ai rien de prévu.

-Moi non plus.

***

Delphin quitta la plage et Thomas une heure plus tard. L'herbe atténuait à peine la douleur qu'il ressentait. Alexia et Sylvain Druand -un de ses amis- se fréquentaient. Il était jaloux. Malgré ce qu'Alexia lui avait fait subir, il jalousait Sylvain. Il aurait donné beaucoup de choses pour parler à la rousse. Mais pour lui dire quoi ?

Il était presque arrivé chez lui quand il vit quelqu'un attendre devant la maison. Il ne la reconnut que par la couleur de ses vêtements, c'était Maëlle.

-Maëlle, qu'est-ce que tu fais ici ?

Elle sourit en le reconnaissant.

-Je suis venue te voir puisque Lionel m'a dit que tu étais rentré… Alors l'Angleterre ?

-Bien.

Elle le dévisagea, sourcils froncés.

-Tu as une sale gueule, lâcha-t-elle.

-Merci, c'est gentil. Moi aussi, je suis content de te voir... dit-il d'un ton sarcastique en allant ouvrir la porte d'entrée.

-Tu ne répondais pas à ton téléphone donc je suis venue. Qu'est-ce qui t'arrive ?

-J'étais avec Thomas. Tu voulais venir ? lui demanda-t-il en se tournant vers elle.

Elle renifla.

-Vous avez fumé ?! s'exclama-t-elle.

-Seulement moi.

Elle eut l'air scandalisée.

-Mais qu'est-ce qui t'est arrivé ? S'il y a une personne sur Terre dont j'étais sûre qu'elle ne toucherait jamais à ça, c'était toi...

-Une fracture du crâne, voilà ce qui m'est arrivé, dit Delphin en s'asseyant.

-C'est arrivé à d'autres et ils ne se sont pas mis à fumer... répliqua Maëlle en s'asseyant en face de lui.

-Que veux-tu que je te dise ?

-La vérité. Oui, tu as eu un terrible accident mais il n'y a pas que ça...

-Depuis, je fais le même cauchemar tous les soirs, Maëlle. Excuse-moi de vouloir dormir.

Elle se tut quelques minutes ce qui eut pour effet de le faire culpabiliser.

-C'est pas une excuse, je sais, dit-il, mais c'est le seul truc qui marche.

Elle le fixa puis, au bout de plusieurs minutes, baissa le regard.

-Je suis désolée. Et là, je me sens ridicule car je ne voulais pas parler de ça…

-De quoi tu voulais parler ?

-D'Alexia. Ou c'est comme le sorcier dont il ne faut pas prononcer son nom ? dit Maëlle d'un ton qui se voulait léger.

-Je m'en fiche, dit Delphin en haussant les épaules. Je sais qu'elle sort avec Sylvain.

-Ils ne sortent pas ensemble. Ils se voient, à ce que je sais, mais rien de plus. Et c'est tant mieux car je ne le sens pas ce type…

-Qu'est-ce que tu veux que ça me fasse ?

-Tu connais Sylvain. Et tu aimais Alexia.

-Tu crois que je vais recommencer à lui faire des avances ? Ou même simplement l'approcher ?

-Je sais que tu n'as aucune raison de le faire vu ce qu'elle t'a fait subir. Elle est vraiment désolée, elle ne voulait pas te blesser physiquement.

Delphin soupira. Il savait que ce n'était pas Alexia qui avait causé son accident.

-Elle a avoué qu'elle avait menti sur le harcèlement. Elle est venue te voir à l'hôpital.

-Je sais.

Il se souvenait avoir vu une chevelure rousse sortir de sa chambre.

-Vraiment ? Vous avez parlé ?

-Non. Je dormais.

-Est-ce que tu sais qui a prévenu les secours ?

-Non.

-C'était Alexia.

Delpin resta muet.

-Je t'ai fait changer d'avis ? demanda Maëlle avec un léger sourire.

-J'en sais rien.

Il se passa plusieurs minutes de silence.

Maëlle s'en alla peu après.

Un bruit de voiture qui se garait le tira de ses pensées. Il jeta un coup d'œil par la fenêtre et reconnut la voiture de ses parents.

Il voulut battre en retraite et remonter à sa chambre mais il savait qu'il allait être rattrapé par la préparation du dîner. Autant rester en bas.

Il se leva, jeta un coup d'œil à l'horloge et alla voir si le frigo contenait quelque chose d'inspirant.

-Salut, lança son père.

-'Lut.

-Qu'est-ce que ça sent ? C'est le frigo qui… ?

Delphin fut pris d'une angoisse soudaine. Il sentait tant l'herbe que ça ? Non, il y avait une vraie odeur bien plus forte. Il rouvrit le frigo pour vérifier et repéra un camembert un peu trop mûr.

-C'est le fromage, dit-il en essayant de ne pas se montrer soulagé.

-Ah. Comment s'est passée ta journée ?

-Bien. J'ai vu Maëlle, la sœur de Lionel.

Il repensa à leur conversation et fut pris d'un coup de blues. Il était dans une impasse. Thomas avait raison : il fallait qu'il se change les idées.

La soirée fut plus éprouvante que la veille, mais il réagit plus vite. Il descendit à la plage après le dîner. Il regarda la mer. Il y avait encore des surfeurs mais ils ne tardèrent pas. La mer était calme. Il avait mal aux jambes, au dos, aux bras. Partout. Au moins les embruns le soulageaient un peu. Et les vagues aussi. Il se laissa immerger par la marée montante.

La houle semblait emmener tous ses soucis avec elle. Elle les emportait au loin, les noyait pour qu'il ne reste à Delphin plus qu'une sensation de quiétude. Il s'enfonçait dans l'eau. Elle était sombre comme dans ses rêves, mais il n'avait pas peur. Au contraire, il était chez lui. Il se sentait apaisé.

Delphin se réveilla brutalement, gêné par la dureté du sol sous lui. Il fut momentanément surpris de se retrouver sur la plage. Ses pérégrinations nocturnes ne l'avaient pas ramené dans sa chambre cette fois. Il avait du sable partout. Ses vêtements étaient encore humides d'eau de mer, mais il s'en fichait : il se sentait bien.

Il resta quelques minutes au soleil, en espérant que ses vêtements finissent de sécher, puis rentra chez lui.

La maison était vide, encore. Ses parents étaient au travail comme d'habitude et il n'en était pas mécontent. Cela lui évitait les questions désagréables du style « Où tu étais hier soir ? Pourquoi tu es plein de sable ? ».

Il se dirigea tranquillement vers la cuisine et se versa un café qu'il but les yeux rivés sur la maison des Duval, de l'autre côté de la rue.

Delphin repensa à sa conversation avec Maëlle. Il pouvait tout recommencer avec Alexia. Ou du moins lui proposer. Il se sentait prêt à lui parler.

Bon, là, il était couvert de sable mais après avoir fait une douche et enfilé des vêtements propres, ça pourrait bien être son objectif de la journée.

Lorsqu'il sortit de la salle de bain, un bruit de moto retentissait dans la rue. Il jeta un coup d'œil par la fenêtre de sa chambre, intrigué. Un motard venait de se garer devant chez les Duval et avant même qu'il se dirige vers la porte, Alexia sortit de la maison, visiblement impatiente de le rejoindre.

Quand elle prit place derrière lui, il jura avoir vu le motard se tourner vers son côté de la rue.

Il avait oublié ce détail.

Chapitre 4 : Distraction

Delphin frappa du poing sur le comptoir. Une douleur lancinante arriva aussitôt dans sa main et cela l'agaça encore plus. La frustration et la colère étaient là mais elles ne rimaient à rien, il devait avancer.

Il essaya de se calmer et prit son téléphone pour renvoyer un message à Thomas. Il avait désespérément besoin de se changer les idées. Comme exauçant son souhait, son ami lui envoya aussitôt un texto d'invitation pour la soirée de ce soir. Elle aurait lieu sur la plage de Douarnenez. Tant mieux, cela lui ferait du bien de ne pas être à Tréboul et de voir à travers ce décor trop familier, Alexia, ses soucis, son accident etc.

Il laissa un mot dans la cuisine à l'attention de ses parents, les prévenant qu'il ne serait pas là de la soirée et ne reviendrait sans doute que le lendemain dans la journée. Il prit le dernier bus qui partait en direction de Douarnenez et s'arrêta à l'arrêt de la plage.

Une trentaine de personnes étaient déjà rassemblées. Thomas avait fait vite. Delphin enviait un peu son charisme, même s'il y avait quelques temps, c'était lui qui réussissait à rassembler autant de gens d'un coup. Il se demandait s'il en était encore capable. Peut-être mais l'envie lui manquait.

-Ah voilà la star de la soirée ! lança Thomas en se tournant vers lui un gobelet à la main. Sers-toi, Del' !

-Merci.

Delphin ne connaissait pas la moitié des personnes présentes sur la plage mais toutes semblaient le connaître. Tout le monde le salua avec chaleur et voulut lui parler.

-Thomas nous a dit que tu as passé ton bac en Angleterre, je ne savais même pas que c'était possible, lui dit quelqu'un.

-Il y a des lycées français dans certains pays, dont l'Angleterre. J'étais à celui de Portsmouth.

-Du coup, les professeurs sont français ?

-Pas tous. La prof d'anglais était anglaise.

-Tu avais un uniforme ? lui demanda une fille.

-Oui, c'était la différence majeure avec un lycée d'ici... l'uniforme obligatoire.

-Depuis tu t'habilles en hippie, j'imagine que tu as détesté, rit le gars.

-Je n'étais pas fan non, reconnut Delphin.

On lui avait dit de nombreuses fois qu'il portait très bien l'uniforme scolaire, mais même maintenant, il en doutait encore.

Il but une gorgée du contenu de son gobelet et regarda à nouveau la foule. Son regard se posa sur une fille qui s'allumait un joint et il la rejoignit presque mécaniquement.

-Salut, dit-elle avec un grand sourire.

-Salut.

-C'est donc toi le fameux Delphin.

-Oui. Et tu es… ?

-Lise.

-Enchanté.

-Moi aussi. Tu danses ?

-J'essaie.

Elle rit comme si elle le trouvait charmeur. Ils dansèrent quelques minutes puis…

-Tu me donnerais une taffe ? demanda-t-il en essayant de ne pas paraître trop désespéré.

Elle lui tendit.

-Merci.

Le joint était bien plus fort que ce dont il avait l'habitude. Il toussa un peu et lui rendit. Il remarqua alors qu'elle s'était rapprochée et semblait regarder sa bouche avec envie. Elle l'embrassa. Il se laissa faire. C'était bon de ressentir cette chaleur à nouveau. La proximité d'un autre corps contre le sien. Depuis combien de temps n'était-ce pas arrivé ? Il ne savait plus.

-J'ai faim, dit-elle soudain en interrompant son baiser. Tu veux manger quelque chose ?

-O-Oui.

Ils se dirigèrent vers les deux tables de pique-nique qui servaient de buffet et y prirent des parts de pizza.

Ils restèrent une partie de la soirée ensemble.

Delphin se réveilla avec un mal de tête si puissant qu'il resta allongé un moment avant de se lever. Il se passa une main sur le visage pour essayer de dissiper son mal mais c'était inefficace.

-Ah ! t'es levé !

La voix de Thomas sembla résonner dans sa tête.

-Moins fort…

Son ami rit et alla chercher quelque chose dans la cuisine. La cuisine de qui d'ailleurs ? Delphin ne reconnaissait pas l'endroit. Il était allongé sur un canapé dans un salon qui ne lui était pas familier. Thomas revint avec un verre et un aspirine.

-Merci, fit Delphin d'une voix éraillée.

-Au fait, bienvenue chez moi. Tu n'étais jamais venu.

-Non… Comment je suis atterri ici ?

-Je t'ai fait rouler depuis la plage, dit Thomas sur le ton de la plaisanterie. Tu te rappelles de Lise la blonde avec qui t'étais toute la soirée ?

-Oui.

-A priori, vous vous apprêtiez à coucher ensemble quand tu as craqué ou alors c'était fait, je sais plus... Tu l'as d'abord appelée Alexia puis tu t'es mis à pleurer et à déballer tes problèmes. Ça l'a pas mal fait flipper…

Il se rappela du joint de Lise qui lui avait semblé fort, ça n'avait pas été qu'une impression. Il avait carrément lâché ce qu'il retenait tout au fond de lui depuis l'accident.

Thomas s'assit à côté de lui en soupirant. Il semblait étonnamment éveillé pour quelqu'un qui avait fait la fête toute la soirée…

-Je ne sais pas ce qui s'est passé en Angleterre mais ici tu as des amis. On a l'impression que tu ne nous dis pas tout. On s'inquiète, Del'.

-J'ai encore du mal à y voir clair…

-Hm, fit Thomas dubitatif. Ça te fout les boules qu'Alexia sorte avec Sylvain, ça se voit. Je comprends. Si Maëlle se mettait à sortir avec quelqu'un d'autre, je le prendrais mal aussi.

-Mais toi au moins tu peux lui parler.

-Oui. Tu peux parler à Alexia. Elle n'est pas tout le temps collée à lui… Si ?

Une soudaine vague nauséeuse souleva l'estomac de Delphin.

-… je crois que je vais vomir, dit-il en se levant.

***

-En face la porte d'entrée, à gauche.

Delphin resta un moment dans les toilettes à rendre tripes et boyaux, comme on disait. Ou alors ce n'était pas le cas du tout et il faisait le point sur ce qu'il s'était passé, si sa gueule de bois le lui permettait.

Il ressortit cinq minutes plus tard, pas tellement plus frais.

-Ne t'en fais pas pour Lise, poursuivit Thomas en allant dans la cuisine. J'ai présenté des excuses en ton nom mais elle aura probablement oublié. Mange, dit-il en lui tendant du pain grillé et un café noir. Tu peux rester aussi longtemps que tu veux, je n'ai rien à faire et tu as manifestement besoin de parler.

-… Qu'est-ce que j'ai dit exactement ? demanda Delphin après avoir bu quelques gorgées de café.

-Je crois que tu as sorti un truc comme « Ça fait trois ans que j'attends de te parler, Alexia, et ça fait trois ans que tu refuses. » Quelque chose comme ça.

-Ah.

-Tu dois te faire aider, Del'.

-C'est trop tard. Et pourquoi faire, de toute façon ?

-Tes parents ? S'ils découvrent que…

-Pff, je pense qu'ils le savent. Ils ne savent simplement pas comment aborder le sujet.

Ellen Tevenn était sans doute la personne la plus rigide que Thomas connaissait mais sans cette rigidité, il aurait abandonné ses études quand Delphin avait eu son accident. Qu'elle ait insisté pour que Lionel le surveille était une bonne chose. Il avait eu son bac avec de meilleures notes que ce qu'il avait pensé. Il y avait de l'humanité chez la mère de Delphin malgré sa raideur sur certains sujets comme les études, la drogue…

-Je n'imagine pas ta mère ne rien dire, dit Thomas. Vraiment pas. Et vu ce qui s'est passé hier soir, je ne te lâcherai pas d'une semelle.

-… Maëlle t'a fait un sermon pour l'autre jour ? demanda Delphin.

-Oui. Mais même. Je suis bien décidé à rattraper deux ans et demi de surf et de rigolades.

-De "rigolades" ?

-Oui, enfin, tu m'as compris… On pensait vraiment que tu allais être aidé.

-Ils ont tous essayé. Ma fracture n'a rien arrangé.

-Tu pourrais retourner voir le chir qui t'a opéré.

-C'est le père d'Alexia.

-Justement. Vous pourrez parler d'Alexia.

-Ouais, fit mollement Delphin.

-Et de tes problèmes évidemment.

-Ouais, t'as peut-être raison…

Thomas ne connaissait pas M. Duval. Il ne l'avait jamais vu. Défendrait-il sa fille si Delphin venait à en dire du mal ? Ou prendrait-il le parti de Delphin ? De ce que Thomas avait vu d'Alexia, elle était loin d'être une fille facile. Elle était caractérielle. Elle s'était même montrée détestable, au point que lors de son retour au lycée, Thomas et Lionel (et d'autres élèves) l'avaient prise en grippe, l'accusant de ce qui était arrivé à Delphin. Ils lui avaient fait passer de bien mauvaises journées… Rien d'étonnant quand il y repensait à ce qu'elle se mette à fréquenter un tordu comme Sylvain Druand.

***

L'esprit plus léger après avoir parlé à Thomas, Delphin commença à vraiment apprécier son retour.

Chapitre 5 : Abus

Alexia s'était mise à observer Delphin. Elle n'arrivait pas à franchir le pas. Lui parler lui semblait impossible. Et Maëlle ne lui avait pas fait de compte-rendu de sa visite, elle trouvait ça suspect.

Un soir, elle le vit quitter la maison familiale et descendre la rue des dunes avec un entrain particulier.

Après quelques secondes d'hésitation, elle décida de le suivre.

Il allait à la plage. Un grand feu de joie avait été allumé et des dizaines de personnes étaient rassemblées autour.

Tous accueillirent Delphin avec un enthousiasme qui dut se noter jusqu'à la rue des dunes. Quelqu'un mit de la musique, mais entre le bruit des vagues et celui des conversations, on l'entendait à peine.

Alexia resta cachée derrière une voiture et observa. Avec ses longs cheveux blonds, il n'était pas difficile de repérer Delphin dans la foule.

Très vite, elle vit de l'alcool circuler dans le groupe. S'il n'était que saoul, ce ne serait pas trop grave... Elle se crispa en revanche quand elle le vit allumer un joint.

Mais que pouvait-elle faire ? Elle n'allait quand même pas débarquer au beau milieu de leur soirée et le ramener chez ses parents. Elle n'avait aucun droit de faire ça. En plus, si Thomas et Lionel étaient présents, ils n'hésiteraient pas à le lui rappeler.

Elle ne pouvait rien faire et cela lui faisait mal.

Elle détourna le regard, hésita à rentrer.

Il s'amusait, riait, dansait, discutait vivement avec les autres. Il vivait, tout simplement.

Alexia aurait dû faire pareil mais depuis que Delphin était revenu, quelque chose l'en empêchait. La même chose l'avait poussée à le suivre.

Le volume de la musique augmenta brutalement. Le groupe commença à bouger. Une fille s'approcha de Delphin, mini-short et débardeur, et commença à bouger d'un air lascif.

Alexia décida qu'elle en avait assez vu et retourna chez elle.

Elle ne savait pas quoi faire, elle n'était pas fatiguée. Elle n'allait quand même pas se coucher à cette heure-ci... Mais il n'y avait rien à faire. Son père regarderait sûrement un film à la télé.

Son hypothèse se confirma lorsqu'elle passa la porte.

-Qu'est-ce que tu regardes ? lui demanda-t-elle.

-*César.*

Elle prit place à côté de lui.

-Tu vas bien ? lui demanda-t-il.

Elle haussa les épaules, incertaine.

***

Delphin émergea difficilement ce matin-là. L'herbe et l'alcool ne faisaient pas bon ménage, il s'en rendait compte à présent. Il avait vraiment abusé. Abusé de son retour, du prétexte de revoir ses amis et d'avoir passé une journée merdique. Ça avait été du grand n'importe quoi.

Il se redressa doucement et un soupir le figea. Il ne venait pas de lui mais d'à côté de lui. Il tourna lentement la tête et aperçut une chevelure châtain, bien emmitouflée dans la couette. Forcément, c'était à prévoir... Il trouva soudain qu'il faisait un peu froid dans sa chambre puis il se rendit compte qu'il était nu et que cela expliquait sans doute pourquoi il avait cette impression.

Il regarda à ses pieds et vit un enchevêtrement de vêtements étalés sur le sol de la chambre. Forcément... Il se dirigea vers son armoire, y prit des vêtements propres et alla prendre une douche. Il y verrait probablement plus clair ensuite.

Quand il revint dans la chambre, la fille était toujours là. Elle se réveillait à peine en fait. Elle lui sourit.

-Salut.

-S'lut.

Delphin était très gêné, il ne s'était jamais retrouvé dans une telle situation avant. Il avait toujours été raisonnable, même en Angleterre. Du moins, à ce qu'il en savait.

-Je vais faire du café, dit-il. Tu peux prendre une douche si tu veux.

-... merci.

Elle avait l'air beaucoup moins éveillée que lui. Avait-elle plus bu ? Plus fumé ? Est-ce qu'ils avaient fait quelque chose qu'ils regretteraient ?

Il essaya de se rappeler de la soirée de la veille. A part du feu de camp, il ne se souvenait de rien. Il se demandait si ses amis auraient une meilleure mémoire quand la fille descendit.

Il versa le café dans les tasses et lui en tendit une.

-Merci. Tu as… de l'aspirine ?

-Oui, dit Delphin en se dirigeant vers l'armoire à pharmacie.

Un cachet ne pouvait pas lui faire de mal non plus. Il avait l'impression que ses cheveux poussaient à l'intérieur de son crâne…

-C'est joli chez toi, dit-elle.

-Comment… comment tu t'appelles ? lui demanda-t-il affreusement gêné.

-Claire.

-Est-ce que tu te souviens de la soirée d'hier ?

-Pas de grand-chose… rit-elle. On s'est embrassés plusieurs fois…

-Ok…

Il devait penser que le pire des scénarios s'était déroulé. Celui où ils avaient couché sans protection et sous l'emprise de drogue.

Claire raccompagnée à l'arrêt de bus, Delphin remonta à sa chambre. Il fallait ranger ce bazar avant que ses parents ne viennent y jeter un coup d'œil et paniquer à nouveau. Il lava les draps et en refaisant son lit ne trouva ni préservatif ni emballage. Une angoisse monta en lui. Il n'avait pas pris le numéro de téléphone de Claire en se disant qu'elle n'était pas son genre. Il allait s'en mordre les doigts s'ils avaient effectivement couché sans protection.

Il demanderait à Thomas le numéro de Claire. Par acquis de conscience.

***

Alexia vit Delphin sortir sur le perron, une fille à ses côtés. Il semblait lui indiquer quelque chose puis elle partit. Sûrement sa conquête de la veille, pensa-t-elle avec amertume.

Son portable vibra soudain à côté d'elle. C'était un message de Sylvain. « Est-ce qu'on peut parler ? ». Elle n'hésita pas longtemps à lui répondre par l'affirmative. Il fallait qu'elle se change les idées. Elle accepta de le retrouver chez lui, à Douarnenez.

Il la rejoignit à l'arrêt de bus et lui fit signe de monter derrière lui, sur sa moto. Ils furent rendus en quelques minutes. Alexia reconnut les immeubles décrépis et se concentra sur ce qu'elle lui dirait.

-Tu veux boire quelque chose ? lui demanda-t-il lorsqu'ils furent dans l'appartement.

-Oui, s'il te plait. De l'eau ou un jus de fruit, ça sera bien.

Sylvain sortit un verre, trouva une brique de jus de fruit dans son frigo et le lui tendit. Elle le vida presque d'un trait, elle avait soif et il faisait chaud…

-Un autre verre ? lui proposa-t-il.

-Oui.

Il lui tendit à nouveau son verre.

***

Delphin était à peine remis de ses excès de la veille quand son portable vibra. Il consulta ses messages, cherchant une réponse de Thomas, mais le numéro qui s'affichait n'était pas celui de son ami. Il lui était vaguement familier.

Les messages contenaient des photos et pas de n'importe qui. Elles montraient toutes Alexia très dénudée et dans des positions très suggestives, parfois avec un morceau de… Sylvain. Évidemment que ces messages venaient de lui… comme si les images ne suffisaient pas, il les commentait : « Tu vois ce que tu loupes à partir », « On s'amuse bien et on pense à toi », « Quel dommage que tu ne sois pas là… ».

Le cœur au bord des lèvres, Delphin lâcha son téléphone et se rendit dans la salle de bain attenante à sa chambre. Il vomit et se laissa tomber sur le carrelage. Il savait très bien ce qu'il avait fait et ce à quoi il s'était exposé. Et pourtant, les photos de Sylvain le mettaient dans un état de rage et de désespoir mélangés.

Il entendit soudain la porte d'entrée s'ouvrir et sursauta légèrement. Ses parents étaient rentrés. Il n'avait rien fait de sa journée.

-Delphin ? l'appela la voix de son père depuis le rez-de-chaussée.

Le jeune homme se releva en soupirant.

-Oui ?

-Ah, tu es là, fit son père en s'approchant des escaliers.

-Oui.

-Ça a été ta soirée ?

-Ouais… Oui, c'était sympa.

-Tu t'es pas levé de bonne heure, hein ?

-Non, avoua le jeune homme.

-Je vais commander chinois, ça te va ?

-Euh… On n'a pas plutôt de la salade ?

-Il y a toujours une salade de chou si tu veux.

-Hm.

***

Alexia sentit qu'elle se réveillait et lorsqu'elle ouvrit enfin les yeux, vit qu'elle était de retour dans sa chambre. Elle sursauta, surprise de se trouver là alors qu'elle avait le souvenir d'être allée ailleurs…

Des bruits de pas résonnèrent soudain dans la cage d'escalier juste à côté de sa chambre. La porte s'ouvrit sur son père qui semblait étonné de la voir ici.

-Ça va ? lui demanda-t-il.

-Euh… Oui… hésita-t-elle.

Elle allait bien, elle se sentait un peu vaseuse comme si elle avait trop dormi, mais ce n'était pas ce qui l'inquiétait. Comment était-elle rentrée ? Elle n'avait aucun souvenir du trajet de retour… Elle se souvenait être allée à la plage puis Sylvain était venu la chercher. Ils avaient passé la journée à Douarnenez. Ensuite Sylvain l'avait emmenée chez lui. Mais elle n'avait aucun souvenir d'avoir pris congé ou qu'il l'ait ramenée ici…

-Tu es sûre ?

-Je… euh…

Elle s'assit sur le bord du lit et ce simple mouvement lui donna des vertiges.

Toute la soirée, Alexia se sentit mal. Elle avait mal à la tête. Ses oreilles bourdonnaient et elle avait des vertiges. Qu'est-ce qui lui arrivait ? Elle essaya de se rappeler ce qu'il s'était passé mais rien ne lui revint. C'était comme si le brouillard avait envahi son cerveau. Impossible de se souvenir de ce qu'elle avait fait ou comment elle était rentrée chez elle. Le seul souvenir qu'elle avait était d'avoir déjeuné avec Sylvain.

Elle avait la nausée. Sa chambre tournait. Ses jambes étaient douloureuses comme si elle avait trop marché. Sylvain l'aurait pourtant emmenée en moto... elle n'y comprenait rien.

Son portable vibra sur sa table de chevet. Comment avait-il atterri là ? Elle l'aurait pris avec elle si elle était partie... Elle tendit difficilement le bras vers son téléphone. Maëlle essayait de l'appeler.

Elle décrocha.

-Allo ?

-*Salut, comment ça va ?*

-Euh... je me sens un peu bizarre.

-*Tu as vu Sylvain ?*

-Oui, on a parlé un peu...

Et c'était tout ce dont elle se souvenait.

-*Alex...*

-Faut que je me repose. Je te rappelle plus tard.

-*Ok, je te laisse. Repose-toi.*

Alexia raccrocha. Le peu de souvenirs qu'elle avait lui faisait peur. Elle savait ce que penseraient les autres si elle le racontait. Et elle ne voulait pas y croire.

***

-*Salut ! Comment tu vas ? Bien remis de ta soirée d'hier ? lui demanda Maëlle.*

Il faillit lui demander comment elle était au courant mais ce n'était pas difficile à deviner : Thomas avait dû lui proposer de venir et Lionel, son frère, avait dû en parler. Lionel était une vraie balance. Il avait tout raconté.

-Ça va, dit-il après une courte hésitation.

-Moi, non. Je me fais du souci pour Alexia. Elle sort avec Sylvain Druand. Je ne le sentais pas et hier ils se sont vus, dans la soirée elle se sentait malade...

Delphin écoutait d'une oreille distraite.

-Je crois qu'il l'a droguée, lâcha Maëlle.

S'il n'avait pas déjà eu un marteau-piqueur dans la tête, Delphin se serait senti frappé. Mais le choc était bien là. Alexia. Droguée. Sylvain. Il avait capté l'essentiel. Plus les photos.

-Qu'est-ce qui te fait dire ça ? demanda-t-il quand même.

-Elle m'a décrit ses symptômes. Nausées, suées, tremblements, et surtout perte de mémoire...

C'était bien des symptômes liés à une consommation de drogue. Delphin les connaissait par cœur.

-C'est pour ça que je t'appelle. Je ne veux pas qu'il l'approche à nouveau.

-Je ne le laisserai pas faire, fit Delphin.

Il sentait la colère venir. Les photos que lui avait envoyées Sylvain prenaient un tout autre sens. Il avait profité d'Alexia et il rendait Delphin aussi coupable que lui.

Il fallait qu'il arrête tout ça. Ça allait beaucoup trop loin. Et si, sous l'emprise de drogues, il avait abusé de Claire ?

-Faut que j'arrête, dit-il.

-... tu vas le dire à tes parents ?

Il aurait pu rester dans le silence mais il était sûr de replonger s'il se taisait.

-Lionel propose de les appeler ou d'envoyer un sms.

-Je... je vais me débrouiller.

Et il raccrocha. Il ne savait pas comment faire. Il était tenté de le dire le plus simplement du monde, mais ses parents lui feraient passer une sale soirée s'il n'éprouvait aucun remord à le leur avoir caché pendant trois ans...

***

Ce soir-là, Alain et Ellen échangèrent un regard entendu. Le comportement de Delphin n'avait aucun sens depuis qu'il était rentré. Ils avaient essayé de ne pas s'inquiéter mais naturellement, ils n'avaient pas pu s'en empêcher. Il découchait, il était encore plus à l'ouest que d'habitude. Le plus inquiétant était son silence et ses réponses évasives. Ils avaient assez attendu qu'il se mette à parler franchement. Ils avaient décidé d'un commun accord de provoquer une discussion.

Ils remarquèrent tout de suite la nervosité de leur fils. C'était une attitude nouvelle, lui qui était toujours très calme en apparence. Il faisait les cent pas en les attendant.

Quelque chose s'était passé.

-Tu as quelque chose à nous dire, Delphin ? lui demanda son père.

Ils le virent blêmir presque immédiatement. Il prit une profonde inspiration et dit :

-J'ai décidé d'arrêter.

-D'arrêter quoi ? fit Ellen soudainement paniquée.

Elle allait partir au quart de tour. Alain la connaissait par cœur. Quand on ne lui disait pas la vérité, l'imagination d'Ellen tournait à plein régime et pendant une seconde, Alain crut que Delphin n'allait pas dire ce à quoi ils s'attendaient tous les deux. Pourvu qu'il n'arrête pas ses études...

-L'herbe.

La réponse soulagea Alain. Delphin ne leur avait pas menti en soi. Il avait juste éludé le sujet.

-Je le savais ! s'exclama Ellen en tapant du poing sur la table.

Oui, ils en avaient parlé dès le soir du retour de Delphin. Face à son attitude déphasée, ils avaient voulu comprendre et la drogue avait été la théorie la plus cohérente. Ils avaient laissé passer quelques jours en pensant que ce n'était que temporaire, que Delphin avait juste besoin de temps pour se réhabituer. Au fur et à mesure que le temps passait, ils avaient penché pour autre chose. Ils en avaient parlé. Ils avaient laissé le temps à Delphin de se retourner et de leur dire. Ils avaient tellement de questions. Pourquoi ? Depuis combien de temps ? Que s'était-il passé ?

Delphin, qui avait sursauté quand sa mère avait crié, parut surpris du calme de son père. Il le regardait en quête d'explications.

-On s'en doutait, dit-il. Pourquoi tu as commencé ?

-A cause des cauchemars.

-Pourquoi tu ne nous en as pas parlé ?

-Vous le saviez.

-Tu n'en parlais plus, on pensait que c'était fini…

-Non.

-Et depuis que tu as commencé ?

-Je n'en fais plus.

-Ça fait combien de temps ?

-J'ai commencé un peu après les fêtes, la première année…

Ellen jurait en anglais comme à chaque fois qu'elle s'énervait, traitant Delphin de menteur, demandant si c'était à cause d'eux et ce qu'ils avaient mal fait. Comme celui-ci ne lui répondait pas, elle quitta la table. Ils entendirent la porte de la chambre d'ami claquer.

-Qu'est-ce qui s'est passé pour que tu décides de nous en parler ? demanda Alain et il espérait une vraie réponse de la part de son fils.

-Pas mal de choses… J'en ai juste marre de me souvenir de rien et de penser que… j'ai peut-être fait quelque chose d'horrible.

Il semblait écœuré.

« Une chose à la fois », se dit Alain. Avouer son addiction était déjà un premier pas. Mais la raison n'excusait pas ce comportement, il fallait qu'ils prennent des mesures. Ça ne devait pas rester impuni.

-Je veux que tu descendes tout ton stock. On va le détruire. Et je veux que tu ailles dans un groupe de parole. Il y en a un à l'hôpital. Et tu es privé d'argent de poche évidemment. On te donnera le montant exact pour les courses.

Docile, Delphin monta à l'étage. Il y mettait de la bonne volonté, c'était déjà ça.

C'était dur, même pour Alain, mais cette révélation l'était aussi. Il y avait des aides qui existaient. Il espérait que Delphin saurait les utiliser.

***

Le stock d'herbe parti avec l'eau des toilettes, son père dit :

-On parlera du reste plus tard. Tu peux aussi l'aborder dans un groupe. J'espère que tu prendras tes responsabilités.

Delphin acquiesça d'un signe de tête et remonta à sa chambre. Il commençait à avoir mal aux jambes mais la soirée et les autres à suivre seraient peut-être plus faciles à tenir. Il avait un objectif maintenant : protéger Alexia.

Chapitre 6 : Culpabilité

Cette nuit-là, Delphin ne dormit pas très bien. Il savait que la punition était méritée mais il se sentait nerveux, fébrile. Les messages de Sylvain le hantèrent jusque dans ses rêves. Il en fit des cauchemars. Il se voyait abuser d'Alexia et y être encouragé par son ancien ami. Il ne cessait de se réveiller brutalement, en sueur et courbatu comme jamais.

Un joint lui aurait vraiment fait du bien. Il aurait retrouvé son calme. Il aurait dormi à l'heure qu'il était. D'ailleurs, quelle heure était-il ? Il jeta un coup d'œil à son réveil. Trois heures du matin… Il hésita à se rendre à la plage. Ses parents avaient insisté pour qu'il laisse la porte de sa chambre entrouverte. Ils l'avaient à l'œil mais seraient-ils réveillés à une heure pareille ? L'empêcheraient-ils vraiment de partir ?

Il se leva et ouvrit la fenêtre en grand. Une légère brise lui caressa le visage. Il s'appuya sur l'encadrement de la fenêtre et essaya de se calmer.

Où était la réalité et où était l'imaginaire ? N'étaient-ce que des rêves ? Ils avaient l'air si réels… Ils lui faisaient peur. Son esprit lui jouait des tours. L'herbe n'avait pas arrangé sa mémoire déjà défaillante. Il n'arrivait pas à se persuader qu'il n'avait rien fait de mal.

Le lendemain, lorsqu'il descendit à la cuisine, plusieurs brochures étaient posées sur le comptoir de la cuisine, toutes en rapport avec la drogue et le sevrage. L'urgence était de boire un café et de manger quelque chose. Il les lirait plus tard. Quand il serait en état…

***

Alexia essayait de se remettre de ses quelques heures d'amnésie. Ce qui lui faisait le plus peur était les courbatures qu'elle ressentait, à l'endroit où elle les ressentait. Elle n'arrivait pas à croire que Sylvain ait pu lui faire du mal mais elle l'avait cherché. Elle l'avait jeté sans aucune explication pour finalement retourner le voir dès qu'elle en avait eu marre d'être seule.

Elle essaya de dormir mais son sommeil fut troublé. Elle voyait une mer agitée, un ciel gris, orageux et elle plongeait dans l'eau presque noire… Il y avait du courant, elle le sentait qui l'emportait. Elle s'asphyxiait, se noyait. La dernière chose qu'elle vit était une silhouette claire qui avançait vers elle. Les mouvements lui étaient familiers. Etait-ce une sirène ? Elle sentit deux bras la saisir et vit de longs cheveux blonds flotter près d'elle avant qu'elle perde connaissance.

Elle se réveilla en sursaut.

Son rêve était encore bien présent dans son esprit. Elle ressentait encore les deux bras qui l'enserraient… Elle se demanda un bref instant s'il ne s'agissait que d'un rêve puis se rendormit.

***

Delphin regardait la fenêtre d'Alexia depuis plusieurs minutes. Il devait faire quelque chose. Les photos sur son portable lui donnaient envie de vomir. Il devrait aller la voir et s'excuser. Si Sylvain avait fait ça, c'était de sa faute. Il l'avait rejeté et il ne l'avait pas supporté. Il avait décidé de s'en prendre à Alexia parce qu'il savait que Delphin se soucierait d'elle.

Il descendit les escaliers avec la ferme intention de traverser la rue et de sonner chez les Duval. Au moment où il ouvrait la porte, une moto arriva en trombe entre les deux maisons. Il reconnut celle de Sylvain. Ses poings se serrèrent instantanément. Comment osait-il revenir ? Delphin fit un pas dehors puis deux, puis trois jusqu'à ce que Sylvain soit à portée de voix ou de poing.

-Tiens, un revenant ! fit l'autre.

-Qu'est-ce que tu fais ici ? lui demanda Delphin.

-Je viens voir la fille que j'aime…

Son air narquois, son sourire sardonique… Il se fichait de lui. Delphin les effaça d'un coup de poing dans la figure. Le visage de Sylvain afficha une expression de stupeur. Delphin, lui, retenait un grognement de douleur. Il ne s'était jamais battu, aussi la douleur de ses jointures le surprenait.

-Ne te fous pas de moi. Je sais ce que tu lui as fait, dit-il entre ses dents serrées.

-… Je ne savais pas que c'était chasse gardée, sourit Sylvain.

Un nouveau mensonge, une nouvelle provocation. Emporté par sa rage, Delphin lui remit un pain et eut un grognement de douleur. Il regarda rapidement le dos de sa main rougi, meurtri, écorché aux jointures.

Sylvain cracha un filet de sang sur le bitume.

-… Pour quelqu'un qui n'était pas violent… dit-il véritablement étonné. Tu t'imagines sans doute parfait, hein ? Bien élevé, tout ça… Mais tu ne vaux pas mieux que moi.

Delphin ne pensait plus à répondre à Sylvain autrement que par ses poings. Il voulait le faire souffrir comme lui souffrait depuis qu'il avait vu Alexia la première fois. Il voulait qu'il comprenne ce qu'il avait ressenti en la voyant avec lui. Il bondit mais cette fois, Sylvain répliqua. Delphin eut un grognement sous l'effet de la surprise, il sentait la chaleur de son sang qui lui coulait sur le visage. Il s'apprêtait à rendre son coup à Sylvain quand M. Duval sortit.

-Ça suffit !

-On se calme, les gars, dit M. Tevenn en retenant son fils d'un geste doux mais ferme.

C'était fini. M. Duval chassa poliment Sylvain et celui-ci s'en alla.

**

Alexia avait reconnu le bruit de la moto de Sylvain et elle s'était mise à trembler. Couchée sur son lit, elle n'arrivait pas à émerger. Tout lui semblait flou. Elle avait la nausée à essayer de se concentrer sur quelque chose…

Lorsque des cris retentirent dans la rue, elle se redressa un peu et essaya de voir quelque chose à travers la fenêtre mais elle était trop haute, elle ne voyait que le premier étage de la maison des Tevenn.

Elle se leva difficilement et regarda. Sylvain et Delphin se battaient au milieu de la rue. Ils avaient tous deux le visage en sang.

Ses jambes flageolèrent et manquèrent de se dérober sous elle. Que devait-elle faire ? Qu'est-ce que faisait Delphin ? Qu'est-ce qu'il espérait ? Avait-il fini par craquer ? Pourquoi se battait-il ?

Elle s'assit sur son lit, la tête embrouillée.

Il y eut un nouveau bruit de moto : Sylvain était parti.

Elle se sentait mal -ça ne résolvait rien- mais elle devait s'avouer soulagée.

***

De retour chez lui, Delphin rencontra le regard réprobateur de sa mère par-dessus ses lunettes.

-Qu'est-ce qui s'est passé ? demanda-t-elle d'un ton non moins contrarié.

-Je me suis battu, répondit Delphin un mouchoir sous les narines.

-Pourquoi ?

Parce qu'il n'avait pas supporté que Sylvain se pointe ici et balance ses mensonges. Parce qu'il savait qu'il avait manipulé Alexia juste pour se venger de lui. Il ne répondit pas. C'était trop compliqué pour ses parents. A part les faire paniquer, cela ne servirait à rien.

Son père revint avec la trousse à pharmacie.

Quelques minutes plus tard, il suivait son père dans la voiture avec une mèche hémostatique dans le nez et de la glace sur ses mains.

-Je vais t'emmener à l'hôpital faire un check-up, dit son père.

Ce n'était pas une question. Delphin se dit qu'il avait suffisamment inquiété ses parents ces derniers temps pour jouer les rebelles.

-Tant qu'on y est, on ira voir pour le groupe de parole.

Delphin soupira. Le moteur démarra et ils sortirent de l'allée.

***

Alexia avait l'impression qu'elle avait perdu sa capacité à réfléchir. Elle se laissait guider par ses émotions, sans les analyser et prenait souvent des décisions qu'elle regrettait ensuite.

Pourquoi Delphin s'était-il battu avec Sylvain ? Etait-il jaloux ? Que savait-il ? Pourquoi ne lui fichait-il pas la paix ?

Elle était trop fatiguée pour lui en vouloir vraiment. Elle était fatiguée de tout. Elle en avait marre d'être elle. Elle regrettait presque le temps où la sirène prenait possession d'elle. Elle avait l'impression d'être une imposture. Elle n'était pas humaine, elle n'était rien du tout.

Elle descendit à la plage, uniquement portée par son envie d'en finir.

Le ciel était aussi maussade que son humeur, tout lui semblait gris et froid et c'était l'été. Tout allait mal. Les promeneurs avaient déserté la plage. Alexia se dirigea vers les rochers.

Elle regarda un moment les vagues immerger les rochers les plus proches, puis ses pieds, le bas de son pantalon. Elle avait envie de disparaître. Elle avança dans l'eau, laissa le niveau monter et se laissa emporter par la première vague.

***

Au retour de l'hôpital, Delphin eut une furieuse envie d'aller à la plage.

-Tu peux me déposer ? demanda-t-il à son père.

-Ça n'a rien à voir avec l'herbe, j'espère ? fit celui-ci.

-Tu sais bien que non.

-Tu veux que je t'attende ?

-Non, je remonterai à pied.

Plus il s'approchait de l'eau, plus il avait l'impression que quelque chose de terrible était en train de se passer. Il plongea.

Il n'eut pas à nager très longtemps pour voir ce qui se passait. Alexia était dans l'eau et avait perdu connaissance. Des bulles d'air s'échappaient encore de ses lèvres. Il la prit par la taille et la remonta à la surface. Il la déposa sur la plage et n'eut qu'à attendre quelques minutes. Elle fut prise d'une quinte de toux et recracha de l'eau de mer. Elle revenait à elle. Il se cacha.

***

Alexia resta un moment couchée sur le sable, un peu sonnée. La soudaine lumière l'éblouissait mais elle pouvait apercevoir une silhouette près d'elle. Son cœur rata un battement en pensant qu'il pouvait s'agir de Delphin. Effectivement, elle vit une longue mèche de cheveux blonds voler au vent. Elle n'osait pas bouger, mais elle se sentait curieusement bien. Ni oppressée, ni en danger. Elle aurait bien aimé que ce moment dure davantage mais il s'en alla. Elle se retrouva seule, hébétée.

Elle se redressa. Le temps gris qu'il y avait quand elle était arrivée avait laissé place au beau temps. Le soleil déclinait doucement. Elle se releva. Elle n'y comprenait plus rien. Ou le temps était complètement fou aujourd'hui, ou Delphin y était pour quelque chose. Elle se souvenait de l'accident. De la manière dont le ciel avait changé d'un coup. C'était étrange… Tout l'était.

Alors qu'elle rentrait chez elle, des bribes de son rêve lui parvinrent. Il venait de se réaliser. Elle n'avait pas été consciente mais elle était sûre que Delphin n'était pas aussi banal que tout le monde pensait.

***

Quand Delphin arriva chez ses parents, son père guettait son arrivée depuis la cuisine.

-Ça va ? lui demanda-t-il.

-… Oui. J'avais juste besoin d'aller à la plage.

Il n'en revenait pas qu'il avait sauvé Alexia de la noyade. Il n'avait pas de mal à imaginer ce qui avait motivé son geste. Elle savait qu'elle avait été droguée et abusée. Elle ne voyait sans doute pas d'issue à tout ça.

Il fallait qu'il lui parle. Mais pour lui dire quoi ? Il était presque sûr qu'elle réagirait mal s'il disait qu'il savait. Pire, cela les éloignerait définitivement l'un de l'autre. Mais il ne pouvait pas se taire non plus et faire comme s'il ne savait rien... Ça semblait pourtant être la seule solution.

-Tout va bien, Delphin ? lui demanda son père.

Il n'était pas sûr de vouloir en parler. Ses parents lui diraient sûrement d'aller voir la police, mais là aussi c'était mettre Alexia dans une position difficile et il n'avait pas envie de ça. Il y avait forcément un autre moyen...

Il espérait qu'ils soient aussi proches un jour sans que les circonstances soient glauques. Pourvu qu'elle ne le lui reproche pas, mais honnêtement, il n'était pas sûr qu'elle se souvienne de quoi que ce soit.

**

Maëlle venait d'appeler Alexia pour la énième fois mais elle n'avait pas décroché son téléphone. L'avait-elle bloquée ? La trouvait-elle trop insistante ? C'était possible, mais il fallait qu'Alexia aille porter plainte pour son agression. Elle ne pouvait rester sans rien faire. Ce n'était pas l'Alexia que Maëlle connaissait.

Elle soupira et décida d'appeler Delphin. Elle ne savait pas où il en était de son côté mais elle lui avait demandé de garder un œil sur son amie, chose qu'il faisait assurément. Il saurait si quelque chose s'était passé.

-Salut. Quoi de neuf ?

-*J'ai sauvé Alexia.*

-Comment ça ? Elle a essayé...

-*Elle a essayé de se noyer. Sans doute à cause de Sylvain.*

-Il faut qu'elle aille porter plainte. On ne peut pas laisser ce mec s'en sortir comme ça...

-*Je suis d'accord.*

-Tu as toujours les photos ?

-*... Oui.*

***

Il ne savait pas pourquoi il les avait gardées. Il essayait de tenir son téléphone le plus loin possible de lui et de ne s'en servir qu'en cas d'urgence.

-*Il faut qu'on la convainque…*

-Toi seule peux le faire, lui fit-il remarquer.

-*Bon sang, est-ce qu'un jour vous allez vous parler ou est-ce qu'il faut que je gère ça aussi ?*

-Hé, je ne t'ai rien demandé.

-*…C'est vrai. Excuse-moi… C'est juste que ça me fait peur. Si elle en vient à avoir un comportement comme ça…*

Comme si elle essayait de se détacher de ce qui la retenait sur terre, pensa Delphin. Comme si elle voulait retrouver sa forme de sirène. Sauf qu'elle avait échoué, elle avait failli se noyer. Il n'avait pas d'explication pour ça. Il devrait continuer les recherches qu'il avait commencées en Angleterre.

-*Tu es toujours là ?*

-Oui, oui.

-*Je sais que tu ne peux pas faire grand-chose mais tu accepterais de montrer les photos à un policier ?*

-Oui, si ça peut mettre Sylvain en prison.

-*Je vais en parler avec son père. Il arrivera peut-être à la convaincre. Je te tiens au courant.*

Et elle raccrocha.

***

Quand Alexia revint ce soir-là, elle trouva Maëlle à table avec son père. Ils la regardèrent d'un air grave. Elle sut ce qu'ils allaient dire.

-Alexia, il faut qu'on parle.

Ses joues s'embrasèrent dès que le nom de Sylvain fut mentionné. Elle se sentait encore tellement coupable… Elle ne pouvait pas dire qu'elle n'y était pour rien, elle ne pouvait pas le défendre non plus. Ils ne comprendraient pas. Ils diraient qu'elle n'était pas objective.

Elle se laissa convaincre de porter plainte. Maëlle et son père avaient raison, en partie. Ce qu'avait fait Sylvain était un crime, elle le savait, mais elle ne pouvait pas s'empêcher de penser qu'elle l'avait poussé à se venger. Si elle ne l'avait pas jeté, rien de tout cela ne serait arrivé.

-Tu n'as pas à t'en vouloir, lui répéta Maëlle. Sylvain est le seul fautif. Tu n'es pas obligée de faire ça tout de suite… mais il faut te protéger.

**

Quand Delphin reçut le texto de Maëlle ce soir-là, il soupira de soulagement. Alexia avait pris la bonne décision, elle allait enfin pouvoir tourner la page et lui aussi. Il aurait fait sa part et n'aurait plus à se sentir coupable dès qu'il la verrait. Il espérait que maintenant les choses seraient plus simples.

**

Aller porter plainte contre Sylvain avait été une épreuve. Bien que Maëlle l'ait accompagnée tout du long, Alexia se sentait seule. Son amie l'avait pourtant mise en garde… et elle ne l'avait pas écoutée. Elle avait choisi de n'en faire qu'à sa tête, elle avait tout gagné.

-Je te raccompagne, fit Maëlle alors qu'elles sortaient du commissariat.

Alexia prit la place passager à côté de son amie et avant que celle-ci ne démarre la voiture, l'enlaça.

-Je suis désolée… J'aurais dû t'écouter.

-Alex, je ne t'en veux pas. Je n'imaginais pas ça. Vraiment. Je ne peux qu'imaginer ce que tu ressens. Je vais me répéter mais si tu as besoin de quoi que ce soit, de quoi que ce soit, Alex, dis-le-moi. Tu peux m'appeler n'importe quand. Ok ?

-Ok, répondit Alexia en reniflant.

Maëlle démarra le moteur et elles filèrent vers Tréboul.

Chapitre 7 : Nouveau départ

Quand son portable vibra avec insistance sur sa table de chevet, Alexia lança une main rageuse à sa recherche pour en désactiver l'alarme. Il était très tôt mais c'était la rentrée. Elle repoussa la couette et se dirigea vers son armoire. Elle y prit des vêtements sombres et s'habilla. Elle mit un peu d'ordre dans ses cheveux, prit son sac et descendit au rez-de-chaussée, l'esprit embrumé.

Elle prit un thé, deux tartines de pain puis il fut temps de partir.

Le bus arrivait à l'arrêt lorsqu'elle y arriva aussi. Elle ne savait pas si c'était le chauffeur ou le seul autre passager qui montait au même arrêt qu'elle mais le véhicule l'attendit.

-... merci, souffla-t-elle.

Et elle alla s'asseoir. Il était sept heures, le jour finissait de se lever. Le soleil parait les vagues d'or. Alexia prit une profonde inspiration et essaya de se réveiller tout à fait. Le thé commençait à peine à faire effet. Elle décida d'écouter de la musique.

Quarante minutes plus tard, le bus s'arrêtait devant la gare routière de Douarnenez. Alexia suivit la silhouette aux longs cheveux blonds et aux vêtements colorés qui avançait vers le car en direction de Quimper.

Après quelques minutes passées à errer dans les couloirs de la fac, Delphin trouva enfin la section Langues. La salle de classe était déjà ouverte et le professeur coordinateur était déjà à l'intérieur. Delphin s'installa à une table au hasard.

Quand la classe parut complète, le professeur fit l'appel. Delphin attendit patiemment son tour. C'était l'inconvénient d'avoir un nom placé à la fin de l'alphabet, l'attente lui paraissait toujours très longue.

-Alexia Duval ? fit soudain le professeur ce qui lui fit lever les yeux de sa table.

-Présente, répondit sa voisine.

Il ne jugea pas utile de vérifier si elle était vraiment dans la salle mais il avait du mal à comprendre. Que faisait-elle ici ? Pourquoi avait-elle choisi des études de langue bretonne ? Connaissait-elle au moins des mots en breton ? Avait-elle des bases ?

Au bout d'une heure, la sonnerie retentit : ce devait être l'heure de la pause. Delphin sortit et se dirigea vers le distributeur de boissons chaudes au bout du couloir ; il avait besoin d'un café. Il lui semblait que plusieurs années s'étaient écoulées avant qu'il n'ait eu à retenir autant d'informations. Il avait l'impression d'avoir le cerveau en bouillie.

Le café était encore moins bon que celui qu'avaient l'habitude de boire ses parents. Il devrait peut-être leur demander d'en acheter plus qualitatif et emmener un petit thermos à la fac…

Lorsqu'il revint vers la salle de classe avec son gobelet brûlant, il vit Alexia adossée au mur. Elle paraissait perdue dans ses pensées. Presque autant que lui.

Une discussion s'imposait. Mais par où commencer ?

La rentrée ne dura qu'une demi-journée. Delphin avait donc largement le temps de réfléchir sur la manière dont il pourrait aborder Alexia. Une façon avec laquelle ils se sentiraient tous les deux à l'aise… et qui faciliterait leurs échanges. Il faudrait presque que ça leur serve d'excuse.

-Ça a été, la rentrée ? lui demanda son père.

-Oui. Tu savais qu'Alexia était dans le même cursus que moi ?

-Joël m'a dit qu'elle l'avait mis dans ses choix mais je ne savais pas qu'elle avait été prise.

-Je ne savais pas qu'elle parlait breton.

-Alexia est pleine de surprises, fit son père d'un ton amusé.

Delphin monta à sa chambre d'un pas lent. Il était vrai que depuis quelques temps, Alexia ne cessait de le surprendre. Il aurait peut-être dû rester à Tréboul durant les trois dernières années.

Sans doute que Sylvain n'aurait pas approché Alexia ou en tout cas ne l'aurait pas agressée comme il l'avait fait. Il en avait clairement profité et Delphin ne pouvait pas effacer ça. Il aurait du mal à regarder Alexia sans penser à ce qu'elle avait subi. Par sa faute, et elle n'en avait aucune idée. Savait-elle seulement ce qu'il s'était passé ? Etait-elle toujours en contact avec Sylvain ?

Une vague de nausées afflua aussitôt à cette pensée. Il espérait que non, mais il ne la surveillait pas. L'idée horrible que Sylvain et Alexia puissent être de mèche pour le rendre jaloux et l'éloigner définitivement le hanta quelques instants. C'était impossible. Elle avait essayé de se noyer... Vraiment ? C'était l'impression qu'il avait eue... Tout lui paraissait toujours plus clair quand il était dans l'eau...

C'était les effets du manque qui parlaient. Il le savait. Son corps se rappelait bien de l'habitude qu'il avait prise en fin de journée.

Il fallait qu'il change ses habitudes. Il serait mieux au bord de la mer.

Il redescendit au rez–de-chaussée.

Son père se tourna vers lui.

-Où est-ce que tu vas ? lui demanda-t-il.

-A la plage.

-OK. Fais attention à toi.

Et Delphin sortit de la maison.

Il ne connaissait pas de meilleure sensation. Il n'aurait pas su décrire ce qu'il ressentait. Il se sentait juste… entier, bien mieux psychiquement et physiquement dans l'eau. C'était sa deuxième maison. Parfois il se disait qu'il venait de là. Petit, il avait même imaginé qu'il venait de la cité d'Ys…

Quand il revint de la plage, une mélodie jouée au violon lui fit lever les yeux vers la fenêtre de la chambre d'Alexia. Il se souvenait qu'elle en jouait trois ans auparavant, il était content que malgré ce qu'il s'était passé elle n'ait pas arrêté. Il l'imaginait dos à la fenêtre, ses cheveux ondulant au rythme de la musique, en transe comme les grands musiciens…

Un coup de vent le poussa à rentrer chez ses parents. Il monta directement à l'étage sans accorder un regard à ses parents en train de dîner.

La mélodie continuait.

Il risqua un coup d'œil en direction de la fenêtre de sa voisine. Alexia jouait, elle semblait extrêmement appliquée. Il l'enviait de réussir à se concentrer suffisamment pour jouer de la musique. Cela faisait bien trois ans qu'il n'avait plus touché à sa guitare sèche. Elle prenait la poussière près de la fenêtre à l'opposé de son bureau. S'il s'était remis à jouer, cela les aurait rapprochés encore.

Il aurait pu s'y remettre mais les effets du sevrage l'en empêchaient. Enfin… il n'avait pas essayé mais il voyait bien dans quel état il était. Il doutait de réussir à rassembler l'énergie et la concentration nécessaires pour jouer de la musique.

Il regarda un moment sa voisine.

Il avait le sentiment de louper une occasion de la connaître davantage -il aurait bien voulu- mais il se sentait coupable de ce qui lui était arrivé.

Comment pourrait-il la regarder en face et lui parler en sachant ce qui lui était arrivé et la raison pour laquelle c'était arrivé ? C'était impossible. Même s'il réussissait à lui parler, il n'arriverait pas à être plus qu'un camarade de classe…

C'était déjà un début, pensa-t-il soudain. Il pouvait faire quelque chose. Il avait une idée.

Le lendemain, Alexia vit Delphin s'activer à la fixation d'affiches à la fac. Intriguée, elle alla en lire une. Il s'agissait d'une annonce pour des cours de soutien en anglais et en langue bretonne.

C'était une excellente idée ! Et l'occasion rêvée de lui parler ! Elle arracha l'affiche avant que quelqu'un d'autre ne la voie.

Le soir même, elle prit son téléphone portable. Son rythme cardiaque s'accéléra aussitôt. Elle allait le faire, elle allait vraiment le faire. Son souffle se raccourcit lorsqu'elle commença à taper les chiffres. Sa gorge se nouait. Elle s'efforça de respirer calmement, profondément. Ils avaient parlé de tout ce qui aurait pu poser problème. Il n'y avait aucune raison qu'il l'envoie paître.

Rassurée, elle finit de taper le numéro et appuya sur la touche verte pour commencer l'appel. Chaque battement de son cœur résonnait dans tout son corps. Son regard se porta vers la fenêtre de la chambre de Delphin, de l'autre côté de la rue. La sonnerie retentit, insupportable. Alexia en avait mal au ventre. Pourquoi avait-elle aussi peur ?

***

Delphin faisait les courses, le post-it de sa liste dans une main, le sac dans l'autre, quand une sonnerie de vieux téléphone retentit. Il lui fallut quelques secondes pour réaliser qu'il s'agissait de son propre portable. Il le sortit de sa poche. Un nouveau numéro, sûrement quelqu'un pour l'annonce. Il décrocha et la liste s'envola.

-Merde… Allô ? Allô ?

Rien. Pas de réponse. Juste le silence. Quelqu'un avait pris son numéro pour lui faire une blague. Il aurait dû s'en douter…

Il raccrocha et continua ses courses.

Le lendemain, le même numéro le rappela. Si c'était une blague, la personne n'avait pas la notion que les plus courtes étaient les meilleures… Il réfléchit, cependant. Ce pouvait-il que ce soit le numéro d'Alexia et qu'elle n'ose pas parler ? Il demanda confirmation à Maëlle. C'était bien le numéro d'Alexia et cela le stressait un peu.

Il n'y avait plus qu'à trouver quoi lui dire…Il pensa avec une certaine amertume qu'ils ne seraient de toute façon que de simples camarades de classe. Il devait la jouer sympa sans plus.

***

L'appel commença par une profonde inspiration. Alexia, elle, tremblait comme une feuille en attendant sa sentence. Qu'allait-il dire ? Qu'il refusait de lui donner des cours ? Que c'était trop douloureux ?

-Je sais que c'est ton numéro, Alexia, dit la voix de Delphin à l'autre bout du fil. Je veux bien te donner des cours. Chez toi ou chez moi suivant ce que tu préfères.Tu ne me devras rien. Fais-moi savoir quand tu veux commencer… A plus tard.

Elle se laissa tomber sur son lit et regarda un long moment le numéro de portable de Delphin dans son journal d'appels. Elle l'enregistra avec soin sous son nom entier. Elle avait du mal à réaliser ce qu'il venait de se passer.

Le lendemain matin, Alexia s'installa dans le car qui reliait Douarnenez à Quimper. Elle était nerveuse. Elle s'était demandée toute la nuit comment aborder Delphin. Le plus difficile avait été fait mais c'était toujours lui qui avait pris l'initiative… Même si elle avait arraché son annonce du tableau d'affichage de la fac… Il fallait qu'elle assume son geste.

Delphin prit place à côté d'elle.

-Salut, dit-il.

-… Salut.

Quelques minutes de silence passèrent. Alexia se sentait de plus en plus gênée. Il fallait qu'elle parle ou Delphin se demanderait si elle voulait vraiment de l'aide…

-Je suis disponible à partir du mardi, pour les cours de soutien, dit-il au moment où elle s'apprêtait à dire quelque chose.

-Euh… Je suis libre tous les jours…réussit-elle à articuler en regardant ses Doc Martens.

-Je ne pensais pas que tu t'intéresserais à la culture bretonne, dit-il.

-En fait, mes ancêtres étaient bretons. Des gens que je n'ai pas connu. Je me suis dit que, quitte à être ici autant m'intéresser. Je me sentais seule, je pense, pour vouloir me reconnecter comme ça... Et toi ? Comment tu as appris le breton ?

-Mes grands-parents paternels le parlaient. J'ai baigné dedans. Et dans le cidre, et le beurre... plaisanta-t-il.

Alexia eut un petit rire.

-Tu joues toujours du violon, je t'ai entendue l'autre jour. Tu prends des cours ?

-Oui, mais ils n'ont pas encore repris... Je te dirais si ça change quelque chose pour les cours de soutien.

-D'accord. On pourra commencer après la première évaluation. Ça nous servira de base.

-D'accord.

***

-Ça fait très longtemps que je ne t'ai pas vu d'aussi bonne humeur, dit son père en arrivant le soir même.

Delphin se rendit compte qu'il sifflotait et cessa progressivement.

-Tu as eu des appels pour les cours de soutien ?

-Un seul. D'Alexia.

-C'est super. Je me demandais pourquoi elle avait choisi cette filière... Elle doit vraiment s'intéresser à la culture bretonne alors.

-Sûrement.

-Vous avez parlé ?

-Oui.

-Tu l'as eue au téléphone ? Qu'est-ce qu'elle t'a dit ?

-C'est surtout moi qui ai parlé. Elle avait l'air de ne pas savoir quoi dire...

-Joël m'a dit que ça n'avait pas été facile pour elle non plus, ni avant ton départ, ni après.

-Oui, je suis au courant, fit Delphin d'un ton amer.

Si ses parents lui avaient dit au sujet de la mère d'Alexia, il ne serait pas passé pour un relou de première classe…

-Je l'ai appris par Maëlle, poursuivit-il. Pourquoi vous ne me l'avez pas dit ? Vous étiez au courant quand ils sont arrivés, non ?

-Joël n'en parlait pas. C'était encore récent… Mais tu as raison, on aurait dû te le dire. On est désolés.

Ces excuses semblèrent légères aux yeux de Delphin mais il n'arrivait pas à en vouloir à son père. Il n'était pas convaincu que le moment de cette information aurait changé quelque chose à son comportement, peut-être qu'il aurait été pire.

Cette nuit-là, il eut du mal à trouver le sommeil. Oui, il avait fait un grand pas avec Alexia mais il craignait que les effets du sevrage ne le rattrapent. Il avait peur de lui ressortir ce qu'il lui avait pardonné. Il avait l'impression de la trahir car elle n'était pas au courant de son état… Il espérait vraiment être capable de se contrôler.

Le week-end vint. Il avait tout autant besoin de réviser son breton que de se changer les idées. Lionel et Thomas lui avaient proposé de se retrouver à la plage des sables blancs.

Quand Delphin arriva, ils y étaient déjà.

-Salut ! Ça va ? lança Thomas.

-Quoi de neuf ? fit Lionel.

Delphin se demanda s'il devait leur dire et décida finalement que oui. Après tout, c'étaient ses amis, ils le connaissaient.

-Je donne des cours de soutien à Alexia.

-Des cours de quoi ?

-De langues.

-Ah, des cours de langues, répéta Thomas avec un air particulièrement taquin.

-Non, pas ce genre de cours, reprit Delphin, anglais et breton uniquement…

-Ah… anglais et breton… continua son ami sur le même ton.

-De manière parfaitement désintéressée, bien entendu, fit Lionel.

-Bien sûr, confirma Delphin.

-Moui….

-Ok, peut-être un peu intéressée… consentit le blond.

-Carrément intéressée, ouais.

Delphin secoua la tête. Il était déjà content de pouvoir parler à Alexia.

***

Alexia se décida à appeler Maëlle. Après avoir si lourdement insisté pour qu'elle parle à Delphin, elle serait sûrement aux anges d'apprendre qu'il allait lui donner des cours de soutien.

-Tiens, une revenante, fit Maëlle.

-Salut. Ça va ?

-Très bien, et toi ?

-Ca va. Tu vas être contente… Je vais prendre des cours de breton avec Delphin.

Elle crut entendre quelque chose tomber.

-Ne sois pas si surprise…

-Un peu… Delphin t'a proposé ou… ?

-Il avait mis des affiches à la fac.

-Je suis surprise qu'il ait pris ce genre d'initiatives…

-Pourquoi ? De ce que j'ai pu voir au lycée, il avait de bonnes idées.

-Oui. Mais euh…

Alexia sentit une vague de colère la submerger. Maëlle n'était donc jamais satisfaite ?

-Et puis zut, ce n'est pas à moi de te le dire, fit son amie. S'il veut donner des cours, c'est qu'il se sent suffisamment bien pour ça…

-Comment ça ? Tu en as trop dit, là.

Il y eut quelques secondes de silence.

-Maëlle ?

-Ou alors il a toujours des sentiments pour toi finalement.

Cette possibilité laissa Alexia muette de stupeur pendant quelques secondes. C'était peut-être de ça qu'elle avait eu peur, c'était peut-être la raison pour laquelle elle n'avait pas parlé lors de leur échange téléphonique. Elle n'avait pas voulu révéler la raison pour laquelle elle voulait que ce soit lui qui lui donne ces cours. Elle avait des sentiments pour lui, elle avait déjà du mal à se l'avouer à elle-même, comment lui avouer ?

-Tu le penses vraiment ? lui demanda Alexia.

-Je dis juste ça comme ça. Si ça se trouve, ça n'a rien à voir… J'espère que vous en profiterez pour parler et mettre tout ça au clair.

-Ouais… fit Alexia peu convaincue.

Elle ne voyait pas comment procéder. Ce n'était pas clair pour elle et Maëlle avait dit ça comme elle aurait pu dire autre chose…

Alexia regrettait presque d'avoir contacté Delphin. Elle raccrocha et se laissa tomber sur son lit. Maëlle avait raison : il fallait mettre tout ça au clair.

Le lundi, le professeur de langue bretonne fit une évaluation de niveau. Alexia n'était pas très sûre d'elle, elle connaissait quelques mots mais elle était loin de maîtriser la langue. Elle appréhendait le contenu du test.

Elle jeta un coup d'œil à Delphin qui paraissait concentré mais pas inquiet. Elle se demanda si, en Angleterre, il avait pu continuer à parler ou à étudier le breton.

Le professeur lui donna une feuille. Alexia la parcourut. Ce n'était pas un test de vocabulaire. Elle devait écrire un paragraphe pour se présenter. En breton.

-Vous avez toute l'heure pour répondre au test. L'idée n'est pas de vous piéger. Si vous êtes ici, c'est que vous avez des connaissances. Bonne chance.

Et la classe retentit des frottements des stylos contre le papier.

***

Les élèves avaient cours de breton pendant un bon tiers de leur emploi du temps. Les évaluations leur furent rendues le lendemain.

-Je pense que ça va être une bonne base pour les cours de soutien, dit Delphin à Alexia le jour même.

-Oui.

-Comment veux-tu qu'on s'organise ? Est-ce que tu veux venir chez moi ? Ou…

-… Eh bien, chez moi ça serait bien… Ça ne te dérange pas ? lui demanda-t-elle.

-Non, ce n'est pas comme si tu habitais loin…

Alexia sourit. Il aimait beaucoup son sourire.

-Je veux bien dans ce cas.

Ils arrivèrent chez les Duval.

-Assieds-toi, dit-elle en lui désignant la table de la cuisine. Tu veux boire quelque chose ?

-Un verre d'eau, s'il te plait. Bon, alors ce devoir, tu t'en es sortie comment ?

-Eh bien… fit-elle d'un air gêné.

***

Alexia sentit son visage s'embraser en sortant sa copie. Elle avait eu la moyenne, ce qui était plus que ce à quoi elle s'attendait mais moins, bien moins que la note qu'avait eu Delphin. Elle se demandait si elle ne devait pas dévier du sujet et oublier cette histoire de cours de soutien.

-Ce n'est pas si mal, dit-il. ... ne le prends pas mal, mais je ne pensais pas que tu t'intéressais au breton.

-Tout le monde est étonné... marmonna-t-elle.

-Il y a cette espèce de conflit entre les normands et les bretons... C'est stupide. Bref, on s'y remet ? demanda-t-il en scrutant son visage de ses beaux yeux bleus océan.

-Oui, dit-elle décidée à tourner la page.

***

Au bout d'une heure de correction, Delphin n'en pouvait plus. Il sentait la sueur ruisseler le long de son dos et des douleurs réapparaître dans ses membres. Il se leva et prit congé d'Alexia.

-A demain, dit-il en essayant de ne pas paraître trop froid.

-A demain, répondit-elle avec un sourire.

Il sortit dans la rue et traversa. Les crampes revenaient à la charge... il avait mal partout. Il se dépêcha de rentrer mais un bruit de frein le fit détourner le regard. Ses parents rentraient et sa mère sur le siège passager le regardait d'un air appuyé, comme si elle se demandait d'où il venait.

La colère se rajouta aux effets physiques du sevrage. Il n'avait pas besoin d'être surveillé... Il n'était plus un gosse. Déjà qu'ils lui imposaient de laisser la porte de sa chambre ouverte...

Il retira ses chaussures et monta directement à sa chambre. Il n'avait pas envie qu'on l'interroge.

-Bonsoir, dit sa mère.

-Bonsoir, répondit-il froidement.

-Tu viens de chez les Duval ?

-Oui.

-Il donnait un cours, précisa la voix de son père.

Delphin monta les escaliers et n'entendit pas la suite. Il se doutait que sa mère n'approuvait que moyennement l'idée des cours de soutien à Alexia. Elle pensait sûrement que leur voisine ne l'avait pas aidé mais c'était faux. C'étaient ses parents qui ne l'avaient jamais aidé.

Il ferma la porte de sa chambre derrière lui et attendit que sa colère passe.

Il devait se focaliser sur le cours. Le premier cours de soutien. Il s'était bien passé. Il n'avait fait de mal qu'à lui-même… Il ne s'en était pas pris à Alexia. Au contraire, il avait réussi à la rassurer. Il lui avait appris des choses.

Mais la prochaine fois ? Il flippait à l'idée que ça ne se passe pas aussi bien. Et s'il se montrait désagréable ? S'il l'insultait ? Ou pire…

Delphin était las. Il ne savait pas s'il devait la laisser exploser ou la contenir et il en avait marre. Il se sentait toujours sale, à l'intérieur. Tout était brouillé. Il ne savait plus ce qu'il voulait réellement. Plus rien n'avait de sens. Il avait touché le fond, il était camé. Cela faisait plusieurs semaines qu'il n'avait rien pris. Il avait cru que les symptômes diminueraient d'intensité avec le temps. Si ce n'était pas le contraire, c'était exactement pareil que la première nuit. Il avait l'impression qu'il ne s'en sortirait jamais, que les symptômes allaient durer indéfiniment, qu'il serait toujours un drogué…

Il voyait bien comment les gens en particulier ses proches le regardaient. Il se souvenait des paroles de sa mère lorsqu'elle avait découvert le pot-aux-roses. Il l'avait déçue mais ce n'était rien par rapport à ce que lui ressentait.

C'était la merde. Et le rapport non-protégé de l'autre fois ne l'aidait pas à se sentir mieux. Il avait l'impression de se leurrer en donnant des cours de soutien. Comment pouvait-il aider les autres s'il n'allait pas bien lui-même ?

-Delphin ! A table !

Chapitre 8 : Transformations

Ce matin-là, Alexia fut surprise de ne pas voir Delphin sortir de chez lui. Les volets de sa chambre étaient toujours fermés. Était-il en retard ? Elle attendit cinq minutes. Toujours personne.

Elle se mit en route vers l'arrêt de bus. Il avait peut-être pris de l'avance.

Mais il n'y avait personne.

Était-il malade ? Il avait l'air d'aller bien la veille… Elle lui envoya un texto.

Elle lui donnerait les cours quand elle rentrerait.

Elle ne reçut aucune nouvelle de la journée et cela l'inquiéta. Elle l'avait relancé plusieurs fois. Que faisait-il ? Pourquoi ne lui répondait-il pas ?

Quand le bus la ramena enfin à Tréboul, elle se précipita vers la plage.

Elle reconnut ses vêtements et son sac sur un rocher à quelques pas du bord. Elle guetta l'eau. Il allait forcément remonter à la surface à un moment donné…

Enfin, il réapparut. Elle était sur le point de dire quelque chose quand son regard s'arrêta sur les écailles argentées qui couraient jusqu'à sa taille.

Il se tourna vers elle.

-Tu es là.

Comme les écailles disparaissaient, Alexia détourna le regard.

-Oui, je m'inquiétais ! dit-elle. Tu n'as pas répondu de la journée !

-Je suis désolé. J'ai passé une très mauvaise nuit. Mon père est resté un peu avec moi ce matin. Dès que j'ai pu, je suis venu ici. Je n'ai pas pris mon portable, désolé.

Alexia soupira.

-Ça a un rapport avec ça ?

-J'essaie encore d'y voir clair. Je suis habillé, tu peux te retourner.

Elle se tourna vers lui.

Ils s'assirent.

-Je sais ce qui a provoqué mon accident. C'était une sirène. Je revoyais l'accident en boucle… ça m'empêchait de dormir. Alors j'ai commencé à fumer de l'herbe. Mes souvenirs sont devenus plus flous, j'étais plus détendu. J'ai peut-être commencé à me transformer là-bas. Je n'ai aucun souvenir précis.

Si elle ne l'avait pas vu de ses propres yeux, Alexia aurait dit que Delphin était encore en plein trip.

-J'ai fait des recherches. Je n'ai pas trouvé grand-chose de concret mais je sais que tu n'as pas causé mon accident.

Alexia aurait tellement voulu en être sûre, mais elle se souvenait de sa colère.

-Qu'est-ce que tu as trouvé ?

-J'ai tout noté dans des carnets. Je peux te les prêter si tu veux. Ça t'aiderait peut-être à comprendre.

-Oui, peut-être.

Ils rentrèrent rue des dunes.

Delphin alla chercher ses carnets. Ils semblaient bien remplis. Cela laissa Alexia perplexe mais attisa sa curiosité.

-Merci. Je te les rends dès que j'ai fini.

-Rien ne presse. Prends ton temps.

Alexia les parcourut le soir même.

Le premier carnet commençait par un dessin aux crayons de couleurs très bien dessiné. Une sirène, la chevelure de rêve flamboyante et les écailles argentées. La sirène qu'il avait vue et qui ressemblait trait pour trait à Alexia.

Ce n'était pas possible. Les sirènes n'existaient pas. Il y avait une autre explication à ces absences...

Mais Delphin argumentait sa théorie. Il avait énuméré tout ce qui rapprochait Alexia du fait d'être une sirène : ses excès de colère envers lui, le fait de ne pas avoir de mère, d'aimer la mer, d'aimer la musique et d'avoir du charisme, du charme. Il avait même noté "chant" avec un point d'interrogation. Cela semblait être le seul critère qu'elle ne remplissait pas.

Sur la page suivante, il émettait une hypothèse intéressante : le fait d'être une sirène était génétique mais deux sirènes d'une même famille ne pouvaient pas coexister. La sirène "mère" se supprimait pour permettre à la fille de vivre. Était-ce ce qui s'était passé pour Alexia et sa mère ? Que lui avait-elle dit déjà ? "Mon heure est venue, la tienne aussi". Maintenant qu'elle avait cette information, les mots de sa mère prenaient tout leur sens.

Il y avait cependant un problème : Alexia ne se souvenait pas de s'être transformée. Là encore, Delphin avait la réponse : la sirène était pour lui, une deuxième personnalité. A l'instar des symptômes schizophréniques d'Alexia évoqués par le psychiatre.

Alexia se rappela qu'elle avait eu l'impression d'être rouée de coups alors qu'il n'y avait pas de vagues et que le pavillon de vigilance était vert. La mer était calme… Elle n'avait donc aucune raison d'avoir mal partout comme si elle avait lutté contre le courant. Elle se rappelait d'avoir été en colère contre Delphin, de vouloir lui faire du mal, mais elle ne se souvenait pas d'avoir bousculé sa planche de surf ou d'avoir été dans l'eau…

Qu'est-ce qui était le plus plausible ?

Il y avait un autre problème : quand Alexia avait tenté de se noyer, la sirène -si elle existait- n'était pas réapparue, Alexia ne s'était pas transformée. Comment expliquait-il ça ?

Elle parcourut le carnet, à la recherche d'indices mais Delphin n'était pas conscient quand Alexia avait "repris le contrôle" d'elle-même, quand elle avait vu ses jambes couvertes de sang. Il n'avait donc rien écrit à ce sujet.

Il avait décrit l'accident. Le temps avait changé brutalement. C'était souvent le cas en bord de mer, mais il semblait soupçonner une intervention divine. (Il avait annoté plusieurs noms de dieux de la mer dont celui de Poséidon et d'autres dont elle n'avait jamais entendu parler).

Delphin avait écrit que les sirènes étaient de redoutables prédatrices, que Dahut elle-même (aussi appelée Marie-Morgane) conduisait les marins à la baie des Trépassés pour les tuer. Il n'aurait eu aucune chance de s'en sortir si quelque chose ou quelqu'un n'était pas intervenu.

Etait-ce la même chose qui avait réveillé Alexia ? Qui lui avait montré l'horreur de ses actes en l'éclaboussant de sang ? Etait-ce cette chose qui l'empêchait de se transformer à nouveau ?

Ce qui le faisait penser à une intervention extérieure se résumait à la sensation d'avoir été écarté de la sirène alors que celle-ci s'approchait et la forme de sa cicatrice : un trident, symbole de Poséidon.

Pour Alexia, c'était deux faits étranges, des coïncidences tout au plus, mais elle ne croyait pas à l'existence d'une puissance supérieure, encore moins à son intervention.

Lorsque Joël rentra du travail ce soir-là, Alexia lisait des carnets qui n'étaient pas les siens. Ils semblaient avoir beaucoup de contenu.

-Qu'est-ce que c'est ? lui demanda-t-il.
-Les carnets de Delphin, il me les a prêtés.

Il risqua un coup d'œil. Une écriture brouillonne, des croquis... Tout semblait indiquer une personne encore traumatisée.

-Comment va-t-il ?

-Ça a l'air d'aller, fit Alexia un peu hésitante. Ça date de la période où il n'allait pas bien.

-D'accord... Ça va, vous vous entendez bien ?

-Oui. Il... Il m'a pardonné. Il n'a appris que récemment pour Maman. Il s'est excusé.

-C'est gentil à lui. Il n'a pas un comportement... bizarre ?

-Comment ça ?

-Souvent, après un accident, les gens sont un peu instables.
-... Il est fatigué parfois... Mais ça date d'il y a trois ans, Papa...

-Je ne dis pas ça pour te faire peur, Alex. C'est juste pour que tu en aies conscience.

-Non, au contraire, j'ai l'impression qu'on a beaucoup de choses en commun. Je suis surprise de nos échanges.

-Tant mieux.

-... je vais m'entraîner un peu avant de manger.

Et elle monta à l'étage.

Joël voyait bien qu'Alexia avait changé. Être pardonné pouvait changer une personne. Elle semblait d'humeur plus légère. Elle avait enfin le droit à un peu de bonheur. Il n'y avait plus qu'à espérer que ça dure.

***

-Est-ce qu'on peut parler ce soir ? demanda Alexia à Delphin alors qu'ils s'apprêtaient tous les deux à rejoindre l'arrêt de bus.

-Bien sûr.

Alexia attendit patiemment qu'ils soient chez elle.

-J'ai passé la soirée à lire tes carnets. Ça m'a… remuée.

-Ce n'était peut-être pas très malin de ma part de…

-J'ai trouvé ça intéressant, s'empressa-t-elle d'ajouter. J'ai juste… un peu de mal à y croire.

-Je comprends.

-Mais j'ai repensé à ce que m'a dit ma mère avant de mourir. Je crois que c'est la seule explication logique. Elle m'a dit que mon heure était venue. Ça confirmerait ce que tu as trouvé.

Elle repensa un instant à comment elle se sentait à proximité de l'eau :

-J'ai toujours aimé la mer. Je me sentais différente dès qu'une vague me touchait… Comme si ma vie n'était pas vraiment terrestre.

-J'ai cette impression aussi, depuis toujours. Je passerais mes journées à la plage s'il n'y avait pas les cours.

***

Delphin se trouvait agréablement surpris par leur conversation. Ils avaient beaucoup de points communs finalement. Il l'avait même aidée !

Il partit de chez les Duval à contrecœur. Il aurait bien aimé quelques heures de plus.

Le dîner prêt, il se remit à son bureau et son regard se posa sur le calendrier. Il pensa alors qu'il serait temps de prendre rendez-vous pour un dépistage. La perspective ne l'enchantait guère mais au moins, il serait fixé. S'il n'avait rien, il se sentirait plus « propre ». S'il avait attrapé le SIDA eh bien, il pourrait disparaître pour de bon. Il suffisait qu'il se transforme, nage vers l'horizon et ne revienne jamais. Il ne voulait pas imposer une maladie en plus de son sevrage à ses proches. Il appela le centre de dépistage et fixa un rendez-vous dans les délais conseillés. Quand il raccrocha son téléphone, sa main tremblait un peu. L'angoisse le gagnait. ce n'était pas seulement pour lui ou pour ses parents… Il devait compter Alexia dans l'équation ; il avait peur de la décevoir.

Chapitre 9 : Révélations

Quelques semaines plus tard, Delphin patientait dans la salle d'attente du service de dépistage de l'hôpital. Cela faisait exactement trois mois qu'il avait eu ce rapport non-protégé avec Claire. La chose qui l'inquiétait le plus, à part les résultats du test, c'était de croiser son père. Il travaillait quelques étages au-dessus mais il était tout à fait possible de le croiser dans le hall, sur le parking ou Dieu savait où. Il avait hâte de repartir.

-Delphin Tevenn, appela une infirmière.

Il se leva à l'appel de son nom et lui remit le formulaire.

Elle l'emmena dans une salle et parcourut la feuille. Son regard était sévère et Delphin sentit son visage s'empourprer. Il avait déjà assez honte comme ça, il était inutile de lui rappeler que sa conduite avait été irresponsable.

-Asseyez-vous. Remontez vos manches, s'il vous plaît.

Elle le piqua.

Pendant ce laps de temps, Delphin se dit qu'il n'en avait pas parlé à Alexia. Il ne voulait pas qu'elle le voie comme un drogué irrécupérable. Déjà que…

-Ça va ? lui demanda l'infirmière.

Delphin s'aperçut alors qu'il avait la larme à l'œil et l'essuya d'un revers de main.

-Ouais, ça va, dit-il en l'essuyant.

Une nouvelle larme coula. Il se décevait vraiment. C'était horrible.

-Vous avez des gens autour de vous pour vous aider ?

-… Oui.

Oui, ça irait en théorie. Mais ce soutien n'aurait pas été nécessaire s'il n'avait pas commencé… Dans la pratique par-contre ce serait autre chose. Il savait déjà ce qu'il ferait si les résultats étaient positifs. Il plongerait du haut de la jetée et nagerait vers le lointain pour ne jamais revenir.

-Je vous fais patienter encore trente minutes le temps d'avoir les résultats ? fit-elle d'un ton plus doux.

-Ok.

Delphin retourna dans la salle d'attente.

***

Alexia et Maëlle se rendirent à l'hôpital de Quimper pour que la rousse fasse un dépistage. Elle ne s'était jamais sentie aussi sale et humiliée. Elle espérait vraiment ne croiser personne d'autre qu'elle connaîtrait.

-Je serai là, quoi qu'il arrive, lui dit Maëlle.

-Merci.

Elles arrivèrent dans la salle d'attente. Alexia eut un hoquet de surprise en reconnaissant Delphin de dos.

-Tu lui as dit ? fit-elle à voix basse à son amie.

-Non. Il a sûrement rendez-vous aussi...

Elles tâchèrent de se faire discrètes tout en sachant qu'à un moment donné ou à un autre, il les remarquerait.

-Delphin Tevenn ! appela l'infirmière.

Il passa devant elles sans les voir. Il semblait très stressé. Plus encore qu'Alexia. Mais la rousse avait tellement hâte de s'éclipser que l'appel de son nom par la secrétaire lui fit l'effet d'une alarme.

Elle s'avança vers le secrétariat sans dire autre chose que « bonjour » et « merci ». Tout cela lui paraissait irréel. Inconsciemment, elle digérait encore (avec du mal) ce que Sylvain lui avait fait. Mais le pire, à cet instant, était de voir que Delphin -qu'elle côtoyait tous les jours et avec qui elle parlait très régulièrement- était là aussi, pour un dépistage. Elle ne comprenait pas ce qu'il faisait ici. Une partie d'elle espérait que cela n'avait rien à voir avec elle, l'autre ne pouvait s'empêcher de penser qu'il y avait un rapport...

Elle retourna s'asseoir avec le questionnaire et se concentra pour essayer de le remplir au mieux. Les questions lui parurent humiliantes et obscènes.

-Il faut que tu y répondes, dit Maëlle doucement pour l'encourager.

Elle le savait mais l'émotion la gagnait. Elle se rendait compte tout à coup de l'horreur qu'elle avait subi.

-Je suis désolée, dit Maëlle en l'enlaçant.

Les larmes aux yeux, Alexia prit une profonde inspiration et répondit aux questions du mieux qu'elle put et le plus rapidement possible. Maëlle lui tendit son paquet de mouchoirs.

Alexia se moucha puis une des infirmières l'appela. Elle la suivit.

***

Delphin se dirigeait vers la sortie, soulagé. Les résultats étaient négatifs. Il allait pouvoir rentrer chez lui et continuer ses efforts, et peut-être même avoir une vie normale. Il pourrait peut-être espérer aller plus loin dans sa relation avec Alexia...

-Hé, Del' ! lança une voix bien connue dans son dos.

Il se figea quelques secondes puis se tourna et vit Maëlle qui avançait vers lui.

-Alors ? lui demanda-t-elle.

-Négatif.

-Tant mieux.

-Qu'est-ce que tu fais ici ?

-J'accompagne Alexia.

Cette information le surprit. Il ne l'avait pas vue, il avait du mal à croire qu'il ne l'avait pas vue. Il était vraiment trop stressé…

-Elle est en train de se faire dépister.

Elle n'eut pas besoin de lui expliquer pourquoi. Delphin se sentait nauséeux à la pensée qu'Alexia puisse être atteinte d'une MST à cause de Sylvain.

-Je vais la rejoindre avant qu'elle se demande où je suis passée, fit Maëlle. A plus tard.

Et elle fit demi-tour, laissant son ami l'air interdit.

Delphin ne savait pas quoi faire. Devait-il attendre Alexia maintenant qu'il savait qu'elle était là aussi ? Il fallait qu'ils parlent de ce qui les avait fait venir ici. Ce serait dur mais c'était nécessaire s'ils voulaient avancer. Il n'aimait pas imposer quoi que ce soit aux autres et pourtant cela semblait être le parfait endroit pour parler de ce qui leur était arrivé.

***

Quand Alexia retourna dans la salle d'attente, Maëlle se rasseyait à peine.

-Est-ce que tu as vu Delphin ? demanda-t-elle.

-Oui. Ses résultats sont négatifs.

-Je suis contente pour lui.

-Oui, moi aussi.

L'attente fut interminable. Ce serait injuste si elle était contaminée, ça n'aurait pas de sens… Elle voulait juste avancer, vivre sa vie et plus elle avançait, plus elle l'imaginait aux côtés de Delphin.

-Alexia Duval ! l'appela enfin l'infirmière.

Les résultats étaient négatifs. Alexia eut du mal à y croire. Elle avait tellement accumulé les malheurs ces derniers temps qu'elle s'était habituée à leur arrivée dans sa vie.

-C'est une bonne chose, fit Maëlle alors qu'elle la raccompagnait. On devrait le fêter.

Elles se dirigèrent vers la sortie. Maëlle prit son téléphone.

-Qu'est-ce que tu fais ?

-J'appelle Delphin.

Une sonnerie de vieux téléphone retentit pas très loin d'elles. Delphin était sur le trottoir devant l'hôpital. Elles l'y rejoignirent.

-Salut, lança-t-il.

-Salut.

Un silence gêné s'installa.

-Je pense qu'il faudrait que vous parliez… fit Maëlle.

Delphin soupira.

-J'ai eu un comportement à risque il y a quelques mois… Sous l'emprise de drogue.

***

Alexia comprenait mieux les questions et l'inquiétude de son père. L'attitude de Delphin l'étonnait, il n'avait vraiment rien laissé paraître… Et elle n'avait rien vu. Enfin si, elle avait remarqué son comportement bizarre mais elle n'avait pas pensé que la drogue en était la cause…

-Ta présence me fait beaucoup de bien, continua Delphin. Les effets sont beaucoup plus supportables.

Maëlle la regarda d'un air éloquent et plein de pitié.

-Et moi je… dit Alexia. Mon ex a…

-Il le sait, murmura son amie.

-Je suis vraiment désolé, Alexia.

Elle se souvint de la bagarre sous sa fenêtre.

-… Comment tu l'as su ? demanda-t-elle.

Le teint de Delphin prit une nuance dangereusement pâle.

-Sylvain m'a… contacté pour s'en vanter. Nous étions amis au collège et je l'ai laissé tomber au lycée… j'imagine que c'est sa vengeance.

-Il s'en est vanté ? fit Alexia d'une voix brisée.

Elle vacilla. L'acte n'était pas assez ignoble en lui-même, il avait fallu que Sylvain le raconte ? Elle avait envie de vomir…

-Il savait que j'avais des sentiments pour toi, il en a fait exprès. Il pensait que tu ne m'intéresserais plus.

Ses forces la lâchaient, elle eut l'impression qu'elle allait s'effondrer. C'était trop. Maëlle la soutint.

-Il faut que je rentre, dit-elle.

***

Une bonne heure plus tard, Delphin était de retour à Tréboul. Il s'arrêta et regarda la mer. D'habitude, il lui suffisait de passer un moment à la contempler et ses problèmes se résolvaient. Il avait le sentiment que ce ne serait pas le cas cette fois.

Il ne s'était jamais senti aussi déprimé. Il ne voyait pas comment les choses pouvaient s'améliorer. C'était fini. Sylvain avait bien foutu la merde, il s'était assuré que Delphin n'aurait jamais de relation plus intime avec Alexia. Et même sans parler de ça, comment pourraient-ils à nouveau se parler maintenant qu'elle savait tout ? C'était impossible.

Il entra dans l'eau sans prendre la peine de se déshabiller. S'il avait pu disparaître pour de bon, cela lui aurait convenu.

Mais quelque chose le retenait. Il ne pouvait pas laisser Alexia toute seule face à toute cette merde. La question était : est-ce qu'elle voulait encore avoir affaire à lui ?

Il sortit de l'eau et marcha un peu pour se sécher. Non, il ne voyait vraiment pas comment s'en sortir…

Il ne s'arrêta que devant l'ancienne maison de ses grands-parents paternels, face au port. Voyant qu'elle ne semblait pas habitée, il s'assit sur le palier et regarda devant lui.

Le soir tombait sur le port. La lumière déclinante se reflétait sur l'eau paisible. C'était une vision apaisante, l'endroit le plus tranquille à Tréboul et Delphin avait sérieusement besoin de se calmer. Il était en sursis. Maëlle avait ramené Alexia chez elle et il n'avait pas eu de nouvelles depuis. Il fallait le temps qu'elle digère tout ça. L'accuserait-elle de complicité avec Sylvain ? Il se droguait, pouvait-elle lui faire confiance ?

-Je pensais bien te trouver là, fit son père en arrivant.

-… Vous ne l'avez toujours pas vendue, répondit Delphin.

-Non. Elle est à toi. Tu en feras ce que tu voudras.

Son père marqua une pause puis reprit :

-Ça va ?

-Je culpabilise. C'est de ma faute tout ce qui est arrivé à Alexia.

-Par rapport à son agression ?

-Si je n'avais pas envoyé balader Sylvain, il ne s'en serait pas pris à elle.

-Tu ne le sais pas. Tu l'as recontacté ?

-Pas depuis que je lui ai mis un pain, non. Il a fait ça juste pour me faire chier… Il a tout foutu en l'air. Alexia ne me fera jamais confiance.

-Alexia sait que vous étiez amis ?

-Oui.

-Et elle te croit responsable de ce qui lui est arrivé ?

-Oui. Je voudrais lui expliquer que ce n'est pas le cas mais même moi je n'y crois pas.

-On n'est pas responsable de ce que font les autres, Delphin.

-Je sais, mais je ne peux pas m'empêcher de penser que si j'avais agi différemment avec lui…

-On souhaite toujours avoir agi différemment pour que les choses ne se produisent pas, mais ça aurait peut-être été pire.

-Je ne vois pas comment.

-Si Alexia te connait suffisamment, elle sait que tu n'y es pour rien.

-Comment tu peux en être aussi sûr ?

-Je te connais et je sais que tu ne veux nuire à personne. La violence te dégoûte. J'ai été particulièrement surpris que tu te sois battu, d'ailleurs… Mais c'était pour défendre Alexia donc… je suppose que ce n'était pas si étonnant.

Delphin espérait que son père avait raison.

***

Alexia passa le week-end à ruminer sur ce qu'elle venait d'apprendre. Delphin s'était drogué peu après son accident. Sylvain s'était vengé de lui pour un motif qui n'avait rien à voir avec elle. Delphin l'aimait toujours. Il ne l'avait pas dit explicitement mais il l'avait laissé sous-entendre.

Elle ne savait pas si elle devait lui faire confiance. Il ne lui avait peut-être pas tout dit. Il s'était battu avec Sylvain. Elle les avait entendus. Elle l'avait vu le nez en sang, se faire ramener par son père. Oui, ce qu'il s'était passé l'avait mis en colère. Dans ces conditions, il était difficile de l'imaginer complice… Mais quand même… et s'il ne se souvenait pas de tout ? S'il avait participé mais ne s'en souvenait pas ? Cette pensée lui donnait la nausée mais elle imaginait tous les scénarios possibles. Elle ne voulait pas le perdre comme ami mais si elle ne pouvait pas lui faire confiance, elle n'hésiterait pas. Elle ne pouvait plus le voir et lui parler comme si de rien n'était. Elle aurait toujours le doute. Elle avait besoin d'être rassurée. Maëlle avait eu beau lui vanter les qualités de Delphin - qualités qu'elle avait elle-même constatées- elle ne pouvait pas s'empêcher de penser à la drogue qu'il avait consommée et à ses effets.

Elle devait reprendre rendez-vous avec son psy… Cela faisait des mois qu'elle n'était plus allée le voir, ce n'était pourtant pas faute qu'on lui dise. Maëlle le lui avait dit à de nombreuses reprises après ce qu'il s'était passé avec Sylvain.

Le lundi suivant, elle profita d'une pause pour l'appeler. Cela devenait urgent et handicapant. Elle avait toujours peur. Elle n'osait même pas regarder Delphin. Elle obtint un rendez-vous pour le surlendemain.

-Alexia. Venez, entrez. Comment allez-vous ?

-… j'ai besoin de vous parler de quelque chose… dit Alexia en entrant dans la salle de consultation.

-Je vous écoute, dit le psy en fermant la porte derrière elle.

Elle prit une profonde inspiration.

-J'avais un ami pendant quelques temps. Je crois qu'il m'a… agressée.

-Il vous a droguée ?

-Je crois que oui, répondit Alexia des sanglots dans la voix.

-Il vous a recontactée depuis ?

-Non.

-Pourquoi a-t-il fait ça ?

-Il connaît Delphin –mon voisin…

-Celui qui a des sentiments pour vous ?

-Oui. Je crois que c'est pour le rendre jaloux. C'est ce que ma meilleure amie dit aussi…

-Si c'est le cas, il faut que vous alliez porter plainte.

-C'est fait.

-C'est très courageux, dit le psy.

-Sylvain s'est vanté de ce qu'il a fait auprès de Delphin. C'est ce que Delphin m'a dit… Mais…

-Mais ?

-Il s'est drogué et est en plein sevrage.

-Vous avez peur ?

-Oui. Maëlle me dit que c'est ridicule, qu'il ne me fera jamais de mal...

-Mais elle n'a pas vécu la même chose que vous. Delphin est-il au courant de ce qu'il s'est passé avec votre ex ?

-Oui.

-Comment a-t-il réagi ?

-Il était furieux, je l'ai vu se battre.

-Il a l'air de tenir à vous. Quelle relation vous entretenez ?

-On est amis... dit-elle un peu hésitante, mais toute cette histoire...

-Vous ne lui faites plus confiance.

-Non.

-La confiance s'accorde avec le temps, Alexia. Ne vous brusquez pas. Si vous n'êtes pas prête maintenant, vous le serez sûrement un jour. Si Delphin a toujours des sentiments pour vous, je pense qu'il attendra. Accordez-vous le temps de vous connaître et de résoudre les problèmes qui doivent être résolus. Le reste viendra tout seul.

-Merci, fit Alexia en se levant.

Et elle quitta le cabinet.

Lorsque le bus la déposa à l'arrêt de la plage des sables blancs à Tréboul, elle songea que Delphin lui avait sauvé la vie. Sûrement pour se repentir de ce qu'il avait fait.

C'était ridicule. S'il avait voulu lui nuire, il l'aurait fait. Or, ça n'avait pas été le cas. Depuis qu'il était revenu, il ne faisait que faciliter les choses entre eux. Il n'avait même pas haussé la voix à son égard. Il l'aimait et ça se voyait. Il fallait juste qu'elle se laisse du temps.

Chapitre 10 : Certitudes

Alexia avait laissé passer les semaines. L'automne était maintenant bien installé. L'humidité de l'air donnait l'impression qu'il faisait bien plus froid que ce que les températures affichaient. Elle avait beau se couvrir, rien ne parvenait à la réchauffer. Alexia se sentait seule et elle n'en pouvait plus. Elle savait ce qu'elle avait à faire pour ne plus l'être : parler à Delphin.

C'était enfin le moment du retour. Alexia l'avait attendu une partie de la journée. Elle voulait qu'ils soient seuls.

Elle ne savait pas encore si elle avait digéré toute cette histoire mais elle voulait avancer, ça, elle en était sûre. Une partie d'elle se sentait de plus en plus coupable de laisser Delphin dans l'incertitude. Rien ne le justifiait.

Le bus était bondé. Alexia dut se tenir à côté des portes en essayant de prendre le moins de place possible parmi les passagers mais elle gênait la sortie. Elle avait horreur de ça et il y avait beaucoup trop de monde à son goût. On était vendredi soir. Elle essaya de se rassurer en se disant que le bus serait quasiment vide lorsqu'ils quitteraient Douarnenez.

Un passager tituba soudain vers elle. Elle essaya de ne pas lui prêter attention et augmenta légèrement le volume de sa musique.

Elle n'entendit pas vraiment ce qu'il disait mais il se rapprochait d'elle. Comme elle ne réagissait pas, il éleva la voix.

Une silhouette aux vêtements colorés surgit aussitôt près d'Alexia. Delphin s'interposa. Soulagée, Alexia baissa de nouveau le volume sonore de sa musique puis, la coupa. Ils devaient parler.

-Ça va ? lui demanda-t-il d'une voix un peu rauque.

-Oui, répondit-elle en s'appliquant à croiser son regard.

Elle voulait qu'il comprenne qu'elle allait bien, qu'elle allait mieux.

Ils restèrent là, en silence près des portes jusqu'à ce que la plage des sables blancs apparaisse sous leurs yeux.

Ils descendirent. Alexia était déterminée à suivre Delphin, peu importe où il allait. Elle ne le quitta pas d'une semelle. Les mots lui paraissaient vains. La meilleure façon qu'elle avait de lui faire comprendre qu'elle lui faisait confiance, c'était d'être près de lui.

Elle s'assit à côté de lui pendant qu'il regardait l'océan. Elle l'imita. Elle l'entendit soupirer et l'imita de nouveau. Elle devina qu'un sourire se dessinait sur le visage de Delphin.

Il n'y avait rien à dire pour améliorer cet instant ; il était parfait.

***

Delphin était aux anges d'avoir pu se réconcilier avec Alexia. C'était inespéré. Il avait bien cru que leur fragile relation était terminée. Maintenant, Alexia proposait de faire les cours de soutien chez les Tevenn. Encore quelque chose que Delphin n'aurait pas pensé possible.

Le lundi soir, il était tellement nerveux à cette idée qu'il se leva même dans la nuit pour cuisiner. Ça ne lui était jamais arrivé. Il avait peur de tout gâcher à cause de son sevrage. Il ne sentait presque plus les courbatures mais c'était loin d'être le seul symptôme. S'il s'énervait contre elle, il pourrait au moins lui donner des cookies en guise de lot de consolation…

Il laissa les gâteaux refroidir et monta se coucher.

Le soir, il eut l'impression que la journée ne faisait que commencer.

-Tu veux boire quelque chose ? On a du thé… quelque part.

Il l'entendit rire. Oui, ça ne manquait pas d'ironie une famille anglaise qui ne buvait quasiment pas de thé. Il trouva quand même une boîte.

-On est plutôt café.

Il mit la bouilloire en route et sortit deux mugs.

-Sers-toi en cookies, si tu veux.

-Merci. C'est toi qui les as faits ?

-Oui.

***

Et il cuisinait. Alexia était décidément sous le charme. Comment ne pas l'être ?

-Tu as des projets pour les vacances ? lui demanda-t-elle.

-On va aller chez mes grands-parents en Angleterre.

Elle nota son air un peu contrarié, un peu las aussi comme s'il avait voulu déroger à cette tradition.

-Et toi ? lui demanda-t-il.

-Rien de spécial. Mon père sera de garde à Noël et au premier de l'an donc voilà. A part les devoirs et la recherche de stage, ça ne va pas être trépidant... J'aurais bien aimé qu'on profite des vacances pour continuer d'apprendre à se connaître.

Elle avait l'impression de ne pas s'être donnée à fond depuis qu'ils se parlaient. Il y avait toujours quelque chose pour l'en empêcher. Cette fois, c'en était assez. Elle avait envie de plus que de passer du temps avec Delphin, lui parler. Elle voulait qu'ils passent les fêtes ensemble, sur la plage ou ailleurs. Tout lui allait du moment qu'ils étaient tous les deux.

-Moi aussi, fit-il. Je peux en parler à mes parents.

***

Ce n'était pas gagné. Delphin redoutait leur réaction. Ils s'opposeraient à ce qu'il reste ici, c'était sûr, mais il comptait bien essayer. Il tenait à Alexia et il n'avait pas envie que deux semaines passées en

Angleterre les éloignent davantage l'un de l'autre. Leur relation était trop fragile pour qu'il laisse faire.

Lorsqu'Alexia fut partie, il fit toutes les corvées qu'il devait faire, alla prendre une douche et changea de vêtements. Il devait se montrer sous son meilleur jour pour convaincre ses parents.

Son père arriva deux heures plus tard et sembla remarquer ses efforts.

-Tout va bien, Delphin ? lui demanda-t-il.

-Oui, oui.

Il tapait du pied sans vraiment s'en rendre compte, il n'avait qu'une hâte : que sa mère arrive, qu'il avance ses arguments et qu'une décision soit prise, il espérait la bonne.

Sa mère ne tarda pas. Elle alla poser son attaché-case dans son bureau et s'installa à table.

-Tu as passé une bonne journée, Del' ? lui demanda son père.

-Oui. On a eu plus d'infos sur le stage qu'on doit faire. J'ai commencé à postuler.

-C'est super. Et Alexia ? Elle a trouvé quelque chose ?

-On a postulé aux mêmes endroits…

Il se demandait sincèrement à quoi cela ressemblerait de faire son stage au même endroit qu'Alexia mais il n'était pas sûr d'en avoir réellement peur, en fait cela pourrait être amusant. En jetant un regard à ses parents, il vit que cette possibilité amusait son père. Il profita que le ton soit plus léger pour lancer le sujet qui lui tenait à cœur :

-En parlant d'Alexia, je me disais… Je pourrais peut-être rester à Tréboul pendant les fêtes.

Cela faisait à peine six mois qu'il était parti d'Angleterre. Ses grands-parents comprendraient qu'il veuille passer les fêtes avec ses amis après tout ce temps passé loin d'eux.

-C'est hors de question, lança sa mère d'un ton ferme. Tu viens avec nous.

Delphin s'y était attendu. Il savait quels arguments elle allait avancer. Il leur avait menti pendant trois ans, qu'il n'était plus digne de leur confiance… Mais elle ne dit rien, il y vit une chance d'argumenter :

-Je ne serai pas seul. Alexia peut me surveiller.

Sa mère haussa les sourcils. Elle ne faisait pas non plus confiance à leur voisine.

-C'est pareil. C'est non. Joël aura suffisamment de travail comme ça. Inutile de le mêler à tes histoires.

-Je n'ai plus de symptômes, répliqua-t-il en s'efforçant de ne pas paraître trop sur la défensive. Je ne fais plus de crise de manque.

Ses parents échangèrent un regard.

-On devrait inviter Alexia à dîner, fit son père. Je pense que c'est la personne la mieux placée pour savoir si on peut à nouveau te faire confiance, et on apprendrait à la connaître.

Ellen ne dit rien pendant plusieurs minutes puis soupira :

-Très bien.

-Elle a sûrement beaucoup changé depuis la première fois qu'elle est venue ici, fit son père.

-Oui, confirma Delphin.

-… D'accord. Je veux bien qu'on l'invite à dîner, répondit-elle finalement. Si elle se révèle fiable et digne de confiance, je te laisserais passer les fêtes de Noël chez les Duval.

-Merci, Maman.

***

Alexia était encore à table quand son portable vibra. Elle sourit en voyant le nom de son voisin.

-Allo ?

-*Salut, je ne te dérange pas ?*

-Non, non, on finit de manger…

-C'est par rapport aux vacances de Noël, ma mère veut bien que je reste mais elle veut te parler et voir si... enfin... tu m'as compris.

-Oui, je comprends.

-On t'invite à dîner dans la semaine ou plus tard... Il faut que ce soit avant que mes parents partent.

-Pas de soucis. Voyons, le dernier cours de violon c'est jeudi... Mercredi soir, c'est possible ?

Elle l'entendit répéter mercredi en anglais sûrement à sa mère puis :

-Impeccable, c'est bon pour mercredi.

-Parfait. Bon, à demain, alors.

-A demain.

Lorsqu'elle raccrocha, son père la regardait d'un air amusé et étonné.

-Les parents de Delphin veulent m'avoir à dîner, dit-elle, pour voir s'ils peuvent me faire confiance et si Delphin peut rester avec moi pendant les vacances.

-Ellen est très stricte. Il va falloir que tu te montres sous ton meilleur jour... A mon avis, tu peux oublier tes vêtements grunges. Tu sais ce que tu devrais mettre ? Ta robe pour les concerts.

-Ah oui. Merci pour l'idée.

Le soir du fameux dîner, Alexia arriva dans une robe noire très sobre mais chic et qui mettait en valeur ses longs cheveux roux. Pas de collants résilles ni de Doc Martens. Elle avait mis des collants couleur chair et chaussé des ballerines noires toutes simples.

A sept heures précises, Alexia sonnait à la porte des Tevenn. Elle se sentait terriblement nerveuse. Elle jouait gros lors de ce dîner. Elle jouait son avenir avec Delphin.

M. Tevenn vint lui ouvrir.

-Bonsoir, fit-elle.

-Bonsoir, Alexia, répondit-il avec un sourire encourageant. Entre, je t'en prie.

-Merci.

Elle fit quelques pas dans le petit hall.

-Tu peux poser ton manteau là. Delphin est en cuisine.

Elle sentait le stress se rouler en boule dans son ventre à mesure qu'elle avançait dans la pièce de vie.

Delphin lui tournait le dos, occupé à la préparation du repas. Elle sourit de son changement imposé pour l'occasion. Il avait attaché ses cheveux en un long catogan (il lui avait confié sa réticence et sa peur que sa cicatrice soit visible) et troqué ses vêtements de hippie contre un pull blanc et un pantalon en toile beige. Ses vêtements étaient coupés plus près du corps et faisaient ressortir sa maigreur. Alexia n'aimait pas cela du tout et elle avait de la peine pour lui. Il devait probablement se sentir nu, exposé, comme elle.

Elle avança vers lui. Elle avait besoin d'être rassurée autant que lui.

-Salut, lui dit-il. Tu es très belle.

-Merci… c'est une robe que j'avais achetée pour les concerts... Ça te va bien aussi.

-Je ne me sens pas à l'aise du tout…

-Moi non plus. J'ai horreur des robes et des collants...

Ce serait une torture mais qui ne durerait pas, heureusement. C'était le temps d'une soirée, elle devait faire l'effort.

Mme Tevenn apparut dans la salle à manger. Elle impressionnait toujours par son élégance et son chignon qui lui donnait un air sévère.

-Bonsoir, dit-elle avec un léger accent anglais.

-Bonsoir, Madame.

-Laissons les hommes entre eux et allons discuter dans le salon.

Alexia sentit l'angoisse remonter de son estomac vers sa gorge. Être enfermée avec la mère de Delphin la terrifiait.

-Asseyez-vous, dit-elle d'un ton poli mais légèrement autoritaire.

Alexia s'exécuta. Elle joignit ses mains pour leur éviter de trembler sur ses genoux.

-Alors… dit Mme Tevenn en prenant place dans le fauteuil près de la porte-fenêtre. Votre relation avec mon fils s'est nettement améliorée d'après ce que j'ai entendu.

-Oui…

-Pourquoi ce revirement soudain ?

Alexia s'y était attendue. Il était vrai qu'il y avait de quoi se poser des questions.

-Enfin… ce changement. Je m'interroge, poursuivit la mère de Delphin sans lui laisser le temps de répondre, car votre rencontre (elle haussa les sourcils) et ce qui s'en est suivi l'a détruit, en le conduisant à commettre une terrible imprudence. (Alexia voulut répondre mais fut encore interrompue avant d'avoir commencé). Il aurait pu mourir si vous n'aviez pas prévenu les secours à temps. Pour ça, je vous en serai éternellement reconnaissante.

Elle marqua une courte pause avant de reprendre :

-Cependant, si je trouve que vous avez fait preuve de courage, j'ai besoin d'être rassurée sur vos intentions à son égard. Il ne supportera pas d'avoir à nouveau le cœur brisé.

-Ça n'arrivera pas, dit enfin Alexia d'un ton ferme. J'ai appris à le connaître et on a beaucoup en commun, lui et moi. Plus que je ne voulais bien l'admettre. Je regrette tout ce que j'ai fait et qui lui a nui. Je n'avais aucune intention de le blesser. Je l'apprécie vraiment. Je ferai tout pour qu'on reste en bons termes.

Un sourire sembla déformer le magnifique visage de Mme Tevenn, comme si elle n'était pas habituée à sourire.

-Bien sûr, tout le monde apprécie Delphin. Il a changé et vous aussi. J'espère pour le meilleur.

Mme Tevenn se leva.

-Allons le rejoindre. Vous devez être impatients de vous retrouver.

***

Pendant ce temps-là, Delphin avait patienté tant bien que mal. Il s'était à peu près tout imaginé : le clash, la grosse dispute, les bibelots qui volaient, les sanglots à n'en plus finir… Alors voir Alexia avec le sourire le rassura sur la suite de la soirée.

***

Les jours qui suivirent furent presque idylliques. L'allégresse qui accompagnait Noël ne partit pas avec les parents de Delphin mais resta bien à Tréboul.

Alexia essayait de rassurer la mère de Delphin.

-Je t'ai bien donné mon numéro, Alexia ? demanda celle-ci une dernière fois.

-Oui. Je l'ai noté. Ne vous inquiétez pas.

-On va être en retard, chérie, dit M. Tevenn d'un ton pressé. Joyeux noël, les enfants.

-Joyeux noël !

L'audi disparue, Alexia soupira.

-J'ai cru qu'ils n'allaient jamais partir, dit Delphin.

Alexia sourit. Elle avait eu hâte aussi qu'ils s'en aillent.

-Comment on s'organise pour ce soir ? demanda-t-elle. Tu veux que je reste dormir ?

Delphin eut une moue embarrassée. Alexia se sentit aussitôt gênée d'avoir posé la question.

-J'aimerais, mais si jamais je…

-Je comprends.

Ce n'était pas beau à voir les crises de manque, elle le savait, mais elle voulait être là au cas où ça n'irait pas. Elle ne voulait pas non plus s'imposer dans un moment gênant.

-J'aurai mon portable à portée de main de toute façon, dit-elle.

-D'accord, sourit-il.

-Et ta mère m'a donné un double des clés.

-OK.

-… on va à la plage ?

Ils y descendirent aussitôt.

-Maëlle m'a invitée à passer le réveillon du nouvel an avec elle.

-Oui, elle m'a invité aussi. Mais je pensais le faire ici. Puisque mes parents ne sont pas là…

-C'est une bonne idée.

Il y eut quelques minutes de silence puis :

-Mon père sera de garde à Noël, dit Alexia. On aura la maison pour nous tous seuls.

-Je m'occuperai du repas.

-Je t'aiderai. Mes connaissances en cuisine sont assez limitées mais j'aimerais bien que tu m'apprennes.

-… d'accord.

Ils établirent une liste d'aliments et de plats à préparer.

-On préparera tout ça chez mes parents, on aura plus de place.

Ils y passèrent un peu plus d'une journée. Delphin s'attacha les cheveux, Alexia l'imita puis ils passèrent tous deux des tabliers.

Pendant qu'il lui expliquait les rudiments de cuisine, elle scrutait son visage à la recherche de signes de manque mais elle dut admettre que lorsqu'il cuisinait, il n'en montrait rien. Il était vraiment concentré.

-Bon, c'est prêt.

Ils transportèrent la nourriture chez les Duval et mirent la table. Alexia s'était chargée de la décoration quelques jours auparavant. Cela la changeait de d'habitude. Dire qu'il y avait même eu un moment où elle s'était demandée s'il ne fallait mieux pas arrêter de fêter Noël. Elle était contente que Delphin soit là. Elle voulait se laisser porter par l'ambiance de Noël et lui dire enfin ce qu'elle ressentait pour lui.

***

Delphin, lui, était un peu stressé. Il n'était pas habitué à fêter ce genre d'évènements en comité réduit. D'habitude, quand les Tevenn célébraient Noël, ils n'étaient pas loin de dix et il arrivait toujours à se faire oublier ou à se réfugier en cuisine pour aider sa grand-mère et ainsi échapper aux discussions.

Là, il n'aurait pas ce loisir. M. Duval allait sûrement lui poser plein de questions… Il voudrait savoir comment il se sentait, s'il avait besoin d'un rendez-vous de suivi, s'il avait encore des effets de son traumatisme… Comment se passait son sevrage… Supportait-il seulement que sa fille le fréquente ? Alexia lui en avait-elle parlé ? Qu'en pensait-il ?

Ses mains tremblèrent sur le plan de travail et il se demanda comment il allait pouvoir tenir toute la soirée.

M. Duval arriva plus tôt qu'Alexia ne l'avait mentionné. En fait, ils n'étaient pas encore passés à table.

-Bonsoir ! lança-t-il. Ça sent très bon. Comment ça va ?

-Bien, merci, répondit Delphin après avoir essuyé la paume de sa main moite. Et vous ?

-Très bien. La journée a été calme…

Ils s'installèrent à table. Delphin sentit la sueur lui couler le long du dos et les courbatures revenir. Il avait envie de retourner dans sa chambre et de se cacher pour ne pas prendre le risque de gâcher la soirée.

-C'est vraiment délicieux, le complimenta M. Duval.

-Merci.

Pas une seule fois le père d'Alexia ne fit allusion à la drogue ou au sevrage. Delphin était un peu surpris et continuait d'attendre le couperet en dépit de la soirée parfaite qu'il passait.

-Détends-toi, chuchota Alexia à son oreille. Tout va bien.

***

Elle aurait aimé lui révéler ses sentiments ce soir-là, lorsque son père serait couché et qu'ils ne seraient plus que tous les deux mais son instinct lui disait que c'était trop tôt et Delphin n'avait clairement pas la tête à cela. La soirée s'était bien passée, mais il était stressé et son stress avait réveillé des effets du sevrage, elle le voyait bien.

Elle l'aida à transporter les plats qui avaient servi au repas. Ils les posèrent sur le plan de travail de la cuisine des Tevenn.

-Merci, dit-il.

-Je t'en prie.

Ça aurait pu être le bon moment, pensa-t-elle. Ils n'étaient que tous les deux, au calme… Mais Delphin était fatigué.

-On se voit demain ? demanda-t-elle.

-O-Oui. Merci pour la soirée.

-Sans toi, ça aurait été moins bien… Bonne nuit, ajouta-t-elle rapidement.

-Bonne nuit.

Et elle rentra chez elle.

***

Une semaine plus tard, ils fêtaient le Nouvel An entre amis dans la grande maison des Tevenn. Delphin était ravi d'accueillir ses amis et Alexia chez lui pour l'occasion. Il n'avait jamais pu avant. C'était une nouvelle expérience. Il était impatient de tous les recevoir. Ils avaient tous proposé de rapporter de la boisson et quelque chose à manger. Thomas s'était occupé de la musique, jugeant les goûts musicaux de Delphin discutables.

Tout le monde arriva en avance. Officiellement pour aider à aménager la pièce de vie mais Delphin n'était pas dupe : il savait que c'était pour s'assurer qu'il allait bien et qu'il ne risquait pas de faire une crise de manque.

***

Alexia éprouva un certain malaise en voyant Lionel et Thomas arriver. Delphin l'avait pardonnée. Mais eux ? Ils avaient saboté chacune de ses tentatives d'aller mieux.

Delphin partit chercher quelque chose dans le garage. Maëlle s'approcha d'elle.

-Mettons les choses au clair avant que Del' ne revienne, dit-elle à l'attention générale.

Thomas et Lionel se tournèrent vers elles.

-Je pense que vous ne voulez pas que Del' sache ce que vous avez fait.

-Non, non, vaut mieux pas, fit Lionel. Je suis désolé pour ce qu'on t'a fait subir, Alexia. On a été vraiment abrutis.

-Oui, dit Thomas. Si on avait su que tu allais aussi mal, on aurait agi différemment.

A quoi ils s'attendaient ? Alexia appréciait leurs excuses mais elle avait envie de crier que ça ne serait jamais assez, que ça ne réparerait pas ce qu'ils avaient fait. Elle avait envie de crier pour que Delphin sache quel genre d'amis il avait. Mais ce n'était pas le moment. Ce n'était pas comme ça qu'il avait prévu de fêter le Nouvel An.

-… Vous n'étiez pas les seuls en cause… Mais j'accepte vos excuses, dit-elle sans vraiment les regarder.

Une porte s'ouvrit et Delphin réapparut.

-Tout va bien ? lui demanda Maëlle.

-Oui, répondit-il. J'allais juste chercher du soda.

-Pas d'alcool pour toi ?

-Ni alcool, ni café, ni thé, ordre du médecin.

-Les gens devraient savoir ça avant de se droguer, ça les calmerait direct, fit Thomas.

Ils furent plusieurs à approuver.

-Techniquement, les sodas contiennent du sucre et le sucre est une drogue… intervint Lionel.

-Alors que Lionel Malbec est garanti sans addiction, plaisanta Thomas. Une dose suffit.

Ils s'esclaffèrent.

Alexia sourit. Les amis de Delphin lui faisaient penser à Laurel et Hardy le duo comique, sans arrêt en train de se charrier.

-Ils sont tout le temps comme ça, dit Maëlle. Comment se passent tes vacances ?

-Bien, répondit Alexia hésitante.

Oui, tout se passait bien mais depuis que ses amis étaient arrivés, Delphin s'était éloigné alors qu'Alexia voulait qu'il se rapproche. Elle voulait qu'il l'invite à danser, qu'il l'embrasse. Elle avait du mal à imaginer qu'il n'en ait pas envie. Elle se contenterait même d'une simple conversation.

Maëlle ne relança pas la discussion mais sembla comprendre la situation.

-Del', tu nous servirais du punch ? demanda-t-elle. Nos verres sont vides.

-Oui, approchez.

Alexia ne vit pas le coup se faire. Elle vit simplement la boisson se renverser sur Delphin et un peu sur elle.

-Merde, lâcha-t-il.

-Oh, je suis désolée, fit Maëlle.

-C'est rien. Je vais me changer. Tu as des affaires de rechange, Alexia ?

-Oui…

Elle monta à l'étage et rougit lorsqu'elle entendit Delphin monter à son tour. C'était le moment ou jamais… Mais il avait l'air stressé et elle n'était pas à l'aise non plus pour lui dire ce qu'elle ressentait pendant que les autres faisaient la fête en bas.

Elle se changea rapidement et descendit.

La soirée lui parut longue. Pourquoi avait-elle autant attendu ? Pourquoi ne lui avait-elle pas dit avant que tout le monde n'arrive ?

Quand minuit sonna, Alexia trinqua et souhaita une bonne année.

-Je vais me coucher, dit-elle à Maëlle une demi-heure plus tard. Je n'en peux plus.

-Bonne nuit, lui souhaita tout le monde.

Elle se dirigea vers la pièce où elle avait installé son sac de couchage et son oreiller plus tôt dans la journée. Elle attendit quelques minutes, pensant que Delphin viendrait peut-être la voir.

La porte s'ouvrit mais c'était Maëlle.

-Ça va ? lui demanda-t-elle en voyant qu'elle ne dormait pas.

-Ouais et toi ?

-Bien, très bien. Thomas m'a invitée à danser…

-Ah…

Alexia sentit la jalousie l'envahir. Pourquoi Delphin n'avait-il rien tenté ? N'éprouvait-il plus rien pour elle ? Ou leur amitié lui suffisait-il ? Elle avait du mal à y croire…

Maëlle s'endormit rapidement à en juger par sa respiration régulière. Alexia sombra aussi en se disant qu'elle verrait de quoi serait fait le lendemain.

Quelques heures plus tard, Alexia se réveilla. Son amie dormait toujours près d'elle et ne se réveillerait probablement pas dans les prochaines minutes. Alexia décida de se lever, espérant que Delphin soit debout également et qu'ils pourraient parler.

Elle sortit de la chambre. La chambre de Delphin était juste en face. La porte était entrouverte. Elle jeta un coup d'œil à l'intérieur mais comme elle ne voyait rien, elle fut obligée de pousser un peu la porte.

Delphin bougea dans son lit et elle referma la porte. Elle descendit au rez-de-chaussée. Elle ouvrit doucement les volets et commença à ranger ce qui pouvait l'être.

Elle se prépara un thé en attendant que tout le monde soit levé. Maëlle la rejoignit. Il y eut du bruit à l'étage : Thomas et Delphin n'allaient plus tarder. En effet, ils descendirent à quelques minutes d'intervalles.

-Salut, lança Delphin.

-Salut.

Ils déjeunèrent tous les quatre.

-Tu veux qu'on t'aide à tout remettre en ordre ? demanda Maëlle.

-Il ne reste plus grand-chose… Je vais m'en occuper. Il n'y a pas beaucoup de bus pendant les vacances.

-On est en voiture, t'inquiète.

-Ça va aller. Je vais me débrouiller.

C'était peut-être la chance d'Alexia. Elle pouvait traîner un peu et en profiter pour qu'ils parlent tous les deux.

Les autres partirent une demi-heure plus tard.

-C'était une bonne soirée, dit-elle d'un ton dégagé.

-Oui, j'en ai l'impression… acquiesça-t-il. Merci pour le coup de main. Tu peux rentrer chez toi.

Alexia s'était attendue à autre chose et cette phrase la prit de court, mais elle ne dit rien ; il était peut-être plus fatigué qu'il n'y paraissait. Il avait peut-être envie d'être seul, au calme. Elle comprenait. Elle ne voulait pas prendre le risque qu'il s'énerve contre elle.

Elle prit ses affaires et s'en alla.

Chapitre 11 : Celui qui venait de l'océan

La porte s'était à peine refermée derrière Alexia que Delphin regrettait déjà de l'avoir laissée partir. Ils auraient pu traîner toute la journée ensemble... Il aurait pu l'embrasser ici... Il n'avait rien tenté la veille car il ne voulait pas qu'ils soient le centre de l'attention. Il avait eu suffisamment à faire sans subir des brimades de la part de ses amis. Le regard en biais de Maëlle ne lui avait pas échappé, l'air de dire « qu'est-ce que tu attends ? ». Il avait attendu d'être seul avec Alexia, mais ce matin, il ne savait pas ce qui lui avait pris. Sa préoccupation avait été de ranger la maison, pas d'embrasser sa voisine... Il ne se l'expliquait pas. Heureusement, la journée était loin d'être terminée. Il y aurait d'autres opportunités, même si la meilleure était sûrement passée.

Il prit son téléphone et envoya un texto à Alexia : « rendez-vous à la plage dès que tu peux ». Il s'assura que le rez-de-chaussée était propre et sortit pour prendre la direction de la plage.

Elle arriva peu de temps après lui, flamme dans le paysage gris de ce premier janvier. Les bras croisés sur sa poitrine, il avait l'impression qu'elle était en colère ou qu'elle avait froid mais c'était peut-être un mélange des deux.

Lorsqu'elle fut suffisamment près, il vit dans ses yeux qu'elle était déçue. Elle avait dû s'attendre à ce qu'il fasse quelque chose la veille ou au moins l'inviter à danser. En ne tentant rien, il lui avait laissé penser qu'il n'avait plus de sentiments pour elle, ce qui était bien évidemment faux.

Comme elle ne décroisait pas les bras, il se dit qu'il lui devait des excuses.

-Je suis désolé pour hier. Je sais que tu t'attendais à autre chose… Je voulais juste que tout le monde passe une bonne soirée. Je voulais qu'on ait notre moment à nous, seul à seul.

Il vit ses épaules s'affaisser et ses bras retomber de chaque côté de son corps. Il s'approcha davantage.

-Je t'aime, Alexia.

***

Leurs mains se frôlèrent. Alexia sentit son regard se faire larmoyant puis une larme couler. Enfin, il l'avait dit. Enfin, ils étaient si près l'un de l'autre qu'elle pouvait sentir son souffle sur son visage.

La pensée qu'il ne ferait pas le premier pas lui traversa l'esprit et elle l'embrassa sur la bouche, passant ses bras autour de son cou tandis qu'il lui enlaçait la taille.

Quand ils relâchèrent leur étreinte, Alexia comprit ce qu'était la magie de cet instant. Le vent, le bruit des vagues, le rire des mouettes… Elle les entendait à peine. Il n'y avait que Delphin et elle, là, enlacés, heureux comme jamais ils ne l'avaient été.

Ils s'embrassèrent de nouveau et restèrent un long moment enlacés sans dire un mot. Ils profitaient de l'instant présent après les déboires qu'ils avaient traversés.

Un groupe de personnes en maillot de bain les dépassa en criant et souhaitant une bonne année pour faire leur premier plongeon.

-Elle doit être glacée… fit Alexia en frissonnant.

Delphin l'enlaça. Elle aurait pu rester comme ça toute sa vie, elle le souhaitait de toutes ses forces, elle était si bien…

-Tu veux qu'on aille quelque part ? Ou qu'on rentre ? Non, je sais.

Ses yeux brillaient de malice et de plaisir mélangés, Alexia le suivit.

Ils retournèrent rue des dunes et revinrent chez les Tevenn.

Delphin alluma la chaîne hi-fi du salon. Alexia reconnut une des chansons de la soirée de la veille et sourit. Il l'invita à danser.

-Je danse très mal, dit-elle.

-Moi aussi, heureusement que personne ne regarde.

Elle rit et ils rirent ensemble. C'était bon, tellement bon de n'être que tous les deux même si elle mourait d'envie de dire à Maëlle que Delphin et elle étaient passés à l'étape supérieure. Elle se dit que cela attendrait bien quelques heures ou le lendemain. Elle était déterminée à profiter de l'instant présent.

***

Delphin serait bien resté là, à danser dans le salon de ses parents toute la journée et même plus, mais son estomac le rappela à l'ordre et il y avait fort à parier que celui d'Alexia faisait de même. Ils se dirigèrent vers la cuisine et déjeunèrent des restes de la soirée de la veille.

-Ce sont probablement les meilleures pizzas que j'ai mangées, dit Alexia.

-Merci. Tu m'as bien aidé.

Alexia haussa les épaules d'un air incertain.

-Si, tu m'as aidé, insista-t-il.

Les joues de sa voisine prirent une teinte rose foncé.

-Qu'est-ce que tu veux faire ensuite ? lui demanda-t-il.

-Peu importe.

-Il y a quelque chose qu'on peut voir ensemble.

Ils se rendirent sur les hauteurs de Douarnenez par le sentier pédestre. Ils devinaient les arbres derrière les murs du centre de vacances mais durent marcher un moment avant de pouvoir les rejoindre. Ils passèrent enfin une barrière en bois et se retrouvèrent dans la forêt. Elle était assez clairsemée, comme si le vent du large et l'altitude avaient écarté les arbres les uns des autres.

***

Il l'emmena dans un coin des bois où les arbres semblaient s'être soudain écartés d'un jeune chêne. Au pied de celui-ci, il y avait des morceaux de pierre.

-Il y avait un menhir ici, dit Delphin.

Alexia regarda autour d'eux et ne vit rien.

-L'arbre a explosé le menhir en poussant.

-Non, tu plaisantes ?

-Non, regarde.

Il lui montra les morceaux à plusieurs mètres de l'arbre, disséminés aux quatre coins de la clairière.

-La légende dit qu'un farfadet jaloux aurait voulu faire une farce et se serait emparé d'un gland magique avant de le lancer sur un menhir par dépit. L'arbre a poussé et fissuré puis cassé le menhir.

-Comment tu sais ça ?

-Mon grand-père paternel m'a emmené ici plusieurs fois. C'est une vieille légende connue de la région. Moins que Dahut et la Baie des Trépassés mais… tiens puisqu'on en parle…

Il avança de plusieurs dizaines de mètres.

-La cité d'Ys serait juste là, dit-il.

Alexia s'approcha et ne vit rien d'autre que l'océan.

-La cité de Dahut, se rappela-t-elle en regardant au pied de la falaise.

Elle se détourna, prise d'un léger vertige.

-Ça va ?

-Oui, juste… On est un peu haut…

-On va redescendre un peu alors.

Ils restèrent un moment dans les bois.

-C'est très joli en tout cas, dit Alexia lorsqu'elle eut repris ses esprits. Tu as déjà visité Brocéliande ?

-Non, mais j'aimerais bien. Même s'il y a beaucoup de monde à s'y promener, ça doit être quelque chose. Je t'y emmènerai un jour.

-J'espère bien.

Ils rentrèrent rue des dunes et dînèrent.

-Tu veux rester dormir ? lui demanda-t-il.

-Uniquement si tu le veux aussi.

-Je ne te le proposerais pas autrement.

Ils parlèrent un peu puis Delphin s'endormit. Alexia ne lui en tint pas rigueur, elle se doutait qu'il était plus fatigué qu'elle ne le voyait. Elle le regarda dormir.

Il émanait toujours de lui une certaine lumière, une aura. Elle l'avait remarquée même quand elle n'avait rien voulu avoir à faire avec lui. C'était bizarre mais fascinant. Elle se sentait bien. Elle s'endormit à son tour.

***

Le lendemain matin, pendant que Delphin était à la douche, elle descendit au rez-de-chaussée et se rendit dans le salon. Son regard fut aussitôt attiré par la grande bibliothèque près du canapé. Elle laissa ses yeux glisser sur les tranches des livres. Ils tombèrent sur un album photos. Elle le saisit et l'ouvrit, curieuse. Il ne contenait presque que des photos de Delphin. Les dernières en date étant celles de son retour et celles qui avaient précédé. Les premières montraient Delphin âgé de deux ou trois ans dans un ciré jaune sur la plage.

-Ça va ? lui demanda Delphin.

Elle sursauta.

-Oui… Désolée…

-Oh, tu regardes mon album ? Il n'y a rien de compromettant dedans, enfin je crois…

-Non, je n'ai pas vu en tout cas…

Certains éléments convergeaient. Le fait qu'il n'y ait pas de photo de Delphin bébé ou de sa mère enceinte, le fait qu'il habite si près de la cité d'Ys et qu'il se transforme en triton… Et si Delphin venait d'Ys ? S'il avait été trouvé ?

Elle vérifia rapidement s'il y avait d'autres albums mais elle semblait avoir le seul dans ses mains.

-Tu… commença-t-elle.

Delphin y avait-il déjà pensé ? Il avait souvent évoqué ses rêves après son accident et ses recherches… Elle ne pouvait pas croire qu'elle avait été le seul motif de cet engouement. Il y avait forcément d'autres choses…

-Je peux t'aider à faire quelque chose ? demanda-t-elle pour changer de sujet.

***

Les parents de Delphin arrivèrent le lendemain midi. Quand il reçut leur sms, Delphin fut un peu pris au dépourvu mais il tint bon. Les signes se faisaient moins rudes. Le temps avait fini par les estomper un peu, à moins que ce ne soit la présence d'Alexia.

-Tu veux que je t'aide à quelque chose ? lui demanda-t-elle. Ou tu préfères que je vous laisse…

-Tu peux rester, dit-il d'un ton pressé. Il faut juste qu'on aille faire des courses et qu'on prépare le repas…

Il prit un filet à provisions et enfila ses chaussures. Alexia le rejoignit.

***

Delphin semblait bien plus préoccupé par les courses que par ce qu'Alexia avait en tête. Elle avait l'impression de le trahir si elle ne lui disait rien. Elle pourrait au moins poser la question. Ou essayer.

Les Tevenn arrivèrent pendant que Delphin finissait de préparer le repas et Alexia de mettre la table.

-Bonjour ! lança M. Tevenn en ouvrant la porte qui rejoignait le garage.

-Bonjour.

-Salut.

-Vous avez fait bon voyage ? demanda Alexia.

-Oui-oui, répondit Ellen. Et vous ? Ça a été ?

-Rien à signaler.

-On s'attendait à un peu plus de nouvelles, dit M. Tevenn sur un ton de léger reproche. Mais tant mieux si tout s'est bien passé. Bonne année, les enfants.

-Bonne année.

***

Alexia sentit ses joues s'embraser tandis que Delphin se rapprochait d'elle. Il l'embrassa sur la bouche devant ses parents.

-Bien, fit Alain, content que vous ayez passé de bonnes fêtes. Alexia, tu es officiellement invitée à passer les prochaines vacances de Noël à Brighton.

-Merci. Ce serait avec plaisir… répondit-elle en rosissant allègrement.

-Au fait, Del', tu avais tort : tu manquais à tes grands-parents.

-Je les appellerai tout à l'heure.

Ils passèrent à table.

Les parents de Delphin prirent des nouvelles de Lionel, Maëlle et Thomas.

Alexia se demandait comment aborder le sujet. Ce n'était peut-être rien mais ça l'obsédait, elle avait l'impression que c'était la pièce du puzzle qu'il manquait. Les coïncidences étaient beaucoup trop nombreuses pour être ignorées.

Elle attendit la fin du repas.

-Je vais appeler Papi et Mamie, dit Delphin en se levant.

Et il se dirigea vers le bureau, laissant Alexia seule avec ses parents.

Alexia le regarda disparaître dans l'embrasure de la porte du bureau. Elle avait peur. Peur de ce qu'elle avait découvert et peur de les confronter à quelque chose qu'elle avait peut-être mal interprété. Elle ne voulait pas qu'ils aient une mauvaise opinion d'elle après tout ça. Elle ne voulait pas qu'ils croient qu'elle était folle et dangereuse pour Delphin. Tous leurs efforts n'auraient servi à rien.

-Je peux vous parler de quelque chose ? demanda-t-elle.

-Oui, qu'y a-t-il ?

Comment dire ça ? Est-ce qu'ils n'allaient pas se sentir blessés ? Ou lui rire au nez ? Ou pire, s'énerver ?

-J'ai feuilleté l'album photo de Delphin et j'ai remarqué que vous n'aviez aucune photo de lui avant ses quatre ans… Tout le monde en a… Je veux dire… j'ai trouvé ça vraiment curieux que…

Elle s'arrêta au milieu de sa phrase. D'un coup, l'ambiance était devenue froide. L'expression d'Ellen s'était contractée. Tout son visage s'était refermé. L'insouciance de Noël était passée. Alexia regretta aussitôt son initiative.

-Désolée, ça ne me regarde peut-être pas… marmonna-t-elle.

Les Tevenn échangèrent un regard.

-Je ne sais pas si Delphin a remarqué… Moi, j'ai trouvé ça bizarre…

Nouvel échange de regard. Alexia sut immédiatement qu'il fallait se taire.

-Je pense que tu devrais rentrer chez toi, Alexia, dit Alain d'une voix douce.

C'était une injonction, pas un conseil. Alexia n'osa pas la braver. Elle se dirigea vers le hall sans faire d'histoires et rentra chez elle.

**

Delphin raccrocha le combiné téléphonique et s'apprêtait à rejoindre le salon quand il entendit à travers la porte du salon la voix de son père qui s'adressait à sa mère :

-Il faut qu'on lui dise. Si jamais...

Intrigué mais sans plus, Delphin entra dans la pièce et n'entendit pas la fin de la phrase. Ses parents semblaient extrêmement tendus. L'inquiétude de Delphin grandit encore lorsqu'il s'aperçut de l'absence d'Alexia.

-Où est Alexia ? demanda-t-il.

-Elle est rentrée chez elle. Assieds-toi. On a quelque chose à te dire.

Delphin s'exécuta, étonné par la mine extrêmement sérieuse qu'affichaient ses parents. L'expression de sa mère surtout l'inquiétait. Elle n'avait jamais été au bord des larmes comme ça, sauf le jour où il était sorti du coma. Le sujet était grave. Quelqu'un était mort ou...

-Est-ce que tu as déjà regardé l'album photos ? En entier ? lui demanda son père.

-Oui, deux ou trois fois, répondit-il.

-Ce sont les seules photos que nous avons de toi. Il n'y en a pas de ta mère enceinte, ni de toi quand tu étais bébé.

-... Pourquoi ? demanda Delphin qui eut soudain peur de la réponse.

-On t'a trouvé sur la plage, à deux ans, répondit sa mère alors que les larmes roulaient sur ses joues.

Sa réponse souffla tout ce que Delphin s'était imaginé durant les quelques secondes qui avaient précédé.

-... comment... comment ça ? Je venais d'où ?

-On n'en sait rien.

-Personne ne te recherchait. Il n'y a pas eu de naufrage cette année-là ou de disparition...

-On voulait tellement un enfant...

Plus ses parents tentaient de lui fournir des explications, plus Delphin était perdu. Il avait besoin de réfléchir.

Il se leva (ses parents se turent soudain comme s'ils redoutaient la suite) et sortit de la pièce. Le choc l'empêchait de penser.

Son regard tomba sur une photo de famille accrochée dans l'entrée. Tout était faux. Le seul point commun qu'ils avaient était la blondeur de leurs cheveux. Cela s'arrêtait là.

Il s'était toujours senti différent. Ses parents ne tarissaient jamais d'éloges sur lui. Il n'avait jamais fait de bêtises, il ne s'était jamais battu, il n'avait jamais eu de colères… Il ne s'était jamais fait mal, n'avait jamais blessé quelqu'un… Il avait été un enfant parfait, un enfant et un élève modèle. Au point de rendre Lionel jaloux, mais celui-ci l'admirait.

On l'avait laissé croire qu'il était pareil que le reste de sa famille, ordinaire. Un jeune homme comme les autres. Tout le monde l'avait laissé dans le mensonge. Dire qu'il venait d'avoir sa grand-mère au téléphone… Il était écœuré. Comment était-il sensé rester sain d'esprit si on lui cachait des choses ?

Il sortit. L'air de la maison lui devenait insupportable. Il prit machinalement la direction de la plage. Il comprenait maintenant pourquoi il aimait tant cet endroit. Il venait de là.

Il tourna le dos à la mer, chercha du regard la maison de ses grands-parents paternels. Ils avaient su, c'était certain, et ils avaient emporté le secret dans leur tombe.

Il recula. A force, ses pieds rencontrèrent l'eau.

Les vagues semblaient l'inviter au large. Finalement, qu'est-ce qui le retenait ici ?

***

Alexia était dans sa chambre, frissonnante de peur. Que se passait-il chez les Tevenn ? Elle aurait bien aimé qu'ils lui permettent de rester. Elle aurait peut-être pu faire quelque chose…

Elle avait entendu la porte d'entrée claquer mais le temps d'aller à sa fenêtre pour voir c'était trop tard.

Elle avait provoqué une dispute entre Delphin et ses parents. Elle avait mis les pieds dans le plat alors que le sujet ne la concernait pas. Pourquoi avait-il fallu qu'elle regarde ce fichu album photos ?

Alexia n'avait aucune idée de ce qu'ils avaient pu se dire et elle craignait le pire. Elle ne pouvait pas rester à ne rien faire en attendant d'avoir des nouvelles.

Son téléphone sonna et le numéro de Delphin s'afficha. Elle décrocha avec des gestes fébriles.

-*Il faut qu'on parle. Je suis à la plage. Tu peux venir me rejoindre ?*

-Oui, oui, bien sûr.

Alexia s'y rendit aussitôt. Elle tremblait toujours. Elle craignait pour la suite des évènements. Pourtant Delphin n'avait pas haussé la voix au téléphone. Elle sentait ses paupières lui tirer comme si elle allait pleurer. Ce qu'elle redoutait se produisait et c'était de son propre fait.

Une légère pluie tombait sur la plage quand elle arriva.

Delphin se tourna vers elle et l'invita à s'asseoir près de lui. Il n'y avait aucune trace de contrariété sur son beau visage.

Ils s'assirent sur le sable un peu humide. Ils restèrent un moment silencieux.

-Je suis désolée… fit Alexia.

-Non, tu n'as pas à l'être.

-Mais je… je ne pensais pas que c'était vrai… J'aurais pu me tromper et je ne voulais pas que tu rechutes à cause de ça.

-C'était vrai. Mes parents m'ont trouvé sur cette plage. J'avais deux ans. Je ne m'en souviens pas.

-On ne se souvient pas de grand-chose avant nos trois ou quatre ans.

-Je me souviens juste avoir passé beaucoup de temps ici.

Il se tut de nouveau puis dit :

-Je crois que je suis un Morgan. (Alexia ouvrit de grands yeux ronds à ce mot, l'invitant à s'expliquer). C'est une sorte de génie... Ce sont des créatures capables d'exaucer des vœux mais qui vivent dans l'océan.

-... Je ne comprends pas. Tu n'exauces pas de voeux, si ?

-Peut-être pas consciemment... Mes parents voulaient désespérément un enfant et j'apparais sur la plage ? Ce n'est pas un hasard. J'ai toujours été très calme, je ne faisais jamais de bêtises, sauf fumer de l'herbe... Je n'ai commencé à me transformer qu'après l'accident. Peut-être que tu voulais que je ressente la même chose que toi...

-Je voulais que ça s'arrête avant de tuer quelqu'un... Oui, à moment donné, j'ai dû espérer que tu sois à ma place...

L'explication de Delphin faisait sens mais Alexia n'en revenait pas qu'il prenne tout cela aussi bien.

-Ça ne t'énerve pas ? lui demanda-t-elle. Moi je serais furieuse...

-Si, ça m'agace que personne n'ait pris la peine de me le dire avant que tu ne le découvres mais c'est comme ça. Ça ne changera rien de toute façon.

-Quand même...

-Non, car je veux rester avec toi.

Cette phrase laissa Alexia muette de surprise. Une partie d'elle avait refusé de croire que ce serait du sérieux, alors que l'autre le savait depuis le début. Elle avait senti aussi cette connexion, même si elle n'en avait pas voulu dans un premier temps.

Ils s'embrassèrent longuement, indifférents à la pluie qui s'intensifiait.

***

Voyant l'absence de Delphin se prolonger et se sentant devenir de plus en plus inquiets, Alain et Ellen décidèrent d'aller voir à la plage.

Le vent soufflait et les passants repliaient leur parapluie. Les nuages s'éloignaient. La plage des sables blancs arborait une blancheur immaculée sous le soleil. L'émotion gagna Ellen. Alain lui caressa le bras. C'était ici que tout avait commencé. Ils s'en souvenaient comme si c'était hier.

Ils en avaient fait des balades main dans la main le long de la plage et de la jetée, rêvant à voix haute de leur enfant. De longs mois d'attente et d'espoir déçus, et puis un jour, le miracle. Un enfant était apparu sur la plage, en ciré jaune et encore mouillé d'eau de mer.

Ils s'étaient précipités vers lui. L'enfant n'était pas blessé, il ne pleurait même pas. Alain et Ellen estimèrent son âge à deux ou trois ans. Ils avaient scruté les environs, à la recherche de parents désespérés mais la plage était déserte. Il n'y avait pas de bâteau à l'horizon d'où l'enfant aurait pu réchapper.

Comme le garçon portait son ciré ouvert, Alain put lire cousu à l'intérieur son nom "Delphin Tevenn". Il l'avait montré à sa femme, remué, et ils avaient ramené l'enfant chez eux.

Le petit garçon trouvé sur la plage avait bien grandi.

Alain le repéra facilement grâce à la chevelure rousse d'Alexia à ses côtés.

Ils discutaient. Alexia avait l'air plus agitée. Visiblement, cette nouvelle l'avait remuée. Delphin était moins démonstratif. A cette distance, il était difficile de se rendre compte des émotions qui le traversaient.

-Laissons-les, dit doucement Alain. Allons nous promener.

Ellen obtempéra difficilement, la boule au ventre. Et s'ils décidaient de partir ? Elle se retourna brièvement. Alexia semblait s'être calmée. Elle se rassura.

Chapitre 12 : De l'eau dans le gaz

Deux jours plus tard, Delphin n'avait toujours rien dit. Que pensait-il de tout ça ? Ellen avait très envie de lui dire qu'il avait le droit d'être en colère contre eux, qu'ils ne lui en voudraient pas, qu'ils s'en voulaient, qu'ils auraient pu lui dire avant qu'il le découvre... Mais tous ces mots avaient du mal à franchir ses lèvres.

Ce soir-là, elle décida qu'il fallait percer l'abcès, cela devenait insupportable. Delphin n'avait jamais été prompt à la colère mais elle n'avait pas envie qu'il replonge dans la drogue ou pire. Elle posa sa fourchette d'un geste brusque et s'éclaircit la gorge.

-Tu n'as rien dit au sujet de... ce qu'on t'a dit l'autre jour. J'aimerais savoir ce que tu en penses.

-... Je n'ai pas grand-chose à en penser. Ça ne changera rien de toute façon, dit-il.

Il n'avait pas tort, ce n'était pas maintenant -à l'âge qu'avait Delphin- que cette révélation allait changer quoi que ce soit. Il finissait ses études, il entrait dans sa vie d'adulte. Mais quand même... Elle imaginait le pire des scénarios.

Elle voulut rajouter quelque chose mais se ravisa, Alexia avait sans doute un grand rôle à jouer dans l'attitude de Delphin. Ellen se dit qu'ils avaient de la chance. Le comportement de son fils n'aurait pas été le même s'il n'avait pas été en couple... Il avait une raison de ne pas tout envoyer balader.

Elle poussa un léger soupir de soulagement et le reste du repas se déroula dans une ambiance plus détendue que le début.

***

Delphin voyait bien où sa mère voulait en venir. Elle avait peur et elle voulait être rassurée. Il vit sur son visage qu'elle l'était à présent. Il pensait ce qu'il disait. Aussi grande que soit la révélation, elle ne changeait rien. S'il avait voulu se mettre en colère et en vouloir à ses parents, c'était trop tard. Ce n'était pas maintenant qu'il allait les renier ou leur demander pourquoi ils ne lui avaient rien dit plus tôt, la réponse était évidente : ils n'avaient pas voulu le perdre.

En allant se coucher, il pensa à ses grands-parents, à sa tante. Ils savaient. Ils étaient au courant depuis toujours et ils ne lui avaient rien dit même pendant les trois ans qu'il avait passés avec eux. Il n'avait pas été dans un état où il aurait pu entendre ce genre de choses, certes, mais il aurait pu combler les trous. Son imagination avait fait ce travail sans qu'il en ait vraiment conscience. Au fond de lui, il avait toujours su qu'il était différent. N'était-ce pas ce qui comptait finalement ?

Il envoya un message de bonne nuit à Alexia et éteignit sa lampe de chevet.

**

Alexia avait du mal à croire que Delphin ne veuille pas savoir d'où il venait. Elle aurait trouvé cela normal qu'il se pose davantage de questions, même s'ils sortaient enfin ensemble. Elle ne lui en aurait pas voulu.

Le dernier soir avant la reprise des cours, ils se promenèrent sous la jetée. Delphin s'arrêta à leur endroit habituel et commença à se déshabiller. Alexia piqua un fard et se détourna.

-Qu'est-ce que tu fais ? demanda-t-elle.

-Je voudrais juste vérifier quelque chose.

Elle se tourna pour lui dire quelque chose mais elle ne vit qu'une chevelure blonde et des écailles grises. Il avait déjà plongé.

Elle attendit de longs instants, resserrant son manteau à chaque coup de vent.

De temps en temps, elle jetait des coups d'œil à la plage et à la jetée. Elle espérait que personne ne les voie. Même si la plupart des gens penseraient qu'ils avaient mal vu ou subi une illusion optique au cas où ils verraient la métamorphose de Delphin, il y avait toujours le moment où il sortirait de l'eau en sous-vêtement et si les baigneurs abondaient à la belle saison, ce n'était pas du tout le cas au mois de janvier.

Il lui sembla que Delphin avait plongé il y avait une éternité. Elle regarda son portable, il était six heures passées.

Il y eut soudain du remous dans l'eau et Delphin remonta.

-Alors ? fit-elle en s'efforçant ne pas laisser tomber son regard plus bas que le torse.

-Rien, dit-il indifférent et dégoulinant d'eau de mer.

Il prit une serviette et commença à s'essuyer.

Alexia voulut lui dire qu'elle était désolée qu'il n'ait rien trouvé mais ses yeux tombèrent sur ses cheveux longs trempés, son dos, ses épaules, son torse… Elle aurait voulu être une goutte d'eau pour explorer chaque millimètre de sa peau.

Elle sentit à nouveau ses joues s'embraser malgré le vent glacial.

-Tu veux qu'on rentre ? Tu vas attraper froid, lui dit-il.

Elle voulut répliquer que ce n'était pas elle qui venait de plonger dans une eau à moins de dix degrés mais vit sur son visage qu'il n'était pas d'humeur. Il était déçu et sa question n'en était pas vraiment une.

-Oui, j'ai dit à mon père que je préparerai le dîner, répondit-elle.

***

Delphin reprit le chemin de la rue des dunes d'humeur sombre. Il ne prêta pas attention à ce que lui dirent ses parents quand il rentra. Il monta mécaniquement à l'étage et prit une douche.

Ce fut lorsqu'il sortit de la salle de bain et vit l'alerte d'un nouveau message sur son téléphone qu'il émergea de sa mauvaise humeur, croyant que c'était un message d'Alexia. Il l'ouvrit mais ce qu'il lut lui fit l'effet d'un seau d'eau glacée : « Comment peux-tu la laisser seule ? Je croyais que tu l'aimais de tout ton cœur. » C'était Sylvain. Il effaça le message et descendit.

***

Avoir accompagné Delphin dans ses excursions et l'avoir vu sous sa forme de triton avaient échaudé l'esprit d'Alexia. Elle n'avait pas seulement la furieuse envie de l'embrasser. Elle voulait plus que ça. C'était un désir qui la consumait en entier. Elle se disait qu'après tout ce qu'ils avaient traversé, c'était logique. Elle en avait tellement envie. Elle n'avait ressenti ça avec personne d'autre. Elle avait hâte qu'ils passent à nouveau du temps tous les deux.

Le mardi soir donc, elle était assez distraite pendant le cours de soutien. Heureusement, Delphin ne sembla pas s'en apercevoir.

L'heure et demie ne passa pas assez vite au goût de la rousse.

-Est-ce que tu as d'autres questions ? lui demanda Delphin.

-Non, c'est bon, dit-elle en regroupant ses affaires.

-Ok. Tu veux… monter ?

-Oui, dit-elle en essayant de maîtriser son envie.

Ils allèrent dans la chambre de Delphin et commencèrent à s'embrasser tendrement. Alexia se rapprocha, affamée. Ils tombèrent sur le côté, emportés par leur élan. Alexia passa sur Delphin de manière à ce qu'ils restent face à face. Elle l'embrassa plus passionnément et il suivit la cadence mais au moment où elle s'apprêtait à faire un geste pour se déshabiller, il l'en empêcha.

Alexia écarquilla les yeux sous le coup de la surprise. Que se passait-il ? Elle ne l'avait pas senti trembler, il n'avait pas l'air plus pâle que d'habitude. Au contraire, il lui avait plutôt donné l'impression d'apprécier. Pourquoi s'arrêter maintenant ?

-Qu'est-ce qui se passe ? demanda-t-elle en s'asseyant à côté de lui.

-Je peux pas. Pour la suite, je peux pas, dit-il en se redressant.

-Pourquoi ?

Il ne répondit pas tout de suite et cela l'inquiéta. Quelque chose le contrariait et Alexia voulait absolument savoir ce que c'était.

-C'est à cause de… fit-elle.

-Ça me dégoûte.

Alexia reçut ses mots comme un coup de poignard. Ses yeux s'emplirent aussitôt de larmes.

-Je suis désolé…

Ne sachant plus où se mettre, elle sortit de la chambre et descendit les escaliers.

-Alex…

Elle était si choquée qu'elle sentait ses jambes vaciller sous elle à chaque marche qu'elle descendait. Elle manqua la dernière marche et faillit tomber.

Un grand bruit résonna depuis l'étage mais elle ouvrit la porte et sortit dans la rue.

Elle s'enferma dans sa chambre et pleura sans discontinuer. Elle était en état de choc. Elle n'aurait jamais cru Delphin capable d'avoir des mots si durs, encore moins à son égard. Elle pensait que leur relation était solide maintenant, que rien ne pouvait les séparer. Elle s'était manifestement trompée. A chaque fois que les choses allaient mieux entre eux, le passé les rattrapait.

***

Delphin culpabilisait comme jamais dans sa vie. Il n'avait pas voulu la blesser. Il avait juste voulu lui faire comprendre qu'il n'était pas prêt. Ce que Sylvain lui avait fait le dégoutait mais pas elle…

Il savait à quoi il devait cet écœurement. Le texto de l'autre jour le hantait. Il avait ravivé de douloureux souvenirs. Il ne comprenait pas pourquoi. Des mois s'étaient écoulés depuis son agression…

Il prit son portable sur la table de chevet et hésita de longues minutes. Il savait quoi lui dire mais il avait tellement peur d'en rajouter une couche. Elle était partie si bouleversée… Il avait peur que ses mots aient fait trop de mal pour qu'elle lui pardonne un jour.

Il finit par taper les mots suivants : « Ce n'est pas du tout ce que je voulais dire. Tu es la chose la plus merveilleuse qui me soit arrivée et je regrette de t'avoir fait du mal en ayant été aussi maladroit. Pardonne-moi. Je t'aime. »

Il espérait qu'elle comprendrait. Les heures passèrent et elle ne répondit pas. Pourquoi l'aurait-elle fait en même temps ?

Il resta toute la soirée dans sa chambre. Son père monta le voir.

-Del' ? Est-ce que ça va ? Alexia n'est pas là ?

-… Je n'ai pas envie d'en parler.

-Bon… Tu voudras manger quelque chose ?

-Non.

***

Alexia ne l'attendit pas le lendemain matin. Elle avait longuement hésité à retourner en cours. Mais à quoi bon foutre en l'air son année ? Elle n'avait pas beaucoup dormi. Elle avait échangé quelques messages avec Maëlle et ignoré celui de Delphin. Cela faisait trop mal. Rien que lire son nom dans la boîte de réception était douloureux. Maëlle lui avait dit qu'elle se chargerait de botter le cul de Delphin et cette phrase l'avait fait sourire. C'était déjà ça.

Delphin non plus n'avait pas l'air d'avoir bien dormi. Elle remarqua le bandage à sa main droite et se demanda vaguement ce qu'il avait encore fait. Tout au fond d'elle, elle espérait qu'il n'avait pas replongé. Et elle espérait vraiment qu'il regrettait ses paroles mais elle revit son visage, son expression si froide, son ton dur, métallique, et en douta. Elle avait peur de ne pas se tromper et en même temps, elle le connaissait suffisamment pour savoir que la dureté de ses mots lui avait probablement échappé. C'était plus fort qu'elle, la douleur était plus forte qu'elle. Et si les pouvoirs de Delphin s'étaient manifestés la veille ? Si c'était un début ? Si ça avait été leur dernier baiser ?

***

Delphin s'apprêtait à sortir du campus quand Maëlle l'accosta.

-On peut parler ? C'est important, dit-elle.

A son expression, il savait de qui et de quoi elle voulait parler.

-Alexia m'a tout raconté. Tu as été un vrai con sur ce coup-là.

-… Je sais, je suis désolé.

-Elle remet toute votre relation en question.

Il comprenait. Il savait qu'il l'avait blessée. Il avait passé la nuit à se demander ce qu'il aurait pu dire et comment il allait rattraper le coup. Il n'était pas loin d'envisager de rompre…

-Qu'est-ce que tu lui as dit ? lui demanda-t-il.

-Je lui ai dit que ce n'était sans doute pas ce que tu voulais dire. Que ce n'est pas ton genre de blesser les gens. Mais que j'allais quand même te botter le cul parce que tu le méritais.

Elle se tut une minute.

-Je ne me suis jamais retrouvée dans votre situation. J'imagine que son agression est compliquée à gérer pour elle comme pour toi.

-J'ai l'impression de profiter d'elle. Comme lui.

-Eh bien, laisse-la prendre les choses en main. … Quand elle m'a dit ça, je me suis surtout demandée si tu ne subissais pas encore des effets du sevrage. Tu sais que la fumette ça a des effets sur…

-Oui, je sais.

-C'est ton cas ?

-Putain, Maëlle, t'es en fac de psy, pas sexologue.

-Ce que je voulais dire c'est que si tu avais des problèmes de ce côté-là, tu devrais consulter.

Étant donné qu'il ne se souvenait pas de son dernier rapport, il ne trouvait pas l'idée mauvaise, juste bizarre venant de son amie. Et horriblement gênante. Il la refoula en se disant que son blocage était purement psychologique.

-Je ne sais pas quoi faire avec Alexia. Je lui ai envoyé un message pour m'excuser.

-Elle va avoir besoin d'un peu de temps mais je ne pense pas qu'elle sera fermée à la discussion. Elle t'aime vraiment, tu sais.

-Je sais, oui.

-Essayez de vous parler, dit-elle d'un ton plus doux. Vous avez surmonté trop d'épreuves pour vous séparer comme ça.

Il s'apprêtait à dire quelque chose quand elle le coupa :

-Et si vous ne vous parlez pas, je vous obligerais à le faire ! Tenez-moi au courant.

Et elle partit aussi soudainement qu'elle était arrivée.

Maëlle avait raison, comme toujours. Evidemment, il fallait qu'ils parlent, c'était la seule solution. Mais pour le moment, Delphin avait trop honte de son attitude pour oser en parler. Parler à Maëlle c'était une chose. Parler à ses parents ou à Alexia en était une autre. Il n'était vraiment pas à l'aise avec le sujet. Pire que tout, il avait peur de l'avoir perdue à jamais. Ce qu'il lui avait dit n'était pas excusable. Il devait trouver un moyen de lui dire que son intention n'avait jamais été de lui faire du mal. Il avait vraiment été injuste avec elle.

***

Alexia claqua la porte derrière elle. Son portable vibra dans sa poche. Maëlle lui envoyait un texto : « Mission accomplie. Tiens-moi au courant. »

Il n'y avait plus qu'à attendre. Delphin sortirait sûrement le grand jeu, elle l'imaginait bien ainsi. Parsemant des pétales de rose dans toute la rue. Lui envoyant des bouquets de fleurs… C'était ringard. Mais diablement romantique et elle ne connaissait aucune fille qui n'y succomberait pas.

***

Les jours passèrent. Il avait renvoyé un message à Alexia lui disant qu'ils devaient se parler mais elle ne lui avait pas encore répondu. Il commençait à désespérer qu'elle le fasse un jour. Il envisageait qu'elle ne lui adresse plus jamais la parole. Elle devait en avoir assez de souffrir par sa faute. Chacun avait ses limites et il avait les siennes aussi.

Sans Alexia la vie ne valait guère le coup d'être vécue. La vie terrestre en tout cas. Ni ses amis ni ses parents ne pouvaient vraiment comprendre ce qu'il vivait ou à quoi il pensait. Il ne pourrait jamais leur dire. La cité d'Ys, sa forme de triton…

Ce soir-là, Delphin prit une nouvelle fois le chemin de la plage. Il aurait voulu aller sur la jetée mais l'air doux et le beau temps y avaient attiré les promeneurs. Il dut se résoudre à longer le sentier littoral.

La vue était aussi belle, voire peut-être davantage que depuis la jetée. Il aimait tellement cet endroit… Mais il repensa aux ruines de l'autre fois, les vestiges sous-marins qu'il n'avait pas pu voir. Est-ce que c'était vraiment Ys ? Il fut pris d'une violente envie d'y retourner.

Il regarda une dernière fois son téléphone portable. Toujours aucune nouvelle d'Alexia. Il cacha son sac dans un arbuste et s'assura d'être hors de vue des promeneurs les plus curieux. Puis il s'approcha du bord. Il était à une demi-douzaine de mètres au-dessus de l'eau, à peu près.

Si tout se passait bien, il se transformerait dès qu'il toucherait l'eau.

***

Alexia soupira longuement et relut attentivement le message de Delphin. L'autre jour, elle n'avait lu que la moitié de la première ligne avant qu'elle ne lui fasse l'effet d'un coup de poignard. Ses mots lui avaient paru mensongers. Aujourd'hui, elle était prête à le croire. Il lui manquait. Il lui manquait énormément. Sa chaleur, son sourire, ses traits d'humour… Ils se connaissaient bien et elle savait au fond d'elle que Maëlle avait raison quand elle disait que Delphin n'avait jamais voulu la blesser. Mais ça avait été comme si. Les mots, son attitude, tout chez Delphin l'avait surprise l'autre soir. Il lui manquait, mais lui manquait-il assez pour qu'elle le pardonne ?

Elle lut son message. Elle espérait trouver un indice, quelque chose qui le mettrait sur la voie de ce qu'elle ressentait exactement. Cela lui semblait encore flou. Même si elle avait une furieuse envie de laisser ses mots derrière elle et de se blottir contre lui. Mais elle ne voulait pas prendre le risque de subir à nouveau cette situation. Il n'y avait qu'une solution : le confronter.

Elle essaya de l'appeler mais il ne décrocha pas. Elle ne laissa pas de message sur son répondeur. Elle ne savait pas quoi lui dire et il lui semblait que de toute façon c'était plutôt à lui de commencer la conversation.

Les minutes s'écoulèrent. Alexia ne comprenait pas pourquoi il ne la rappelait pas tout de suite. Que pouvait-il bien faire ? Elle jeta un coup d'œil à la fenêtre de sa chambre. Les volets étaient ouverts mais la lumière éteinte. Il n'était pas là ou alors il était au rez-de-chaussée et son téléphone était resté dans sa chambre.

Les minutes devinrent des heures. Alexia se demanda s'il ne s'était pas endormi. Le soir tombait à peine... Où pouvait-il bien être ?

***

Delphin remonta à l'endroit où il avait caché ses affaires. Un peu déçu mais il voyait plus clair que jamais. Il n'y avait rien sous l'eau. Il était le dernier de son espèce. Il devait se raccrocher à ce qu'il connaissait et possédait, pas à ce qu'il aimerait avoir.

Il reprit ses affaires et vit qu'il avait loupé un appel. Alexia avait essayé de l'appeler. Il fallait absolument qu'ils parlent.

Il essaya de ne pas trop réfléchir à ce qu'il allait dire. Il devait avant tout s'excuser. Il redescendit le sentier et la rappela.

-Salut. J'ai vu que tu avais essayé de m'appeler. Oui, je suis d'accord faut qu'on parle. Je voulais m'excuser pour ce que j'ai dit. Je n'avais vraiment pas l'intention de te blesser... je sais que ce n'est pas excusable mais je tenais à te dire que j'étais vraiment désolé. Est-ce que tu veux bien qu'on se parle ? En face à face ? Non, je comprends. Je veux juste que tu saches...

Il aurait pu lui parler des photos et des sms qui les accompagnaient, mais pour quoi il passerait ? Il ne devait pas reparler de Sylvain sans son accord.

-Je veux juste que tu saches que je t'aime et que je regrette vraiment ce que j'ai dit.

Il arriva à hauteur du fleuriste et vit qu'il était encore ouvert.

-Oui, à plus tard.

Et il raccrocha. Il commanda à l'employé un bouquet de roses blanches et rouges et remonta avec dans la rue des dunes.

Il remarqua la lumière allumée dans la chambre d'Alexia. Elle était là, mais c'était un peu tôt pour se voir en face à face. Il ne devait pas sonner à sa porte. Il devait respecter son choix. Il avança quand même et déposa le bouquet sur le perron avant de rentrer chez lui.

Alexia sortit de chez elle le lendemain matin et vit aussitôt le bouquet de fleurs. Elle le ramassa avec un petit sourire amoureux. Elle se doutait bien de qui il venait. Elle mit les fleurs dans un vase qui traînait et posa le tout rapidement sur la table de la cuisine avant de sortir.

Delphin sortait également de chez lui. Elle le rejoignit.

-Merci pour les fleurs, dit-elle.

-Elles te plaisent ? Je n'étais pas sûr.

-Tu réfléchis trop.

-C'est parce que je ne veux pas te perdre.

-Mmmh-mmmh.

-Je suis vraiment désolé pour ce que je t'ai dit l'autre jour.

Le soir même, ils allèrent à la plage et s'assirent à leur endroit habituel. Alexia prit une profonde respiration.

-Vas-y. Dis-moi. Qu'est-ce qui t'a fait dire ça ?

Delphin eut vraiment l'air mal à l'aise.

-Sylvain n'a pas fait que se vanter. Il... m'a envoyé des photos. Je suis désolé.

Alexia avait du mal à réaliser. Se vanter était une chose mais prendre des photos et les envoyer à quelqu'un... C'était monstrueux.

-Je suis vraiment, vraiment désolé.

Alexia était au bord de la nausée. Delphin avait reçu des photos et il les avait forcément regardées. Elle en avait assez.

-... Maëlle avait raison depuis le début, dit-elle finalement. Il faut que j'aille porter plainte. Tu m'accompagnes ?

Chapitre 13 : Ainsi va leur vie

Sylvain sursauta quand on frappa à la porte de son appartement. Personne ne venait jamais lui rendre visite. Il alla ouvrir, en se demandant de qui il pouvait bien s'agir.

C'était des policiers. Qu'est-ce qu'ils pouvaient bien lui vouloir ?

-Vous êtes bien Sylvain Druand ? demanda l'un des officiers.

-Oui… C'est pour quoi ?

-Veuillez nous suivre, s'il vous plaît.

-Pourquoi ?

-Vous êtes accusé de viol.

Pendant qu'un policier lui passait les menottes, Sylvain essayait de comprendre. Il avait drogué Alexia mais elle n'était pas sensée se souvenir de quoi que ce soit. Ce n'était pas possible qu'à elle seule, son témoignage suffise.

-Vous avez des preuves ? demanda-t-il avec défi.

On lui montra des photos, ses photos qu'il avait prises et envoyées à Delphin… C'était Delphin qui l'avait balancé, pas Alexia. Il avait peut-être encore une carte à jouer…

Il se laissa conduire au commissariat et réfléchit à ce qu'il allait dire pour se sortir de cette situation. Delphin l'avait dénoncé, Delphin qui avait des problèmes de drogue. Même s'il avait des preuves, Sylvain pouvait faire tourner la chance de son côté.

On l'emmena en salle d'interrogatoire.

-Les photos que vous avez… La personne qui vous les a fournies me les a demandées. En souvenir.

Il vit la policière grimacer de dégoût.

-Il était là ? demanda son coéquipier.

-Bien sûr.

-Mais il n'est pas sur les photos.

-C'est lui qui les prenait.

-Ce n'est pas ce qu'il nous a dit…

-Il fume de l'herbe. Vous faites confiance à un drogué ?

Les policiers se regardèrent.

-Je parie qu'il est resté très vague, ajouta Sylvain d'un ton goguenard. Il ne doit pas se souvenir de grand-chose… Comme il est tout le temps stone…

-Même s'il est impliqué, vous l'êtes aussi. Vous êtes sur les photos.

-Oui, mais c'était son idée.

Il gagnait du temps, il était hors de question de finir en prison sans en avoir terminé avec Delphin. Il le tuerait et il tuerait cette salope d'Alexia s'il le fallait aussi.

Sa manœuvre fonctionna auprès des policiers. Il ressortit du commissariat libre, le temps qu'ils continuent leur enquête. Il se massa les poignets, là où les menottes l'avaient serré et rentra chez lui.

Sylvain suivit Delphin et Alexia pendant des semaines. Chaque fois, le besoin de se venger se faisait plus pressant.

***

Il y eut la rentrée scolaire quelques jours plus tard, puis au bout de quinze jours alors qu'ils étaient dans le bus, Delphin reçut un appel du service culturel de Douarnenez.

-Ils me convoquent à un entretien demain après-midi, dit-il après avoir raccroché. Il va falloir que je prévienne les profs.

-J'ai envoyé une candidature là-bas aussi. Mais ça m'étonnerait qu'ils me rappellent...

-Pourquoi ils ne te rappelleraient pas ?

-Je ne sais pas... Ils ne vont pas prendre dix stagiaires...

-Non, mais ils vont peut-être en prendre deux.

Le téléphone d'Alexia sonna et elle décrocha aussitôt.

-Oui, bonjour. Demain après-midi ? Oui, bien sûr... Oui. Merci. Bonne journée.

Elle raccrocha.

-Ils viennent de m'appeler... fit-elle surprise.

-Tu vois ? Il n'y avait aucune raison pour qu'ils ne te convoquent pas.

-Il n'y a aucune raison pour qu'ils me choisissent. Tu as de meilleures notes que moi. Et tu es breton.

-C'est de la discrimination de ne pas choisir quelqu'un à cause de ses origines.

-Je trouverais ça logique qu'ils te choisissent plutôt que moi. Tu connais bien la région. Moi à part Tréboul et Douarnenez...

Delphin passa la soirée à choisir sa tenue pour son entretien du lendemain. Il devait donner la meilleure impression possible. Et ce n'était pas gagné. Il espérait que ses mains ne trembleraient pas et qu'il ne se mettrait pas à transpirer plus que la normale. Il ne voulait pas inquiéter ceux qui lui proposaient un stage.

Il reposa d'emblée son costume dans son armoire. Il faisait beaucoup trop habillé pour un entretien. On ne voyait jamais les personnes en tailleur ou en costard. Le sarouel était bien sûr à bannir pour la journée. Il faudrait qu'il s'attache les cheveux aussi...

Son choix se porta finalement sur une chemise bleu ciel, un pull, un pantalon en toile bleu marine et une veste marron. Il pouvait porter cette tenue avec des converses, ça ne choquait pas.

-Ah, tu as un entretien ? lui demanda son père.

-Oui. Au service culturel de Douarnenez.

-Super. C'est à quelle heure ?

-Quatorze heures. J'ai prévenu les profs.

-Tu iras en cours après ?

-Je ne sais pas. Ça dépendra de l'heure à laquelle ça finit. J'attendrai sûrement Alexia, elle est convoquée juste après moi.

-Chouette. Ça serait bien que vous fassiez un stage ensemble. Ça t'aiderait, je pense.

Il parlait du sevrage et des signes de manque éventuels.

-Oui. Après, quand je suis concentré sur un truc, ça va. Tu as des conseils à me donner ?

-Sois sérieux. Montre-toi sous ton meilleur jour. N'hésite pas à rappeler les enjeux du stage… Voilà. Ne mentionne pas tes problèmes, évidemment.

-Oui, normal.

-Si Alexia est prise aussi, évitez les contacts trop appuyés.

-Oui. Ils n'ont pas à savoir…

-Voilà… Tu as prévu quelque chose pour ton anniversaire sinon ? demanda M. Tevenn. Une fête avec tes amis ou…

-Euh non. Je dois faire quelque chose ?

-Tu vas avoir vingt ans quand même… en général, les jeunes aiment fêter leur vingtaine.

***

Le lendemain après-midi, Alexia accompagna Delphin jusqu'au lieu de leur entretien. Ils avaient quitté la fac en même temps. C'était plus simple de cette façon et ils avaient finalement décidé de rentrer sur Tréboul directement après.

Ils déjeunèrent sur la plage et y restèrent jusqu'à ce qu'il soit l'heure d'aller au service culturel.

Alexia était stressée, cela se voyait sur son visage.

-Je suis sûr que tout ira bien. Ils ne t'auraient pas appelée si ton profil ne les avait pas intéressés.

-Oui, c'est ce que je me dis aussi. Mais s'ils doivent choisir entre nous… C'est ça qui me fait peur. Et je me sentirais mal d'être prise et pas toi.

Delphin pensa qu'il pouvait peut-être glisser dans la conversation qu'Alexia était aussi intéressée que lui pour travailler au service culturel et qu'ils se soutenaient mutuellement.

-Ne t'inquiète pas, dit-il en prenant sa main dans la sienne. Ça va aller.

Ils y allèrent d'un pas tranquille.

-Je vais attendre là, sinon je vais être trop en avance, dit Alexia.

-Je t'attendrai ici aussi quand tu finiras sinon ils vont se demander pourquoi je ne suis pas parti.

Delphin inspira profondément et sonna. La porte s'ouvrit et il disparut à l'intérieur.

-Bonne chance, lui souhaita Alexia.

***

Alexia patienta devant le centre. Elle n'était pas à l'aise dans son tailleur pantalon. Elle aurait dû choisir une tenue un peu plus décontractée comme Delphin. Elle n'y avait juste pas pensé.

Elle était sûre que Delphin serait pris. Personne ne résistait à son charme. Pas sûr qu'elle fasse la même impression…

Une moto passa soudain près d'elle et elle recula de plusieurs pas et saisit la porte à tâtons. Elle l'ouvrit et entra, le cœur battant à tout rompre dans sa poitrine.

Le souvenir de ce qu'il s'était passé avec Sylvain la hantait toujours, elle s'en rendait compte à présent. Elle avait porté plainte contre lui. Mais si ce n'était pas suffisant ? et s'il était toujours en liberté et cherchait à se venger ?

Elle inspira profondément et souffla doucement. Une technique qu'elle maîtrisait à la perfection. Il fallait qu'elle se calme.

***

Une heure et demie plus tard, ils étaient tous deux sortis. Delphin souriait.

-Comment ça s'est passé ? lui demanda-t-il.

-Bien. Ils m'ont dit que tu me recommandais… Du coup, j'ai dit que je te recommandais aussi… Ça les a fait rire. C'est un bon point, non ?

-Oui, je pense.

Ils allèrent boire un verre.

-Ça va ?

-Oui… je suis contente que ce soit fini.

-Moi aussi. On va pouvoir mettre des vêtements plus confortables…

Ils rentrèrent à Tréboul.

-Et je vais pouvoir me remettre au violon.

-Tu as choisi le morceau que tu allais interpréter ?

-Je pensais au *Fantôme de l'opéra*. Le problème c'est que c'est un duo avec une guitare.

-Oui, et une guitare électrique. … Je pourrais t'aider mais je n'ai qu'une guitare sèche. Ça n'aura pas le même rendu.

-On peut essayer…

Après l'entretien au service culturel, les journées reprirent leur rythme de cours et de devoirs, agrémentées par les révisions de musique.

-Tu veux bien revoir mon devoir de breton ? demanda Alexia en riant.

-Si tu veux.

Il mit plusieurs secondes à se concentrer sur la feuille et non sur le visage de la rousse qui le regardait d'un air taquin et tendre à la fois.

Il prit son air le plus sérieux et décrypta la copie. A côté de lui, Alexia riait toujours. Il la regarda et pouffa. Elle avait un rire irrésistible. Elle était irrésistible. Il laissa la copie voler jusqu'au sol et l'enlaça.

Petit à petit, ils reprirent leur sérieux.

-Il y a un truc qui me perturbe, dit soudain Alexia en se redressant sur les coudes. Tu te rases tous les matins ? Ou…

-C'est ça qui te perturbe ? rit Delphin en se passant la main sur le menton. Le fait que je n'ai pas de barbe ou de moustache ?

-Tu es quasi-imberbe en fait, tout est dans les cheveux…

-Tout est dans les cheveux.

Elle se rallongea à côté de lui et ils se regardèrent un long moment, se sondant du regard. Quand soudain le téléphone d'Alexia sonna.

-C'est mon père.

Elle se redressa et s'assit au bord du lit.

-Oui ? Faire des courses ? Il est tard… Non, on doit avoir ce qu'il faut… Non, ne t'inquiète pas. Je suis chez Delphin. Ok. Bonne soirée.

Elle raccrocha.

-Mon père rentrera tard ce soir. Il m'a dit qu'il avait une réunion mais je crois qu'il a un rencard. Je l'ai surpris à envoyer des textos l'autre jour.

-Il se demande peut-être comment tu réagirais s'il te le disait.

Alexia soupira.

-Je ne sais pas. Je serais contente pour lui. Il mérite de trouver quelqu'un de bien. Du moment qu'elle n'a pas la prétention de remplacer ma mère… Non, je ne crois pas que je m'y opposerai. Je suis trop vieille pour ça…

Delphin la ramena près de lui.

-Je commence à avoir une bonne influence sur toi.

-C'est vrai que depuis qu'on sort ensemble, je suis moins en colère…

Ils s'embrassèrent tendrement et le silence s'installa.

***

Alexia se demanda ce qu'elle attendait pour sauter sur Delphin. C'était le moment ou jamais. Ils avaient la soirée devant eux. Les parents de Delphin n'allaient pas rentrer tout de suite. Ils avaient largement le temps de… Mais en même temps, elle sentait que le moment était passé. Qu'il fallait attendre, ce n'était plus le bon timing. Ils étaient plus dans la tendresse que dans la passion à présent.

Elle attendit donc qu'ils y retournent.

Delphin la raccompagna après le dîner. Il n'avait pas fait un geste vers elle et elle en avait assez d'attendre. Il fallait qu'elle prenne les choses en main.

Au moment où il allait lui dire bonne nuit, elle l'embrassa passionnément et l'attira à l'intérieur. Elle referma la porte d'un coup de pied tandis que ses bras étaient bien trop occupés à maintenir Delphin contre elle.

Ils butèrent contre la première marche de l'escalier et manquèrent de tomber avant que Delphin ne se rattrape à la rampe. Ils montèrent dans la chambre d'Alexia et firent claquer la porte.

-Attends… dit-il tandis qu'elle le poussait sur le lit. Tu es sûre ?

-Chuuut, fit-elle en s'asseyant à califourchon sur lui.

Elle prit les mains de Delphin dans les siennes et les passa sous son pull. Elle le laissa découvrir son corps à tâtons. Ses mains remontant le vêtement au fur et à mesure jusqu'à ce qu'il finisse par terre.

Alexia fit de même. Prenant le pull de Delphin à sa taille et l'en débarrassant rapidement. Elle était impatiente, elle avait tellement espéré ce moment. Elle ne put s'empêcher d'enchaîner sur son t-shirt à manches longues. Il lui sourit d'un air agréablement surpris tandis qu'elle laissait reposer ses mains sur son torse.

Il la débarrassa doucement presque délicatement de sa chemise et couvrit son corps d'un regard très doux. Il caressa chaque tâche de rousseur, chaque centimètre carré du regard puis de la main et enfin de ses lèvres.

Alexia soupira de plaisir.

Petit à petit, les vêtements rejoignirent le sol. Ils s'embrassèrent, se caressèrent mutuellement. Ils se découvrirent du regard.

-C'est bon… gémit Alexia. Rassieds-toi…

Delphin se tint le plus droit possible et l'aida à s'installer sur lui. Il eut une petite exclamation de plaisir lorsqu'il fut en elle.

-Ça va ? lui demanda-t-elle.

-Très bien.

Elle commença à bouger doucement. Delphin accompagna ses mouvements mais se sentit bientôt impatient pourtant il n'aurait voulu mettre fin à leurs ébats pour rien au monde. Il caressa davantage Alexia pour ne pas paraître égoïste. Ils eurent tous deux une véritable exclamation de plaisir à quelques secondes d'intervalle.

-Ça va ? lui demanda-t-il en sueur et un peu essoufflé.

-Oui. Et toi ?

-Super bien.

Elle l'embrassa et quitta sa position aussi souplement et délicatement que possible tandis que Delphin approchait la boîte à mouchoirs. Elle fila vers la salle de bain et sentit le regard de son amant la suivre.

Quand elle regagna la chambre, il avait commencé à se rhabiller.

-Tu peux rester dormir si tu veux.

-Sûre ?

-Certaine.

Il resta donc en boxer et ils se couchèrent.

***

Joël Duval ne fut pas très étonné de voir Delphin Tevenn dans sa cuisine le matin suivant ni ceux d'après. Il était content que la relation que le jeune homme avait avec sa fille ait pris un tournant plus sérieux, c'était bon signe.

-J'espère que vous vous protégez, dit-il conscient de jouer les papas relous quand il fut de nouveau seul avec sa fille. Non pas qu'avoir un petit-fils avec le patrimoine génétique des Tevenn me déplairait mais… c'est pour vous. Vous êtes jeunes et…

-Oui, ne t'inquiète pas. On se protège.

***

-Alors, à quand le mariage ? demanda Alain Tevenn à son fils un dimanche pluvieux de mars.

-Quoi ?

-Ton mariage avec Alexia. On le prévoit quand ?

-C'est pas un peu tôt ? On est encore jeunes, répondit Delphin sans en être vraiment convaincu.

Bien sûr, il pensait que sa relation avec Alexia était sérieuse et qu'elle durerait, mais il n'avait jamais évoqué ni mariage ni enfant. Ils se contentaient de vivre au jour le jour. Ils avaient déjà leurs études à terminer.

-Avec ta mère, on s'est mariés sur la plage de Portsmouth. La maison n'était pas encore finie de construire. C'était la première fois que mes parents posaient le pied sur le sol anglais. Et après on s'est remariés ici parce que c'est toujours compliqué l'administratif… On l'a refait sur la plage. Celle d'en bas. Ellen stressait parce qu'il y avait du sable dans les plis de sa robe…

Delphin n'avait pas de mal à l'imaginer.

-François Malbec avait remonté son pantalon de costume pour mettre les pieds dans l'eau… c'était ridicule… mais qu'est-ce qu'on s'est amusés… Je te souhaite de t'amuser autant. Mais finis tes études avant quand même.

***

Quinze jours plus tard, alors que Delphin et Alexia rentraient de la fac, ils virent l'Audi des Tevenn était garée devant le garage.

-Tiens ? Ils ne travaillaient pas cet après-midi ? fit Delphin.

Il se dirigea vers la porte, Alexia sur ses talons.

-JOYEUX ANNIVERSAIRE !!! crièrent les parents de Delphin à l'unisson.

-Oh… fit le jeune homme surpris.

-Je ne savais pas que c'était ton anniversaire, fit Alexia. Tu ne m'as rien dit.

-Euh… merci.

-Comment s'est passée ta journée ?

-Bien. Mais qu'est-ce que vous faites là ?

-On s'est dits qu'on allait t'attendre. On va au restaurant ce soir, tous les quatre.

-… D'accord…

Ils étaient à table depuis dix minutes quand Mrs Tevenn prit la parole :

-On a commencé à se renseigner concernant le permis bateau.

-Je croyais que vous ne vouliez plus en entendre parler, fit Delphin.

-Eh bien, avec tout ce qui s'est passé récemment, on a pensé qu'on n'en avait pas fait assez pour toi et que ton comportement était un signal d'alarme. C'est un peu notre façon de nous faire pardonner… On sait que ça a toujours été ton rêve donc…

-Ça l'est toujours.

-Vraiment ? Un bateau ? fit Alexia. Quel genre ?

-Pas un chalutier ou un voilier, hein, lui répondit Delphin, juste une vedette ou ce genre de choses. Pour pouvoir plonger.

-Je me sens bête. Si j'avais su que c'était ton anniversaire, je t'aurais acheté quelque chose…

-On a passé toute la journée ensemble. C'est déjà un beau cadeau. Et il y en aura d'autres.

Alexia sentit ses joues rosir. Il avait toujours le mot pour la flatter et ne pas la mettre dans l'embarras.

***

Deux semaines passèrent. Alexia et Delphin commencèrent leur stage à Douarnenez. Ils n'eurent l'occasion de parler qu'à la pause déjeuner, car ils avaient des maitres de stage différents et étaient affectés à des tâches différentes.

-Qu'est-ce que tu en as pensé ? demanda Delphin le soir venu.

Ils avaient fini cette première journée de bonne heure. Le temps d'arriver à Tréboul, il était à peine dix-neuf heures. Ils rattrapaient le temps qu'ils n'avaient pas pu passer ensemble en se promenant le long de la plage.

-C'était très intéressant, répondit Alexia. J'ai appris beaucoup de choses… J'espère que je serai à la hauteur.

-Ne te dévalorise pas. Tu peux poser des questions si tu as des doutes, ils sont là pour ça.

-Tu as raison. On a encore le temps.

Ils entraient dans le port de plaisance. Le soleil déclinait. Le ciel se déchirait entre la lumière incandescente du soleil et l'obscurité bleutée de la nuit.

-Qu'est-ce qu'on fait là ? demanda Alexia.

-On visite ? Il y a une belle vue depuis les quais. Quand j'aurai mon bateau, on y viendra souvent. Il y a tellement d'endroits que je veux te montrer… Les Glénans par exemple, tu adorerais.

Ils parlaient si vivement qu'ils n'entendirent pas le portail se rouvrir et des pas se rapprocher. En fait, ce fut Delphin qui vit le premier l'intrus et le reconnut. C'était Sylvain. Il paraissait déterminé à faire quelque chose de mal.

-Hé ! Tu n'as rien à faire là, dit Delphin en se plaçant devant Alexia.

-Au contraire.

L'expression de l'autre ne lui échappa pas, c'était une expression pleine de haine et il serrait quelque chose dans sa main. Delphin se mit sur ses gardes. Quand il fut suffisamment près de lui, Sylvain leva le bras et le couple vit la lame d'un couteau briller dans le jour déclinant.

Delphin l'attrapa in extremis.

-Je vais te tuer, et quand j'en aurai fini avec toi, je passerai à Alexia.

Trop concentré sur la lame, Delphin ne répondit rien. Il avait du mal à mobiliser ses forces. Il ne pourrait pas tenir longtemps. Ses bras tremblaient et Sylvain affichait un sourire victorieux.

Vraiment ? Sylvain allait gagner ? Le bruit des vagues sous le ponton le rassura. Ce ne serait pas vraiment la fin, il en avait la certitude. Ce serait juste la fin de quelque chose. Ses forces se relâchèrent.

-Del' ! cria Alexia.

Delphin se raidit sous le choc. La lame venait de l'atteindre à la gorge. Il serait mort dans quelques minutes. Il sentait le sang couler sur ses vêtements et ses forces le quitter. Il recula d'un pas et tomba du ponton.

***

Alexia cria puis se rua sur Sylvain pour lui arracher le couteau des mains. Il lui entailla le bras.

Soudain, une forme jaillit de l'eau et attrapa Sylvain. Celui-ci hurla de terreur mais très rapidement son cri fut noyé.

La forme réapparut et s'agrippa au ponton, près d'Alexia. Ils échangèrent un regard et plongèrent tous les deux, main dans la main.

Remerciements

Merci à mes parents de m'avoir emmenée en vacances à Douarnenez
et de m'avoir soutenue dans ce projet.
Merci à la communauté Héros de Papier Froissé pour son soutien.
Merci à Nathalie et Miren d'avoir été mes bêta-lectrices.

Printed in France by Amazon
Brétigny-sur-Orge, FR

16311373R10161